跨度长篇小说文库
Kuadu Novel Series

跨度长篇小说文库
Kuadu Novel Series

藏马山下

徐立钧 ◎ 著

中国文史出版社

目　　录

教育的诗篇（序）

梁晓声

在苏联的国内革命时期，曾有一位孤儿院院长叫马卡连柯。他根据自己任孤儿院院长的经历，写出过一部书——《教育的诗篇》。

此书当年在苏联很著名，是中小学教师的必读书，马卡连柯因而被誉为苏联的教育家。

我一向理想主义地认为，教育是诗性的事业。

教育真的当得起诗性的事业吗？若将教育放在人类历史的长河中看，自然是当得起的。孔子的教育经历及其理念是具有诗性的；王阳明虽然仅在贵州生活了三年，以讲学为己任，使后来贵州由而产生了不少杰出人物；朱熹在江西的教学，也使江西成为文脉源远流长的省份。苏格拉底、柏拉图、亚里士多德们的教育人生和理念，同样具有伟大的诗性。广而言之，扫瞄人类自从出现了教育现象以后的漫长的历史，凡有教室、教师、学校存在过的地方，都对当地的文化和人留下过诗性的影响。对于人类的进化，教育是引领方向的灯塔。对于一切受教育的人，每一位教师都如同点亮他们心智的点灯人。中小学教师对于孩子们的作用尤其如此，蒙学教育的另一种说法是"开智教育"。而"智"在中国文字中不但指"智力"，也指做人的道理，或曰理性原则。孔子所言之"仁、义、礼、智、信"中的"智"，主要就是指理性原则。

现在的世界，教育已成为人类社会的普及现象，其诗性似乎也由而渐退。但是这并不意味着关于教育，地球村的全体人已不必再操什么心了。事实是，人类一直仍在操心着教育之事。前不久在国内上映的美国电影《奇迹男孩》，还是在反映小学教育理念和方法问题。那一部电影，也因此具有了温暖人心的诗性。

在中国，人们的目光更是经常投向教育。凡做家长的，几乎人人关注教育问题。目前还找不到更好的措施改变应试教育显而易见的弊端，"教育"二字时时牵动家长们的心。

中国教育的最大问题不完全在于应试不应试，也在于，甚至可以说更在于教师队伍分布的不均衡。乡村教育长年缺少优秀教师的状况，现在也不能说已经解决好了。

徐立钧同志的小说《藏马山下》，写的是一名一九八〇年毕业于某县师范学校的青年徐健的故事——他的人生后来多年内与乡村中学紧密联系在一起。

当时的中国，依然存在着两类乡村教师——一类是从正规师范院校毕业的，每月有稳定的工资保障；另一类是并无师范院校毕业证书的，当地乡村"土生土长"起来的教师。后者主要是乡村小学教师，不但工资低，且无保障。不管他们教了多少年书，多么兢兢业业，因为没有文凭，工资待遇上一直不能与师范院校毕业的教师相提并论。二〇〇〇年后，由于在全国"两会"上，政协委员和人大代表替他们一再呼吁，他们的工资待遇才有所改善。

小说中的徐健的命运相对还是强多了。他起初的教师生涯有点儿像带工资的下乡知青，只不过工作是当教师，不必干农活儿。

我读小说的前几页时，以为是一部传记性的作品，直至读了后记，方知作者写的是长篇小说。

小说属虚构类文学作品。故，小说中的"我"，未必便是作者本人。往往，与作者本人的人生经历毫不相关。

但《藏马山下》的作者本人却有着多年的乡村教师的人生经历。

这使我的第一种读后感竟是困惑——哪些情节是虚构的？哪些情节

是作者的经历？老实说，即使我已在写此序了，还是分不大清楚。

我的困惑并不意味着该小说的缺点。

恰恰相反。

一切现实主义品质的小说中，都必定会融入作者的影子——或是作者人生经历的某部分，或是作者的某种人生感悟、人格理想、对现实社会的态度，等等。完全没有不可能，区别只不过是比重的多少。

而不论比重多少，若能将虚构部分与作者自身的生活体验结合得水乳交融，虚实浑然一体，则证明了一种写作能力。

作者在此点上是成功的。

理论上讲，具有现实主义品质的作品，又可分为投入感情的创作与所谓"零感情"创作。后种主张，在中国也曾很时兴过，但我不喜欢。尽管我承认其理论可自成一格。

《藏马山下》是不适合"零感情"创作的。小说感情质朴真挚，有扑面而来的生活气息和温度，我喜欢。

但我也有不满足感，坦率写下供作者参考：

一、若再版时，能将视野放开一些，也补充进关于那些当年没有文凭的、工资没有保障的、"土生土长"的乡村教师人物和他们的生活、命运，小说就厚实了。

二、小说开篇，写到我有三个同一届毕业的同班同学。若将他们的爱情、人生，与乡村教育的关系，与自己的友谊，也一一从容写来，就又厚实了些。

三、若通过"我"和同学们的人物关系，再引出高等院校的教师、学生人物，以及他们对"我"等乡村教师的事业观的正负面影响，小说不但厚实，简直可以说厚重了，格局也大了——就不仅是教育的诗篇，或可称之为教育的诗章了。

果而到了那么一种格局，并且内容丰富、人物生动的话，我预见肯定会有投资人来拍电视剧的。

若我是投资人，我就毫不犹豫地投资。因为可以拍成好剧，有诗性品质的剧，为什么不呢？

尽管，已有了电影《凤凰琴》《一个都不能少》——但所表现的，仅仅是没有文凭的乡村教师们。

没有文凭的、有文凭的；乡村的、城市里的——我尚未读到一部将乡村到城市的教育链"打通"了较全方位来写的小说，也没有看到过那样的电视剧。

依我想来，那样的一部电视剧，剧名当是《教育诗》。

作者若有此"野心"，并且自忖准备充分的话，我则祝其成功！

二〇一八年二月十二日　北京

自　　序

　　拙作长篇小说《藏马山下》二〇一七年出版后，深得广大读者特别是青岛本土读者、当地中小学教师和我的弟子们的厚爱，对此笔者深表感谢。小说出版几个月后，在青岛华青教育集团领导的联系和大力推荐之下，我收到了著名作家梁晓声先生为我的小说作的序，梁老百忙之中能为一个默默无闻的中学教师写的小说作序，且字字情真意切，实在令我感佩。

　　我写此小说的初衷是反映那个时代的教育状况，只是想一一塑造那个时代学校领导、各类教师的典型，力求写出那个时代教师的整体风貌，也把那个时代一个教育工作者所遇上的各种复杂事情都写进去，以为那就是丰富题材了。小说出版发行后，我工作过的学校的一些老同事说，某某地方、某某学校，很多人都在议论小说里的某某人是谁，对号入座，这实在大违我初衷。如梁老所言："一切现实主义品质的小说中，都必定会融入作者的影子——或是作者人生经历的某部分，或者是作者的某种人生感悟、人格理想、对现实的态度，等等。完全没有不可能，区别只不过是比重的多少。而不论比重多少，若能将虚构部分与作者自身的生活体验结合得水乳交融，虚实浑然一体，则证明了一种写作能力。"我自忖很难达到梁先生所说的"水乳交融、虚实一体"，但既然已经说了自己写的是小说，就不可能完全实写，毕竟我还是个有点文学修养的中学语文教师，不会愚蠢到拿一篇小说去表扬或者讽刺现实中的某个人。我认为即使小说写到的某些真实的人物场景，到了小说里就已经是文学作品中的人物和场景了。小说中的人物是典型人物，他是一类人物的代表，如果有人忘了这一点，非要对号入座，或高兴，或郁闷，或耿耿于怀，笔者就实属无奈了。

凭着"破马长枪闯天下，枯灯秃笔记春秋"的一点情怀，写写那个时代的教育状况，做一点反思，尽一点责任吧。

小说中以徐健、魏栋为代表的公、民办教师，是拨乱反正后的第一代教师。因为当时特殊的社会背景，使本不该成为教师的他们当上了教师。他们虽受到种种不公正的对待，却无怨无悔、无私无畏、满腔热情地把自己的才华奉献给人民的教育事业，用自己的青春和热血谱写了八十年代优美壮丽的教育史诗！

他们无疑是可歌可泣的，这也是我要努力塑造他们和再版的根本动因。

梁老在给我作的序里提出的建议，非常珍贵，也可以说是我的根本纠结，正是我的困扰和难以企及的。说到城市教育，小说中的光华中学，现实中是坐落于一九四六年山东省新建立的藏马县驻地的藏马师范，以后藏马县被撤销，成立胶南县，县城迁走，但那个地方多少有了一些城市特点，藏马师范以后改为胶南二中，不是偏远的农村中学。当时在县城教学的我的同学，哪个方面也没有感到多大差异。那个时代我没有跟大城市教师接触，没有那方面的体验，自然是巧妇难为无米之炊。所以根据梁老所提的第三条建议，在第一版的基础上，我加上了上大学两章，力求写一些大学生活和大学教师人物。还根据梁老第二条建议，加上一章，重点塑造了一个民办教师人物。此外我还努力充实了徐健同学中的几个人物，尽量扩大作品的社会面，并进一步加深了男女主人公的情感交流。

毕竟，我不是专业作家，作为一个从事中学语文教学多年的语文教师，对文学各方面的了解虽然不少，但都是泛泛的纸上谈兵，我对小说语言、塑造人物手法等方面难以驾驭，语文教学中的那些东西毕竟是零散的，真正从事创作才知道"看花容易绣花难"。所以只能凭一颗赤诚之心，凭着我对中学教师生活观察思考三十多年的积累，去表现一段真实生活。我相信：细节的真实是很难用想象来完成的，也是最有力量的。

还有，很多读者催促我续写第二部，由于众所周知的种种原因，对二十世纪九十年代以后的学校教育我不想写，自知也写不了，敬请亲爱的读者原谅。

我所表现的教育题材的涵盖面，国内少见。事实是我早就注意到了这一点，但构思了十几年，还是没能写透彻。

至于梁先生所说的拍电影、电视剧之类的事情，恐怕只能依靠专业编剧了，我知道这题材能做成一系列文学艺术精品，肯定是功德无量的。

仅以此书，向改革开放四十周年献礼！

徐立钧

二○一八年十二月二十八日

第一章　分配工作

一

这是一九八〇年七月十八日早上，我正做着吃饭的梦，突然醒了，看看宿舍大通铺上的同学们还在酣睡，就悄悄穿上衣服出去。东边，太阳已经爬上房顶，看着明晃晃的太阳，我一下就想起来今天要毕业了。毕业了就有工作了，工作了就能拿工资了，有工资就有饭吃了，我开始了无数的梦想……

回想上师范两年，最大的问题是吃不饱。我考上师范时，家里大哥二哥已结婚分家，三哥还等着娶媳妇。在农村，谁家儿子多，谁家注定是要受穷的。我家幸亏父亲人缘好，我两个嫂子都是父亲的朋友把女儿送给我父亲做儿媳妇的。但是，房子得盖，就是置办几床被褥也得相当的积蓄，可以说，家里已经一贫如洗了，可三哥还没有结婚呢。我们上师范，国家不要学费，还提供生活费，还有每天一斤一两粮食。可是，我吃不饱啊，班里同学大多数是应届毕业生考上的，还有一些民办教师，只有几个是一线农民考上的。农民的胃口大，一斤一两粮食根本填不满肚子，另外几个同学，家里富裕，可以花钱到学校对面的饭店买火烧吃，没有粮票也可以到黑市买。我没有任何办法，只能饿着。两年来做的最多的梦就是吃饭，最大的体会就是晕，大夫说我严重贫血。

1

我们班长李卫国，是转业军人考上师范的，比我大几岁，人虽然不算高大，却精神头十足，意志力超强，大家都很敬重他。有一次早操后，班长对我说，让我跟他练长跑。我本来就吃不饱，心里是不愿意的，转而想想，班长也是一片好心，就答应下来。谁知这一答应，就付出了两年的代价。每天早上别人六点起床，我五点就被班长从被窝儿里拖起来，在县城空旷的大街上跑十公里，不管春夏秋冬，不管风霜雨雪。每天跑回学校后我们再和其他同学一起跑早操。每天吃饭前最后一节课我总是心神不宁，盼望着下课、开饭。想象着组里打饭的同学，把提回来的半桶菜和端回来的一盆馒头分给我。每次，大家各自拿到一个馒头之后，我就像饿狼一般，盯着同学分给我多少菜，等同学分完后，我拿起自己那份儿，还没感觉到什么味道，就连菜带馒头进了肚里。学校伙房每两三天做一顿玉米面的窝窝头，每人分两个，前面两位女生吃不下，把剩下的一个就赏给了我，于是，那一顿多数同学不愿意吃的窝窝头，却成了我的大餐。每次吃饭，我总是第一个吃完，第一个出教室。在每个班级前面，有伙房送来的一大桶热水。我打开水桶的龙头，让开水慢慢流进自己的碗里，看着水面上有一层油花，吹着滚烫的热水，一小口一小口地慢慢地喝时，才尝到那涮碗的水是又鲜又香。喝完水回到教室，同学们大都还在吃饭，前桌的王小玥总是笑话我，说我吃饭就像跟别人比赛。可我知道自己是无意跟谁比赛的，饿了就吃得快，这一点估计她是永远不会理解的。

前些日子，春季运动会上，上午我夺取了一千五百米冠军，下午还要跑三千米。我们班长是这个项目的主力，我们的一个主要对手是理科班的郝伟达。中午饭时，我和班长商量说，我已经没有力气了，我的策略是前两千六百米我和郝伟达反复争夺，打乱他的节奏，最后由班长突击。下午，三千米一开始就进入白热化争夺，两圈后，郝伟达跑在前头，我跟在他后面，班长在我身后。校运动会是在县体委的操场上开的，广场看台上除了我们师生，还有一些社会人员。郝伟达打扮得很酷：他身着天蓝色运动背心、短裤，雪白的运动鞋，在我眼前很自信地

2

奔跑着。看台上，他漂亮的女朋友在拼命地为他加油，那小子越跑越抖擞。看他那神气，我也来气了，心想：我倒要看看，你女朋友的尖叫，能给你多少力量。于是我一咬牙，脚下一用力，"噌噌噌"地蹿到了他前面。我班同学顿时爆发出热烈的欢呼。郝伟达自然不服气，拼命又冲到我前面。就这样，几乎每圈每到直道都是反反复复地争夺交换，跑到两千八百米，我们两个都没力气了，后面的班长突然像蛟龙出水一般，一骑绝尘而去。最后，我们班长以绝对优势夺取冠军，郝伟达拿了亚军，我得了第三名。冲线之后，我感到像虚脱了，被两个同学架着，一阵阵眩晕。

第二天我上厕所大便，刚站起来，眼前乱冒金星，一阵眩晕，一头栽倒到对面尿池子的水泥边沿上……

此时，我下意识摸着自己当时被磕的眉骨的凹陷处，看着明晃晃的太阳，有了梦想：今天分配，我就要工作了，可以挣工资了，可以吃饱饭了！

七月的海滨城市青岛，还是初夏气候。早饭后，青岛市胶南县师范学校校园里，蓝天白云下，阳光灿烂，和风拂煦，鸟语花香，杨柳依依，呈现一派祥和宁静的气氛。学校的高音喇叭，正播放着新歌《年轻的朋友来相会》：

      年轻的朋友们

      今天来相会

      荡起小船儿

      暖风轻轻吹

      花儿香，鸟儿鸣，春光惹人醉

      欢歌笑语绕着彩云飞

      啊，亲爱的朋友们

      美妙的春光属于谁

      属于我，属于你

属于我们八十年代的新一辈

再过二十年
我们重相会
伟大的祖国该有多么美
天也新，地也新
春光更明媚
城市乡村处处增光辉
啊，亲爱的朋友们
创造这奇迹要靠谁
要靠你，要靠我
要靠我们八十年代的新一辈

但愿到那时
我们再相会
举杯赞英雄
光荣属于谁
为祖国，为四化
流过多少汗
回首往事心中可有愧

啊，亲爱的朋友们
让我们自豪地举起杯
挺胸膛，笑扬眉
光荣属于八十年代的新一辈
……

欢快、悠扬的歌声回荡在整个校园，令人欢欣鼓舞。

八点，在学校礼堂内，正在庄严进行着七八级毕业典礼。胶南县教育局局长铿锵有力的声音在学校礼堂回荡："同学们，你们考学的时代，是国家改革开放开启的时代；你们参加工作的时代，是历史转折的时代，是充满希望的时代！在你们身上，寄托着全县人民的希望，你们肩负着振兴胶南教育的重任！希望你们积极投身教育事业，努力工作，无私奉献，为胶南教育事业的发展做出自己的贡献！……"

随后，是校长老师的殷殷嘱托、同学代表的发言。

最后，教育局人事科科长逐一宣布了我们九十四位毕业生的分配去向，大家都伸着脖子听自己要去的地方。我和我同一个公社的高放、李伟、丁波、李克、陈文远共六位同学被分到藏南公社。

下午，两个班级与老师照了合影。然后是联欢会，有合唱、诗朗诵、现代京剧……一位男同学朗诵毛泽东的《沁园春·长沙》，他带着表演，动作有点像女生。最后读到"到中流击水"，突然兰花指一点，大吼一声："浪遏飞舟！"

同学们都乐坏了。我看着他们想：这有什么可乐的？我只是觉得肚子饿，对那些没有什么兴趣。

联欢会后，我和高放去家属院拜访老师，在教音乐的李茜华老师家里我们看到李老师年轻时的照片，她一袭雪白连衣裙漂亮极了。我说："老师，这是我第一次看到认识的人穿连衣裙，您真漂亮、真新潮！"

李老师微笑着和蔼地说："呵呵，徐健，谢谢你的夸奖。那是我年轻时随丈夫出访苏联时照的。那种衣服俄文音译叫'布拉吉'，五十年代末，中苏关系恶化，就再没有人穿了。所以你们看到我们五十年代的照片，还觉得新潮。"

高放是初中应届考上的，比我小四岁，只是在一边笑眯眯的，不说话。

晚上，大家都很兴奋，没有睡觉的。我们文史班三十八个男同学，在一个大通铺宿舍，同吃同睡同劳动，一起生活学习了两年。现在要分手了，大家都有些伤感，有些恋恋不舍，相互说了一夜的话。黎明时，我们去藏南的六人集合，与大家握手告别。之后，我们望望南边住着七九级同学的一排排宿舍，默默地与还在睡梦中的他们告辞，骑上自行车，悄悄离开母校，奔向目的地。

藏南公社因在藏马山南面而得名。据地理专家考证：青岛崂山山系北抵即墨、莱西，西到胶县艾山，转向至胶南，一直往西延伸，依次是小珠山、大珠山、铁橛山、灵山岛、藏马山，形成胶南五座最大的山峰。

藏马山位于胶南中部，海拔三百九十五点二米，虽是胶南五大山峰中海拔最低的一座，但山峦跌宕俊秀，湖光山色，田园牧歌，生态植被丰实，自然资源优势明显，加之气候宜人，区位适中，素有"东崂山，西藏马"之说。藏马山被称为"黄海八岫"之一，自古有"山藏天马出，蛰古远龙飞"的美誉。在藏马山西面流淌着一条南北走向的河，叫白马河。

传说白马河畔的丁家大村，有一个大财主家里养着很多马。牧马人早上出去放马，点数九十九匹，白天在河畔数数却是一百匹，傍晚回家又是九十九匹。牧马人告诉了财主，财主派人暗中察看，见早上马群出村时，有一匹白马从东山飞出，加入马群，傍晚回家时，那白马又从马群出来，腾云驾雾，飞回山中。后来神马见被人发现，即化龙飞天而去，财主说那是天马下凡。从此那山就叫"藏马山"，那河就叫"白马河"了。

途中，经过一个公社驻地，我们找一个小饭店吃了早饭，又一起说说笑笑地向西骑行。路上，我们一边游玩，一边想象着那个我们谁也没有到过的地方，猜测着谁跟谁会分到一个学校，那样相互还有个照应。

上午八点多，我们赶到藏南驻地横河大队。顺着人们的指引，我们走向村南边岭坡，经过一片庄稼地，在岭顶上，看见一个孤零零的大院子，门口朝西。说是门口，其实并无大门，只是一个大口子，用砖砌了两个门垛，两边挂着木牌子，油漆黑字，一边是"藏南公社文教组"，一边是"横河联办中学"。进院观察，只见院子占地大约有二十亩，整个院子一分为二：南边是操场，靠近南墙，是学生厕所。操场东边靠东墙有一片菜园，菜园北面，是教师厕所。北边分为东西两半，西边是两排教室，每排九间，挂着三个班级的牌子，有师生在里面上课；东边三排，每排十几间，前排西头几间挂着文教组的牌子。我们进去报到，各自向领导报了自己的名字之后，文教助理（现称教委主任）简单给我们介绍了当地情况，说："我叫王振武，是文教助理。咱藏南公社共有五十多个行政村，分成六个片。分别是横河片、高戈庄片、于家官庄片、韩家溜片、封家庄片和唐家庄片，全公社共设七个中学。胶南十七中设在驻地，是国办中学，不归咱管。其余六个中学都是联办中学，每片一个，每个联中都是六个教学班……"他面黑，体壮，个儿不高，四十多岁的样子，五官内聚，眼球突出，声音洪亮，如果不看那一身中山装，活脱脱一个农村汉子。听说他是六十年代胶县师范毕业的，在校是叱咤风云的人物，要不全县二十多个公社、一百多个联办中学、三十多个国办中学，他怎么把我们九十四个毕业生一下要来六个，并且全是大场的。——谁都知道大场公社在胶南的名气，能人多，生源好。看来此人能耐不小。

中午，王助理安排我们在学校伙房吃了午饭后，告诉我们下午参加民办教师考试，一个多月后，也就是八月十六日，再回来与各校校长见面，分到每个学校。

"民办教师考试，为什么要我们参加？"我打小就有好问的毛病，这会儿又发作了。

"我这里没有为什么，谁不愿意参加，就回教育局重新分配。"助理沉下脸，好像很不高兴。

我赶紧闭了嘴——回教育局，首先会背上一个不服从分配的罪名，再分到哪里就难说了，还有好果子吃？班里有个海青公社的同学被分到铁山公社，离家一百三四十里不说，那个地方还是山区，极为贫穷落后。那同学愁得哭了。我们全班安慰他。

什么都别说了，我们赶紧按自己的学科找考场，我和高放是学文史的，就找到语文考场——胶南师范虽是中师，可因为教师奇缺，县里为了首先充实中学教师队伍，就让学校分了文理科，使用的是昌潍师专的教材，我们实际上学的是专科，所以与这些都是初高中毕业的民办教师一块儿考试，我有点受侮辱的感觉。

进了考场，我看见有三十多个男女民办教师已坐在里面了，讲台上一个像领导的给我俩找了座位。发下卷子，我一看主要是些基础知识题，题量很大，很费时，就赶紧做了起来。

考场里乱哄哄的，像开讨论会，监考的也不管。大家没人理我们，我们也就只顾埋头答题，他们讨论的声音不断灌进我的耳朵，比如，"人"和"入"有何区别？有的说"人"撇长，"入"撇短；有的说"人"捺短，"入"捺长。我听了内心禁不住冷笑——这是撇捺关系的问题，也就是谁在上的问题。又比如，"冒"上面是不是"曰"？为什么？我一看，这题难度较大。不是"曰"，因为下面两横不能顶在左边，它是瓜皮帽的象形。答完后我听听他们怎么说，果然讨论更热烈了，有的说是"日"，有的说是"曰"，至于为什么，他们经过一番讨论后，一致确定答案为"不知道！"

我忍不住"嘿嘿"地笑了，他们齐刷刷地朝我看过来。把我吓得赶紧捂住嘴，埋下头继续答题。不知为什么，我用余光看见监考的领导竟朝我微微一笑，我想他大概和我有同感吧。他是校长，还是文教组的领导？

看看太阳快落山了，答题时间还有半小时，后面是些阅读题，更费时间，想想这样的考试也没意思，就草草答完交了卷。出了考场，发现我的同学都没出来，心想：真是些老实孩子。

同学中我家离这儿最远，就干脆跟领导说了声，骑车往家奔去。

路上，我那崭新的"永久"牌平把自行车吸引了不少路人的眼光。

要知道那时自行车很少，像这样的名牌在胶南更是没几辆，不亚于现在的"宝马"，还是我父亲求在上海当高级干部的表叔买的。上师范时，我们文史班四十人，仅有的两个女生在我的前桌，我正前面的王小玥父亲是县委干部，她戴一块"上海"牌手表。有一次，在一个下午的自习课上，她回头微笑着跟我说："徐健，跟你商量个事儿。"

"葱花，你笑起来真好看。"平时前面两位"公主"从不大搭理我，忽然见她主动回头跟我说话，我一下来了精神，赶紧讨好地说。

"你叫谁'葱花'？"王小玥有点不高兴。

"咱们班四十个同学，只有你们两位女士，还不是调味的葱花吗？你俩还不知道班里男同学背地里早这么叫了吗？"我故意放大声音说。

周围的男同学都捂着嘴，"哧哧"地笑。

"别闹！"她半嗔半笑，低声说，"我用我的'上海'手表换你的自行车行不行？"

"行！"看我这样爽快，她的眼更是笑成了一对月牙。

"不过我有个条件……"我故意慢吞吞地逗诱她。

"你说！什么条件？"

看她猴急的样子，我降低了声音附在她耳边故作认真地说："你得答应嫁给我。"

"你想什么！"她"叭"地一拍我的桌子，迅速转回头去，长发甩在我的脸上，抽得我的心在疼。

我心想：何必生这么大的气，连个玩笑都开不得，你也太骄傲了吧。就小声嘟囔起来："哼，本人一米七五，算高个儿了吧？学校的中长跑冠军、篮球后卫，模样英俊，身体棒，吃饭香，琴棋书画，诗歌、散文、小说哪样差？就这些，唐伯虎能比得了？何况，本人品性纯朴，就像秋天田野里的一株红高粱；更何况，我听说送一辆大金鹿就能改行当干部，我这名车还不换个股长当当？……"我像中了魔似的喋喋不休。

"哎，哎——"我的同桌李军拍拍我的肩膀说，"老兄，半夜五更

9

怎么自我表扬起来了，王小玥刚才给你灌了什么迷魂汤？"

后排唐宏伟伸手摸摸我的前额，阴阳怪气地说："啊呀，好烫啊！烧迷糊了吧？怪不得拿我的本家说事儿。"

他俩的话引来周围一片"嘻嘻"的笑声。

我恼羞交加，低沉地怒吼一声："闭嘴！"

王小玥突然站起来，大喊："班长，李卫国！这边这么闹，你也不管管！"

……

想着过去两年的生活，心头泛起一阵阵别样滋味：那是集中了胶南的一批精英啊，虽然经常吃不饱饭，学习也很累，可我们团结向上，精神生活非常丰富，那段时光成为我有生以来最浪漫的回忆。拿过去美好的学校生活，对比今天的情景，我感慨万千，唉！以后我就要跟这等水平的民办教师同事了。

二

一个多月很快过去，八月十六日上午，我们六个同学早早赶到了学校。校园里贴出大红纸，公布了那天的考试成绩。我跑到公布语文成绩那张纸的前面查看，全是民办教师的，最高六十二分，第二名十八分，其余全都十分以下。这情况不出意料。我们刚分来的同学的成绩，单独公布在一张纸上，我得了八十八分，其余同学全在九十分以上。

看完成绩后，有人把我们六人叫到文教组，屋里除了王助理，又多了七八个男女长者，其中一个就是给我监过考的。虽然领导们都面带微笑，我们却有些紧张，我感觉校长们审视我们的眼神，就像在鉴赏六个小嫚儿。

"开会了——"王助理露出一排白牙笑了笑，给领导们介绍了我们六人的姓名，之后说，"各位校长，今年春天七七级毕业生，基本被国办中学瓜分了，国办国办，全部是公办教师嘛。七月七八级毕业时，我豁出半条命，磨破了嘴皮子，争来了六个，并且大部分是很优秀的，他们的考试成绩就是明证……"

一听这话我心里开始嘀咕："啊呀，我该不是那少部分不优秀的吧？别是拿我的语文成绩和他们的理科成绩比吧？"

"咱一下就争来了别的公社的几倍！有的公社才弄到一两个！"听到这话，校长们像打了鸡血，一下群情激奋，热烈地鼓起掌来。

王助理挥了挥手，示意大家静下来，继续说："咱全县这两届大中专毕业生，每届才一百二十二人，严格说是这两届二百四十四人是一届，去掉非师范专业的，总共不到二百人。他们从参加高考到毕业只差半年，这是我国恢复高考制度后的首届毕业生，这一百多人是我们胶南教育战线的宝贝啊。在座的都知道，五十年代，咱胶南因为是新成立的县，胶南师范一直没有列入国家招生计划，所以咱县基本靠高密、胶县、莱西、即墨等县支援公办教师，一九六六年教师归队，外县公办教师一走，咱初中小学就基本没有公办教师了。恢复高考后，咱胶南师范首次列入国家计划招生，可一届就九十四人。大家知道，突然恢复高考，有几个敢报专科本科？报中专的也是高手，比如说小徐吧，"助理突然指着我说，"我看了他的档案，一九六六年上小学，一九七六年高中毕业，正好十年'文革'，他能学什么？上小学游行，上初中给老师写大字报，上高中出了农场进工厂，高中毕业后回村干了两年农活，他学什么来？可是，他照样能考上师范，照样是我们的宝贝，比民办教师强得多。"

听了这些话，我的头开始发涨，越涨越大——这是表扬我，还是损我？

"大家谁也不要争，咱们正好每个联中一个，公平。下面我分配——李伟！"

"到！"我那同学笔挺地站起来，精神抖擞。

"你到横河联中，王校长接走。"一个胖胖的中年妇女跟他握手，把他领走了。

11

横河联中是驻地联中，王校长是助理的妻子，这我知道。

随着助理的点名，大家一个个走了。我想，我在最后，肯定不是好学校。

"徐健！"

"到！"我故意学同学的样子，身体笔挺地、目光灼灼地、神态严肃地站好。

"这是逄校长。"

我赶紧伸出双手："校长，你好。"

"逄卫华——徐老师，欢迎你。"逄校长一边握着我的手，频频地点着头，一边自报姓名。

这老头我早就注意了。开会时，他蜷缩在角落里，不大说话，身体比较壮硕，黑红色的脸庞，比王助理还黑，除了一对戴着眼镜的小眼睛闪闪发光，那样子比农村老大爷还老大爷。

"跟我走吧。"逄校长说完，转身就走。

我也头也不回地出了文教组，骑上自行车，跟上了校长。

校长在前，骑着一辆破的、旧的、吱吱响的"海燕"自行车领着我出发了。他自行车后座上捆着一个鼓鼓囊囊的蛇皮袋。

我跟着校长那吱吱嘎嘎的破车，翻过了几道岭，一直向西北走，走了十几里，又爬上一道岭，转弯后，前面赫然出现了一片宽阔的水面。

校长减缓了速度，跟我并排骑行，介绍说："小徐，咱胶南有四座大水库：吉利河水库、小珠山水库、铁山水库，还有一个陡崖子水库——这就是了。"说话时，他的一对小眼睛闪着亮光——一种自豪的光。

骑行在向北的水库大坝上，前面是连绵的山峰，右面是浩浩的秋水，我一下子有了豪气冲天的感觉。

过了大坝，又向西翻过一道岭，眼前出现了一个大村子。校长说，那就是这一带最大的村庄——于家官庄。放眼望去，西面山坡上，绵延坐落着四五百座房屋。村东有一条沟，沟的东面往北靠近山前怀里，有一片平地，平地上有两排房子。校长指了指说："那就是咱们学校。"

我们从学校南面爬上沟崖，眼前一块五六百平方米的平地，像是操场，北面两排大房子，大房东面一条南北通道隔开，东面两排小房。操场西面有一棵老槐树，歪的。树干弯处绑着一个大铁圈（算是篮圈），树的西面立着一块半朽的棺材板（开坟掘墓挖出来的），上面黑漆竖书几个大字：于家官庄联办中学。

西面两排大房子，是六个教室，东边两排前边四间分开文理两个办公室；后面四间西头一间是伙房，其余三间是宿舍。校长领我径直走向后面的一排小房子。

抬眼望去，房后便是莽莽苍苍的连山，眼前的小房子在巍巍山峰的逼衬下，形如土狗。太阳渐渐要坠下去了，空气中弥漫着山林、庄稼和土地的味道，风，一丝也没有，校园很静，静得连只麻雀也没有。不知为什么，在这炎热的夏末秋初的傍晚，我竟感到了丝丝的寒意。

"好了。"校长掏出钥匙打开西首第二间的门说，"这是你的宿舍。"随手把钥匙给了我。

我走进房间，一股潮气和晦气（比霉气重）扑鼻而来，定神一看，房内十三四平方米，地面是用扒坟扒出来的砖铺的，青砖上有残留的白石灰。墙面斑驳杂色，南面靠窗有一张三抽桌、一把椅子。西北角支着一个铸铁火炉，火炉边立着一口小水缸。东北角是一张木制单人床，床上有些白石灰水。"校长，这——"

"唉，上学期一位教化学的公办教师，得出血热死了，这是他的床，昨天我弄了点石灰水洒上，消消毒。另外，这房子三个多月没住人，湿气重，今晚睡前你生生火，去去潮气。你的隔壁是我的宿舍兼办公室，不过我家在前面村子，一般不住在这里，你得照顾好自己。"

"谢谢。"看着校长出去，我赶紧解下自己的行李，找些旧报纸铺在床上，然后铺上我的褥子和床单。铺好床，又在床底下找些木棍生上火，又找了些干草点上，驱驱蚊虫。

"逢校长，我来了！你吩咐我干什么？"门外忽然来了一个粗声大嗓的农村妇女。我赶紧出去，看有什么需要帮忙的。

校长早已从自行车座上解下蛇皮袋，倒出一些猪下货，说："于大嫂，就这些东西，还需要什么，你就让这位刚分来的徐老师帮你拨点菜，麻烦你今晚给做一桌，知道大嫂手艺好，有劳了！"校长冲她抱抱拳，又转脸对我说，"你帮帮大嫂，我去买点酒，今晚给你搞个欢迎晚宴。"说着，不等我们回话，就骑上他的破"海燕"向南去了。

按大嫂的吩咐，我到两排教室中间的小菜园弄了些菜来。于大嫂一边麻利地洗着猪耳朵、猪肚、猪肝什么的，一边笑吟吟地问我："你是刚分来的新老师？"

"是啊，大嫂是西边于家官庄村的？"

"啊，是……"过了一会儿，她忽而声音低下来，叹口气说，"你这样年纪轻轻，到这穷山沟里来，家里爹娘该多么牵挂啊。这里的公办老师一般待不下，都往公社驻地调，咱这学校除了校长，就俺村的于敬友老师是公办老师，剩下的全是土包子。"

"没事的，大嫂。俺从小皮惯了，胆又大，高中毕业在家还干过两年活，哪里都能待得下。"

听完我的话，她马上满脸笑意："好，好啊！你们这些大学生有学问，孩子们知道了还不知会有多高兴呢。哎，我女儿开学上初三了，不知能不能摊上你教她。"

"刚才路上逢校长跟我说了，让我当初三（2）班班主任，教（2）班语文。"

"哈！太好了！"她带着两手油腻，一下子抓住我的手，"太好了，俺闺女在初二（2）班，明天开学不就是初三（2）班了吗？"

"应该是吧。"

听到我肯定的回答，她的脸笑成一朵菊花："好，好啊！上午有老师捎信说，校长叫我帮忙来做顿晚饭，我那老东西还咕噜家里没人做，这不，俺闺女的福气来了。老师，咱可说好了，我那闺女叫于倩，你可

14

得把她当作自己的孩子管教。还有，倩倩大爷家哥哥跟倩倩一个班，叫于文亮。"

"大嫂说啥哩，我才二十岁。"

"啪！"她一拍大腿："那有什么，老人们不都说'一日为师，终身为父'吗？"

听了这话，我想：听说于家官庄是个有名的大村，村里有大地主，有能人，现今看来果然名不虚传。

"唉——"她突然又长叹了一口气，不说话了。

看着她深沉的脸，我不知所以，也不敢吱声。

过了一会儿，她又幽幽地说："咱这里有个封老师是前年分来的工农兵大学生，化学教得好，他的孩子刚出生，他就得出血热走了。仨月前听到封老师走了的时候，初三两个班的学生都哭成一堆，可怜啊……"

在她絮絮叨叨的说话声中，天色渐渐暗了下来。我的心像被什么压住了，很沉，想透透气，就起了身走出伙房。望望北面黑魆魆的山峰，正犯愁照明问题的时候，南面传来说话声。

逄校长一手推车，一手提个纸箱，领着两个人走来。他呵呵笑着，对其中一位干部模样的人说："领导，这就是小徐。"

我赶紧上前握手："领导好。"

"什么领导，"他大手一挥，"我姓马，是公社里的芝麻官，到这里来蹲片的，叫我老马就行了。"马"片长"声音洪亮，五短身材，鼻直口阔，大手皮糙肉厚。没等我说话，他就转脸给我介绍说，"这位是于老师，五十年代毕业于胶县师范，是咱们这片的老学究。"

"于敬友。"那人微笑着伸出一只大手，声音平正温和。

于老师一米八几的个头，身体健硕，满脸皱纹，皮肤略黑，看上去有五十七八岁年纪，头发花白齐整，中山装在他身上与他神定气闲的风度浑然一体。

我惊讶在这样偏僻的地方竟有这样学者气质的人，禁不住对他肃然起敬，赶紧上前握住他的手说："老前辈，今后请多指教。"

"徐老师客气，还是你们后生可畏。"他谦逊地说。

说话间，校长从他房间拿出两个玻璃罩子灯，一个放在伙房前面的水泥乒乓球台上，一个拿到伙房里，又拎出一个矮脚饭桌、四个马扎，呵呵笑着说："今晚咱就在这上面吃饭吧，高高在上，还干净。"

我早已发现逄校长办事不声不响、迅捷条理、统筹得当、计算精准，几句话的工夫，茶叶、茶壶、茶碗、酒杯、暖瓶一应俱全。于大嫂也把做好的四个菜端上了桌。

校长把带回来的纸箱打开，拿出四瓶青岛栈桥白酒、两瓶山楂红酒，隆重地说："领导，已经四个菜，咱们开席了。"说着"嘭"的一声打开了一瓶白酒，倒进了四个茶碗，"正好，二一添作五。我先说几句吧，今天一来为新来的徐老师接风，二来欢迎领导光临指导工作，咱们可说好了，三口一杯，谁也不许耍赖！"

"好！"马"片长"大手一挥，很豪放地说，"咱这里难得分来一个公办教师，的确是喜事，今晚唯校长马首是瞻。"

大家举杯一碰，只听"嗞！嗞！嗞——"的三声，他们三人杯中之物果然没了三分之一。

我举着酒杯犹豫：平生第一次跟这么大两位领导喝酒，该怎么喝呢？

"啪！"校长大手拍在我背上说："哈吧，咱山里的人直爽，明天才开学，今晚多哈点也不碍事。"

听了校长的话，我也照他们的样子一仰脖，近一两白酒进了肚，忽地一下，食道像着了火，差点呛出了眼泪。

看着我的窘态，马"片长"却哈哈大笑，竖起拇指说："好，好样的！"

那一晚大家说了许多话。于大嫂一手炒菜，一手烧火，动作麻利。随着菜越上越多，我们酒越喝越高，话越说越暖心，到了浓处，他们竟也称我"老弟"。人说酒逢知己千杯少，我不知他们是不是知己，只看见他们喝到最后那话越说越热乎，你拍拍他的肩，他摸摸你的背，一会儿语重心长，一会儿纵情大笑。我虽然头有些晕，但还明白。

马"片长"脸越来越红，眼睛也红了。"老弟，"他拍拍校长的背说，"今天又让你破费了。你不易啊，弟妹自己一人在家拉扯两个孩子，还要干活挣那点工分，你这四大毛工资，难啊。还有，我听说王助理为应酬上级、同学，两口子八十块工资，却拉下了一千多元"饥荒"，媳妇王淑芬经常和他闹矛盾？"

"是。"校长头垂下去，轻轻点了点，"老王都愁出头痛病来了，经常犯。"

马"片长"红红的眼里闪着泪光："你们教育上的领导不易啊！"忽而，他又打破沉默，冲着我说，"来！老弟，你年轻有为，面包会有的。"

于老师一直不大说话，多数时间笑眯眯地看着我。

不久，四瓶白酒见了底，红酒也没了。

大家一块儿吃了晚饭，送走于老师和住在于老师村里的马"片长"以及那位于大嫂，收拾完桌碗后，逢校长说："我家里事多，今晚就不住在这里了，你自己一个人晚上注意安全，把门插好。明天早饭你自己把今晚的剩饭在锅里温一温，水到西山沟里去挑，那里有一口井。咱们上午七点半开会，八点正式上课，我走了。"说完，校长骑上他的破"海燕"，迅速消失在夜色中。

"校长慢走！"我冲着南边渐渐远去的黑影吼了一嗓子。

第二章 暗夜惊魂

时间估计也就九点，我仗着酒劲，往西走去，想熟悉一下那边的情况。伙房西面第一个教室门框上方挂着初三（2）班的牌子，再往西是初三（1）班、初二（2）班。教室以西，是一片荒草地，草地尽头有一道南北走向的深沟。纵目西望，沟西山坡北高南低，西南缓坡上依势而建的一大片村舍就是于家官庄。四周一片漆黑，只有远处村里灯光点点，狗吠声声，使我感到唯一的一点人间的温暖。

转首北望，山坡上一大片坟场里鬼火闪闪，阴气逼人。幽黑的主峰巍然耸立，在黑蓝色夜空的映衬下凛然肃穆，像一尊巨灵神俯视着大地。西天挂着一弯残月，乌蓝乌蓝的天空深邃幽暗，繁星满天，银汉邈远，天上一丝云彩也没有。空气中除了山林、庄稼和土地的味道，什么也没有，连一丝风也没有。

忽然，不知为什么，我打了一个寒战，心说：该回去了。

回到宿舍，我关好了门窗，点亮罩子灯，拿出笔记本，想写下今天的日记。忽然浑身瘙痒起来，脱掉衣服一看，满身起了密密麻麻的小疙瘩。我忽地一下，坠入深渊——莫非得了出血热？

出血热，据说由老鼠传播。有一种田鼠，背生一道黑毛，称黑线鼠，其身上携带的跳蚤咬了人，便可能得此病。初期症状与感冒相似，如果治疗不对症，就会浑身遍生丘疹，到此就再无回天之力，之后丘疹出血，最后肾衰竭而死。全县联办中学，大都建在荒郊野外，而公办教师大多异地分配，离家远，只能住校，因而得此病最多，听说已经死了几十人，在社会上造成恐慌。我们毕业时有关系的首选县城，其次公社驻地，再次靠近村庄的学校，像我这种没有关系的人，就只好任人分配了。想到这里我不寒而栗，一阵绝望，悲从中来：难道老天真要亡我？

据父母说，我生于一九五九年农历九月，刚出生就赶上三年自然灾害。父亲在青岛一家工厂当会计，没有像人家祖上藏留下的遗产，拿着金条买粮食，因为城里粮食贵，找点可吃东西的门路少，父亲便领下当月的工资，辞职回到老家。一九六〇年早春二月，我刚五个多月大，家里只剩下几十片地瓜干了，母亲早没了奶水，父亲便把地瓜干放在一个大缸里，用石板压着，每天拿出一片煮烂，捣烂加水调成糊糊状喂我。哪想到我十岁的大哥、七岁的二哥和四岁的三哥，三人竟合力偷走了。据大哥以后炫耀说，他们当时还用了杠杆原理、滚轴原理……

从此母亲便只能用捣烂的树叶喂我。农历二月底的一天，我口鼻中忽冒黑水，便一下子没了气了。其实当时未必真死，可能只是饿昏了。父亲说，我当时体重只有五六斤，他便像包小死猪似的用一块破席把我卷起来，到我村西南的坟场，想把我埋在爷爷的坟边。在他挖坑的时候，忽然下了一阵骤雨，早春的雨是很凉的。父亲挖好坑后一转身见破席张开了，看见我在动，还睁着眼看他。父亲一阵大喜，立即将我揣在怀里带回了家。

上辈中我父亲最小，是爷爷的独子，我有五个姑姑。消息传开，五个姑姑一齐来到我家，我二姑说："咱姊妹孩子都大了，饿不死。兄弟（胶南方言：弟弟）的这小四儿咱说什么也得保住，大家有钱出钱，有东西出东西。"

此时我奶奶还健在，奶奶深爱二姑，说二姑最随她，家里的事全交给二姑打理，二姑的话谁敢不听？二姑又对我父亲说："这个小四儿命大，那场雨，说不上是咱大下的。兄弟找个算命先生给咱算算，这孩子以后能成什么器。"

于是，中午我便喝上了鸡汤。下午算命先生问我父母要了我的生辰八字，掐指一算便给我下了批语，大家看了批语皆大欢喜。

此后，姑姑们有的拿来一只鸡，有的拿来几斤小米，我三姑嫁到五莲山里，最富有，竟牵来一只奶羊。从此，我便喝上了羊奶，这让三个哥哥有点嫉妒。

以后，父亲藏下批语，知我早年不顺，便给我起名"健"，取"天行健，君子以自强不息"之意，是要我扛得住压力，努力奋斗——父亲是上过几年私塾的。等我师范毕业，父亲拿出纸条，命我观瞻，再三嘱咐，让我好好保管，他说："这是袁天罡称骨算命法得出的结论，我也会点，很灵验。"父亲像在交代一件大事，很庄严。纸条内容如下：

批语：此儿禄厚官职、财禄荣华之命。

歌曰：一世荣华事事通，不经劳碌自亨通；弟兄叔侄皆如意，家业成时福禄宏。

释曰：此命为人多才能，心机灵变，祖业凋零，离乡可成家计，兄弟少力，驳杂多端。为人静处安然，出外有人敬重，可进四方之财，有贵人扶持，逢凶化吉，一生无刑险，无大难，只是救世人无功，重义轻财，财帛易聚易散。凡事顺意，三十八九始称心如意。末限福如东海，寿比南山……

看后，我自然不信，一笑了之，随手装在衣兜里，过后就把它扔掉了……

突然，我想起算命先生八字批语中"一生无大难，无刑险"的话，这时却非常愿意相信它，立刻便像打了针镇静剂，冷静下来，心想，出血热不会如此迅速。我拿出手电筒，开门找到刚才的四个空白酒瓶，把里面的残酒倒出来，脱了衣服浑身涂抹起来，高度白酒的烧灼感虽然让我略感刺激，但很快浑身又奇痒无比。一会儿，全身的疙瘩越来越大，很快连在了一起，整个人胖了一圈。"酒精过敏！"看着红红的皮肤，我突然想起来了，顿时内心大喜，立刻觉得浑身的不自在减轻了很多。

"该睡了。"我熄了灯，上床躺下，一会儿便迷糊起来。

月亮已经落下，窗外微明，屋内漆黑，除了外面几声秋虫有气无力的鸣叫，一片死寂……

"哟嘎，哟嘎，……"西屋伙房挂在梁上的铁水桶突然鸣响，在这寂静的夜里，格外刺耳惊心。

"什么东西？"我大叫一声，找出手电筒，走了出去。

我是从来不信鬼神的，小时候为了在小伙伴中建立威信，出这样的主意：傍晚大家一块儿，到村里坟场，各自找一个坟头，上面放一样东西，晚上看谁敢去拿来。结果他们没有一个人敢去，我去拿来了。我读过《十万个为什么》，所谓鬼火，是死人骨头的磷火。六七十年代在上级的号召下，到处扒坟，死人骨头扔得遍地都是，磷火就特别多……

鬼神之说只不过是《聊斋》故事，我猜想是什么小动物在闹玩。

开了伙房门，照见那水桶还在晃来晃去，四下里查看，什么也没有。带上门，回到床上，刚想睡，那声音又响了。

这回，我看完后，把伙房门"咣"地一带，一脚踹开自己的门，然后慢慢儿带上，再轻轻推开伙房门，又悄悄闭上，做出回屋休息的假象，然后躲在墙角，屏住呼吸，左手拿手电筒，对准水桶，拇指按在电门上，右手握一块半头砖，定住了。

过了好久，动静全无。我心里嘲笑自己：这点小计策不管用，它能感受不到你的存在？正想回去休息，水桶突然又响了。我一按电门，照见水桶上赫然蹲着一只黄鼠狼在玩跷跷板。几乎同时，我一甩手，砖块击中了它。

"吱——"的一声，黄鼠狼掉在地上，接着就地一个翻滚，不见了踪影。我拿着手电，顺着黄鼠狼逃走的方向，仔细查看，在西北角墙根发现一个大洞。"你这畜生也来烦我！"我一边大声咒骂着，一边狠狠地用砖头把洞砸死，之后再次回屋躺下，心想：这回可以睡个安稳觉了。

"哇——哇呀——"我刚迷糊，一声高过一声的哭叫突然破空而来，并且越来越近。我头一炸：那声音似小孩夜哭，又像怨鬼的哭，凄厉，悠长，婉转不绝，声声刺耳，在这寂静的夜晚，叫得我心惊肉跳，浑身汗毛直竖。远处村里的狗叫成一片，很疯狂。

我努力定了定神，心想：大概是狼嗥吧。听老人们说，狼有瘆人毛，如果你浑身起鸡皮疙瘩，汗毛直竖，就说明附近一定有狼。想到这里，我跳下床，迅速把三抽桌移过来，顶住房门。玻璃窗上有钢筋窗棂，这我是放心的。

一会儿那声音没有了，窗外却有了窸窸窣窣的响动。我摸起手电筒，蹑手蹑脚地走到窗前，隔着钢筋窗棂和玻璃看见窗外微微星光下，是一个似狗似狼的动物，我朝窗外按下电门。

果然是狼，在我窗前四五米的地方。它青灰色皮毛，尾巴粗长，微微下垂，身体健硕。忽然被灯光惊吓，它"突"地原地起跳，向南倒跳出四五米，在空中划出一道优美的弧线，落地后龇牙咧嘴，发出"呜——"的一声低吼，一对绿森森的眼睛直盯过来，在手电筒光的照射下，阴森可怖。

我壮着胆子，一拍玻璃窗，大吼一声："滚！"

狼身体微微一震，并未动弹。住了一会儿，它才转身慢慢腾腾地向南走了。我关了手电，凝目细看，见狼在微微星光下，突然加快步伐像闪电一样射进南边沟里，没了踪影。我听老人说，狼也是怕人的，跟你近的时候，它装得很凶，饿极了，惹急了，它也会跟人拼命，觉得走出人的视线后，它就会跑得屁滚尿流。

可能是洗猪下货的肉末的气味把它引来的吧。我这样想着，又一次躺到了我那可爱的床上。倦意一阵阵袭来，却无法入眠，全身的痒痒似乎轻了些，而头却越来越涨痛。我把枕头垫高了些，面朝南门，双手拇指按在两边太阳穴上，轻轻地揉着，揉着。

窗外微明，繁星满天，屋内却很黑。秋虫大概也累了，懒得再叫，风一丝也没有，只有远处的一声一声的鸡叫，还能让我感觉到人世的生机，我第一次觉得鸡鸣原来是那样温暖、亲切……

"啪!"门的上窗突然一声大响，向上打开，接着伸进一张脸！我的头"嗡"的一声，突如其来的变故，让我失去了意识。几秒钟后，意识终于又回来了，我借着外面的微光定睛一看：是一张男人的脸。他正双脚踏着外面的墙裙，手把窗框，观察屋里的情况，因为屋内太黑，他一时还没适应。

"小偷!"念头一闪，我右手本能地抓起枕头，"嗖"地朝那张脸砸过去。"噗!"枕头正中那张脸。

也是突如其来，那人"啊"的一声跌下去。

我左手抓起手电，翻身下床，鞋也没顾上穿，右手从床下猛地抽出一根槐木桌腿，开门跳了出去。

那小偷已向西跑出十几米，他个头比我略矮，见我出来，小偷脚下速度不减，竟然回头喊了一声："你撵不上，回去吧!"

"你等着!"我闷哼一声，脚下加力，迅速向西追去。这时，一夜的愤怒爆发了，我像疯了一样——如果有人测速，我的速度可能会破世界纪录。眼看越来越近，我右手握住木棍正考虑猫腰扫他腰腿，还是纵跳从上往下打他肩膀时，小偷已到沟边，紧急中他纵身跳了下去。我找到了一条"之"字形小路也跑了下去。沟底是没膝深的水，小偷已到对岸，忽转过身来，右手从腰上摸出一把刀子，左手抓起一块石头站定了。

相隔七八米宽的水面，我们互相打量着对方，他的黄胶鞋和裤脚上沾满了泥浆，胳膊上不知被树枝还是尖石划出了血。我也感到握棍的手有些痛，可能抽桌腿时用力过猛，有根裂开的木刺刺进了手掌，血正一滴一滴滴下，却不觉怎么痛，反而有一种畅快淋漓的感觉。

穷寇莫追。如果再追，地势对我极为不利，到了对面是上坡，他随时都可以居高临下用石块袭击我。想到这里我说："我看你也受伤了，你走吧，下次再来，就没好事了，小心我敲断你的腿。"

“你先走！”他突然又说话了。

“放屁！”我的火“噌”的一下又上来了，“你是不是想趁老子转身，给一石头？要不，咱们再玩玩儿？告诉你，我忘了带我的飞刀，否则，今晚我让你留下点记号。”我一边厉声说，一边悄悄往北移动，准备迂回过去，盛怒之下早已不顾死活。

小偷见状，扔掉石头，转身西去，爬上沟崖，很快消失在西边的丛林中了。

我很失落，那时绝对没有了恐惧感，只想战斗，痛快。我真希望小偷回身和我搏斗，谁流血我都痛快，谁死谁活我不管。真的，我完全不能自已了，只想战斗。我跑到北面坟场里，挥舞着木棍，把死人头骨、股骨一块块击出去。估计在远处看来，肯定是鬼火闪闪，魔鬼狂舞。我一边舞动，一边高声吼起了《屈原》里的《雷电颂》：

风！你咆哮吧！咆哮吧！尽力地咆哮吧！在这暗无天日的时候，一切都睡着了，都沉在梦里，都死了的时候，正是应该你咆哮的时候了，应该你尽力咆哮的时候！

尽管你是怎样的咆哮，你也不能把他们从梦中叫醒，不能把死了的吹活转来，不能吹掉这比铁还沉重的眼前的黑暗，但你至少可以吹走一些灰尘，吹走一些沙石，至少可以吹动一些花草树木。你可以使那洞庭湖，使那长江，使那东海，为你翻波浪，和你一同地大声咆哮啊！

……

我疯了一样高声怒吼，声震山谷。我竟然想起一个诗人的几句诗："痛苦像一把刀子，一面割着你的心，一面掘起汩汩的生命的泉水……"眼下，心确实被刀子割得流着血，而汩汩的生命的泉水却在沟底下。我注意到，这时四周却是一片宁静，除了山谷的回声，连狗都没叫。

24

"操！"我粗鲁地咒骂着，"我怒鬼神惊！"我已几近疯狂了。

　　巨大的愤怒释放完后，我忽然想起了破马长枪的堂吉诃德。堂吉诃德孬好还有个对手，我的对手在哪里？心里苦笑着，我快快回到宿舍，点上灯，拔出右手手心的木刺，使劲挤了挤里面的血，左手拇指用力把伤口按住，一会儿松开，血就不流了。

　　东方已经泛白，该是凌晨四点多了吧。我躺在床上想休息一下，却说不出的难受，欲哭无泪，越想睡，越是心潮起伏，思绪万千。想起自己高中毕业回到大队，两年的遭遇和不屈的抗争，我翻来覆去想，自己苦苦追求，得到的就是现在这样的结果吗？

第三章　回首往事

一

一九七六年夏天高中毕业后，我回到了村里。老少爷儿们知道我学习好，又因为第一个高中毕业生已当兵去了东海舰队，第二个被书记培养接班人当了副书记，我这第三个高中毕业生就成了唯一闲着的"秀才"，于是村里的老人们找书记提名让我当民办教师，教村里的孩子。一个大队干部到我家里来，通知我让我去当小学教师，教三、四年级复式班，让我备好课。我找当小学教师组长的大哥要了书，备好课，准备第二天去上课。谁知，第二天早上那大队干部又来通知我不让我当教师了，让我到大队养猪场当饲养员。

"不是说让我当民办教师吗？"我问那个大队干部。

"退下的老书记的儿子去了。"大队干部说。

"他小学都没上完……"

"这是大队委员会的集体决定。"那大队干部严肃地打断我的话，说完转身就走了。

后来，生产队安排我去养猪场当饲养员。从此我便开始了那种满身猪食、猪粪、猪尿的猪倌生活，在三百多头猪的叫声中不停地奋斗，挣那每天八分的工分。因为我刚满十六岁，不到十八岁，即使干的是比整劳力还重还多的活，人家也不给整劳力的十分。十分是一个工日，而一个工日年底能分一毛几分钱。也就是说，我每天从早晨天不亮就开始，到半夜才上炕休息，挣一毛几分钱里的十分之八！这就是我一个高中毕业生每天豁出命去干活得到的报酬。而民办教师不管教学好不好，每月都有八元钱工资，大队还记一些工分。

不久，村里上过学的人都奔走相告，说_级分来一个考大学的名额。

"哼，癞蛤蟆也想吃天鹅肉？"我心里冷笑，"别说不让你们去，就是让你们都去，三个才能考一个，你们能考上？"

果然，书记又让他本家的一个子弟去了。他考完回来后，对我说："数学只有一道题会做，可我不知道单位。"

"什么题？"我问。

"一道应用题，说一亩地去年粮食单产二百斤，今年增产了一成，问增产了多少斤，我不知道一成是多少。"

"百分之十！"我回他一句，扭头就走，心里说，"猪！"

当天夜晚，所有的活干完后，其他两个饲养员都进入了梦乡，我却睁目难眠，岁月蹉跎十年了，我的内心多么盼望尊重科学、尊重文化的春天快点到来啊！

终于，熬过一九七六年那个寒冬之后，一九七七年九月初的一天，大哥给我带来了一个惊天的好消息，恢复高考了！并且报名考生的学历要求初中以上，年龄、出身都不限！听了这消息，我们村的同学奔走相告。晚上，我高兴得彻夜未眠，计算着离考试的天数，筹划每天的复习方案。

第二天我去找队长请假复习，谁知得到的回答是"不准"。

"徐谦为什么可以复习，我为什么不行？"

"人家是副书记，你是猪倌。老弟，你就别做大学梦了。"队长拍了拍我的肩说，"咱就这命，书记已经说了，谁复习就算旷工，一天罚三十分。"

我一听，天哪，全家只有父亲、二哥、三哥干活，工分被他罚光了，一家人喝西北风去？

不管怎样，我还是在大哥和我的高中老师的帮助下报上了名。没有时间复习，没有复习资料，甚至连教材都找不全。我只好用每天三顿饭的时间跑到副书记徐谦的家里，找他的教材拿来串着看看，然后飞跑回家，抓起两个地瓜，边吃边跑到大队养猪场，继续干活。晚上是绝对不行的，那时每天只能睡五六个小时，长年没白没黑地干，秋天更是活多，经常干活到半夜，还是越干越穷。

转眼考试时间到了，考试那天，我大哥从养猪场直接把我拉走，骑自行车载上我，送到了公社驻地国办中学、我的母校——胶南八中。

学校里人山人海，听同学说全县设了十多个考点。真是全民高考啊，从初、高中应届毕业生到六十年代以后十几年的初、高中毕业生，大家都来考了。而我们村里除了副书记徐谦和应届毕业生，只来了我自己。原因是我们村虽基本是同姓，却分为两大支，关系不好，我们这支人多势众，另一支人少，并且大都学习不好，书记大权却落在他们一支。

"叮……"入场铃响，我同大家一块儿走进考场，打开语文卷子，先看作文题目——《我在这战斗的一年里》，看着这个题目，我百感交集，把一年的郁闷一泄而出，很快便完成，文言文翻译是鹬蚌相争的故事，都比较容易。只是基础知识题，因为长时间不看书，做起来十分困难，现代文阅读难度较大，做完后心中也没有底。

试卷科目设置是：政治、语文、数学、理化、史地各一百分，总分五百分。

第一场收卷后，同学在场外议论纷纷，有的问："你作文写了几行？"有的说："文言文翻译怎么诌的？"听着他们的对话，我略感得意，心想：上小学时我就读了很多古今中外名著，上初中、高中时你们批斗老师，我在旁看点书被你们嘲笑，哥们儿，这回晚了。

第二场数学，一打开卷子我就傻了，虽说我缩小了范围，仅仅复习了初中教材，但十几天的时间能看几道题，何况那么多学科，每天那么点时间。

中学四年半，我们除了批斗老师就是进校办工厂、农场，学到的东西寥寥无几。我的母校胶南八中，因为校长是个老八路，除了搞政治运动，还建起了工厂、农场，学校操场上几次放电影《决裂》。在整个胶南，我校的运动搞得最为风生水起，学习文化课成了可望而不可即的事……

傻的一定不只是我，我看看大家也个个抓耳挠腮，就是下不了笔。

两天半考试终于熬过，回到村里，在晚上的社员大会上，我被书记点名批评，并被罚八十分。

二十多天后，大哥从公社拿来我的成绩单，语文 57 分，数学 12 分，政治 28 分，史地 22 分，理化 9 分，总分 128 分。录取线 130 分。

看完成绩单，我眼前一黑，差点一头栽倒。

"四弟，别急，明年咱再考，我年龄大了，又是个小学毕业生，没有机会了，你年轻，还有机会的……"大哥扶住我絮絮叨叨地说。

"有什么机会?"我打断大哥的话，"书记那样弄法，我没有分身术，你又分家出去了，咱大、娘，还有我二哥、三哥、妹妹、弟弟，七口人哪，总不能喝西北风活着吧?"说着说着，我的泪水夺眶而出，"哗哗"地流下来。

"别哭，别哭，"大哥哄着我，"你还有机会，不是每年秋冬都要征兵吗? 咱家你体格最好，今年你又正好满十八岁了，你……"

"大哥，一九六九年你验上陆军，为什么没能去?"我一抹眼泪，忽然想起一件事，就抬头急忙问。

"那个说来话长了。"大哥慢慢思忖着说，"问题出在咱大姑父那里。一九四六年解放时，咱大姑家很穷，属于贫雇农，村里安排大姑父看坡，大姑父把偷树的书记的儿子给打了，后来划成分时，书记报复，就把大姑一家划成恶霸地主。当时我的政审就在这里卡住了，所以兵没当成。不过你放心，现在政审宽松多了，你如果验上，大姑父家的问题，不会有影响了。"

听了这话，我着急地问："大哥怎么知道？"

大哥笑笑肯定地说："这些都是公社武装部曲部长说的，自从那年征兵，我们就认识了。"

秋天很快到来，一天晚上，书记果然在社员大会上宣布了征兵的消息，号召适龄青年踊跃报名。我当即第一个冲上去报了名。

两天后，我顺利通过了体检，全公社验上一百多个青年，排成两队，个个脸上洋溢着幸福的微笑。我和另一位还通过了更加严格的体检，验上了海军。我俩站在前面，昂着高傲的头。曲部长站在台上先表示祝贺后，又话锋一转说："大家先别高兴太早，上级指示说每大队超过三百户的去俩，三百户以下的只能去一个。"

"咕咚"一下，我的心跌进了冰窟窿，我们村只有一百多户，还验上一个步兵，此人叫徐富贵，是书记一支的人。我心里暗暗叫苦，顿时像霜打的瓜叶，整个萎缩下去。

曲部长讲完话，让大家回家。

回村的路上，那位俨然已经是步兵的老兄一路喋喋不休，我低着头一言不发，心里不停地咒骂："杂种，狗杂种！"

第二天上午，村里忽然来了一辆崭新的军用吉普车，整个小村"轰"的一下炸开了锅，大家议论纷纷："县委书记来咱村坐的是破吉普，像这样新的军用吉普，不知道是多大的军官！"

一会儿我二哥飞跑到养猪场，让我快回家，说北海舰队一个军官已经坐到我们家炕上了，等着见我呢，又说让我先洗洗，换身衣服，再回家。

"拉倒吧！"说完，我拔腿就往家跑，沾满了猪食、猪粪、猪尿的破围裙被我随手扯下扔到半空，我的眼前仿佛有一艘高大威猛的军舰，正朝我乘风破浪驶来。

　　一进屋门，我看见炕前站着一名警卫员，身着海军军服，英姿飒爽的。一位军官正襟危坐在炕上，他四十多岁的样子，穿绿色呢子海军军官服，领章帽徽闪闪发光，脸上洋溢着温和的微笑。

　　"首长好！"我气喘吁吁地说着，朝他深鞠一躬，没留神前额"咚"的一声碰到炕沿上。

　　"哈哈……"那军官哈哈大笑之后摆摆手说，"小徐啊，昨天来这里带兵的连长给北海舰队司令部打电话，说大场公社验上了一个高中生，正好我去江苏执行任务路过这里，顺便过来看看。好，好啊，你比我想象的还要好。我看了你的体检表了，你身高一米七五，体重七十五公斤，视力一点九，高中文化，其他各项均无问题，你长得又这么英俊，以你的条件可以报国家的海军仪仗队了。可我们不舍得报，因为这次北海舰队在山东征兵，通过体检的绝大多数是初中毕业生，高中生太少了。毛主席不是说了吗，'没有文化的军队是愚蠢的军队，而愚蠢的军队是注定要打败仗的'。"说完他朝我父亲笑笑，端起父亲倒上的一杯茶水，一饮而尽。

　　这我知道，邓小平再次复出，大规模抓军队文化建设，部队上考得好的，立马送军校上学，我们村一九七五年去东海舰队的，已从军校毕业，升为舰长。我学习比他好，我也要努力成为一名中国人民解放军海军军官。

　　一会儿，母亲把过年的花生炒了送上来。父亲陪那军官喝茶、吃着花生时，军官让我写几个字看看，我写了几行字，他看后直夸我的字写得漂亮，还问了些简单的数理化知识，对那些最基础的东西，我当然对答如流。我还告诉他，上个月高考，我只差了两分。

　　聊了一会儿之后，军官说要告辞，我和父母一直送到大街上，军官和警卫员上车前，我又朝他深施一礼说："首长慢走。"

　　"啪！"军官和警卫员同时向我父母行了一个标准的军礼。那庄严的军礼，让村里看热闹的老老少少一时都呆了。

军官的车子走了。村里人都对我青眼有加，下午场长竟破天荒地让我看会儿书。我躺在饲养员屋的炕上，一边看书，一边美滋滋地做了一下午海军军官梦。

晚上吃饭的时候，村里的民兵连长来我家说，大队委员会初步决定让徐富贵去当兵，因为他是贫农，我家是中农。"咱村小，只能去一个，当然是让贫农的儿子先去了。"民兵连长振振有词地说。

"他小学一年级还没上完，不够当兵条件……"

"书记说他小学毕业，怎么不够条件？"民兵连长不等我说完，扔下一句话，走了。

不行，我不能这样坐以待毙。第二天吃午饭时，我偷偷跑到公社驻地，找到我上高中的班主任马长鸣老师——他此时正任大场公社革命委员会主任（相当于现在的镇党委书记），告诉他我们村验上陆军的那人，小学一年级还没上完，根本不识字，这事全村人都知道。

晚饭时，村里验上陆军的那小子的父母，突然来到我们家，大大小小的包提了很多，他父亲小心翼翼地说："小四儿，你就把名额让给我儿子吧，他没文化，长得又丑，当了兵能说上个媳妇。你也知道，我们家老大至今没有孩子，老二富贵要是当不上兵，找媳妇就难了，我家要绝后啊……"

听着他絮絮叨叨的话语，我一言不发。善良的父母却赶紧笑脸相陪："大兄弟，你们别急，慢慢儿商量，慢慢儿商量。"

"不用商量了。"正说着话，书记破天荒地来到我家，威严地对我父母说，"你儿子先不去当兵，以后我会另有安排。"

我父母赶紧点头说："好，好。"

"明天，公社派调查组来，你们让小四儿好好配合。"书记撂下一句让人半懂不懂的话走了。

第二天上午，我正在养猪场干活，民兵连长叫我到大队部去。

走在路上，他告诉我："公社来调查组了，要调查徐富贵的文化，让你做个见证。哎——"他捏了捏我的胳膊，又低声说，"你可不要乱说话。"

我故意把双手在脏围裙上抹抹，然后把他的手拿开，一言不发。

"你把破围裙解下，这样见领导不好。"

"有必要吗？我就是一个猪倌。"我没好气地回敬他。

在大队部里，书记正陪一个我不认识的领导说话，曲部长笑嘻嘻地坐在一边，徐富贵萎缩在另一边椅子上，看样子很紧张。

"好了，"见我和民兵连长进来，那领导突然回过头来说，"我们今天来调查徐富贵的小学文化问题，曲部长你来考考他，不就知道了吗？"

"是。"曲部长转头对徐富贵说，"你看，墙上的锦旗，上面的字是什么？"

"第一行大字是'民兵先锋'……"徐富贵一字一字地念下去。

"呕……"我故意弄出一种反胃的声音，心想：你们演戏吧。

"你怎么了？"曲部长转头问我。

"部长，我恶心，可能胃病又犯了，我想到卫生室弄点药吃，接着就回去干活，行吗？"

待他点了头，我就快步出了大队部，一路狠狠地骂着："杂碎，一群狗杂碎，老子不陪你们玩了！你们串通好了，在老子面前演戏吧，谁看不出来？"

我知道我的这次机会又泡汤了：大队书记是"土皇帝"，村里的一切都是他一人说了算。这事由他安排，还会有我的好？更何况，我大姑家的事本身就是很大的隐患，他能不拿此事大做文章？想到这里，我彻底绝望，一个重大的决定在我脑海里形成了。

回到养猪场，我到饲养员屋里的墙角裂缝里抠出两张五元的钱。那是我偷偷在夜里支上机关捉了黄鼠狼打死，剥了皮，卖给回收站，每张皮子五元，一年多的时间里，我已攒了几十元巨款。

中午，我跑到驻地的供销社买了六瓶景芝白干，每瓶一元六角五分钱。花掉了我十元钱，心痛得很啊。我用袋子装了，回来后在草垛上掏了一个洞，然后把酒放进去，再用草堵上。我不敢在村里小社（小卖部）买，怕人知道。

喂猪的时候，我从草垛里掏出四瓶，揣在怀里，按每头猪四两的标准掺进猪食，老母猪不给，小猪不给，专给一百多斤的喂上，一共喂了两圈十头猪。

回饲养员屋吃午饭的时候，猪圈里一片喧腾。场长喊："小四儿，你快去看看，猪圈里怎么回事？"

我一个大叔跟我跑到猪圈里察看——真热闹啊！那时，我发现，猪喝了酒跟人大同小异，它们有的唱歌——因为猪平时叫起来总是直声，喝酒之后，它就拐弯了；有的睡觉，平时，猪总是侧卧，酒后它竟会仰卧，并且鼾声很大；有的打闹，你撞我，我咬你，猪场里大乱。其中有几头最为疯狂，它们想跳出猪圈，一米六七的墙，前爪搭上去，又摔下来；再爬上，再摔下来，最后摔死了一头。

晚上，我们把摔死的猪收拾干净，煮了一大锅肉。

书记来了，生产队长来了……大家一块儿坐下吃肉时，我不停地跟场长和大叔说："让领导先吃吧。"边说边给他二位使眼色。

书记和队长还有其他人吃得满嘴流油，我不停在锅里翻找，把每个部位捞出来，切不好的部分端到桌上，把好的部分扔回锅里。吃得差不多了，书记抹抹嘴问："小四儿，你不是有学问吗？今天这些猪是怎么回事？"

"大概……"我犹豫着说，"是叫黄鼠狼附体了吧？"我想，这事打死也不能说出真相，说了就是破坏革命生产，还不被打成现行反革命？

"胡说，黄鼠狼怎么能附猪？"书记不信。

"要不就是叫蠢驴附了它们的体？"我很认真地说。

书记可能听出我在骂他——因为他是属马的——不高兴了，起身便走，队长和别人也跟着回家了。

望着他们的背影消失在黑暗中，我心中升腾起阵阵报复的快感。

等头头脑脑们走后，我让场长和大叔坐下，把锅里的好肉捞出来，切好，一盘盘摆上去说："我有酒，咱们喝点？"

"好！"他二位自然高兴。

我心里说："就当你们为我饯行吧。"

我从草垛里掏出剩下的两瓶酒，回到屋里打开给他们倒上，他们一看是景芝白干，很高兴：在山东农村这是最好的酒了，价格是普通酒的一倍，酒精度又高。很快，我们就吃饱喝足了。之后他们回家去了，留下我看饲养员屋。

早上五点多，天还不亮，我揣好剩下的钱，在枕头下留下一张给父亲的纸条，大意是：我走了，家里人勿念，勿找，很快就会回来。我又找了一片地瓜干，在土山墙上写下一首在报纸上看到的诗：

　　　　　结

为什么
在生活的土地上
我播种善良
收获的却是苦涩
我播种热情
收获的却是冷漠

飘去了
那片火红的枫叶
陨落了
那颗闪亮的星星
冬天的暗夜
只剩下一双睁大的眼睛
默默期待着

一缕温暖的阳光

　　一片春天的光明

　　写完后，我锁上门，把钥匙扔在窗台上，趁着夜色，跑到公社驻地，坐上第一班汽车，赶到胶县，中午便乘上了去吉林的火车。

　　火车在胶济线上"咣当、咣当"地西行，我坐在车上始终不吃不喝。邻座的一位老兄问我："小弟，你到哪里去？"

　　"吉林。"我简短地说。

　　"走亲戚？"

　　"啊，算是吧。"我不能说，也不敢说。我的计划是到临江的一个林场，我有个叔伯大爷在林场附近村里，让他介绍我到林场里干活。（那个年代是不准异地打工的，如果到异地干活挣钱，那时叫"盲流"，意为"盲目流动人员"。）

　　整整三天，我坐在硬座上，脑海里反复闪现着一个念头：才十八岁，人海茫茫，只身闯天涯，前途未卜，我随手在衣襟上画着诗句——

　　悠悠

　　踏着一叶孤舟

　　故乡

　　留在春风那头

　　……

二

　　一九七八年春节刚过，我就这样独自一人悄然离开了家乡。

　　四天后，在临江火车站下了火车，转汽车找到了我大爷家。我大爷两年前回老家处理老房子，在我家住了一段时间，一见到我，很惊讶。我跟大爷说了我高中毕业以后的情况，又说了来这里的目的。我大爷有

36

六个儿子，我的四位哥哥出主意让我去抬木头。

第二天，我大爷把我领到林场，找到抬木头队长后，我大爷向他敬烟，说明来意。队长就让我加入了。

"你怎么还带着玩意？"半晌午的时候，队长见我腰里插着一本书，露出不高兴的样子，气呼呼地说，"到这里来的都是盲流，跟土匪差不多，你充什么斯文！你，过来！"队长叫来一个大个儿，说，"你俩一块儿抬，你抬这头，"又一指我说，"你抬那头。"

我一看，是最粗的一根木头，足有四百斤，他让大个儿抬小头，让我抬大头。我们左手叉腰，弯腰站定，四个大汉"嘿"的一声给我们放到肩上，我们赶紧右手托住木头，挺身往前走去。

"千万挺住，腰别晃！"我们胶南的老乡喊——干活时我了解了，这帮人中胶南人多，而队长却是胶县的。

午饭很简单，晚饭很隆重。在一个原木筑成的大木屋里，一个长条桌上摆满了酒菜。队长端坐在北头，大家分坐两边。

我坐在最东南角，问身边的老乡这里的情况。老乡告诉我，在这里干活每人每月开五十块钱左右，但要吃掉一大半，剩下的月底才能发给你。

"嘭！"我们正说着话，坐在北头的队长打开一瓶酒，"咕嘟、咕嘟"倒进一个大黑碗中，一饮而尽，然后朝大家一亮碗底。

"这是什么意思？"我问老乡。

"唉，这里的规矩，谁哈酒多，谁当队长，你如果哈干两瓶，他必须再哈两瓶，他不行的话，明天队长就是你的了。"

"啊——是这样。"我浑身酸痛的肌肉突然紧绷起来，似乎听到每个关节在"咯咯"地响。

"兄弟们，大家哈酒吧！"队长威严地下令。

"不急！"我低吼一声，在眼前一排白酒中，抓起两瓶走到队长身边。

"小弟刚知道这里规矩，我想试试。"说完"啪啪"两下，用手掌在桌沿儿上把瓶盖拍掉，拿来队长的大黑碗，倒上，喝掉；再倒上，再喝掉。我被烈性白酒冲得眼泪直流，之后，我狠狠地擦掉泪水说："你再来两瓶吧。"我站在队长身边，随手又抓起两瓶，"你再喝两瓶，我就再喝两瓶，实话告诉你老兄，我就能喝四斤白酒，如果哪天你想当队长，你得准备喝五瓶。"说到这里我抬头扫一眼大家，朗声说，"哥哥们！小弟说得对不对啊？"

"对！"我胶南的老乡兴奋起来，一齐大喊。

"我……"那老兄低着头，慢慢说，"我哈不了三瓶酒。"

"那你是不是该上一边去？"我瞪眼瞅着他，恶狠狠地说。

队长低了头默默走到他胶县老乡群中坐了。

我一屁股坐在队长的座上，大喊一声："哥哥们，小弟是队长了！大家哈吧，吃吧！"说完话，感觉胃里翻江倒海般闹腾开了。

看看大家开始吃喝，我觉得自己的头渐渐开始眩晕。我从小除了几天前在养猪场喝过半斤酒，这是第二次，我根本不知道自己的酒量，可我知道，我必须去拼，否则我可能被累死……

晕晕乎乎，踉踉跄跄，我独自走出木屋。走到鸭绿江边，在沙滩上扒了一个坑，侧卧在沙滩上，将头伸在坑边，眼泪、鼻涕、酒，从口鼻中往外流……

镰刀似的弯月挂在黑蓝色的西南半空，青黑色的鸭绿江水浩浩荡荡地向西南流去。我渐渐失去了知觉……

第二天醒来，一睁眼看见我一群老乡的脸，他们欣喜地说："你终于醒了，大家轮流灌了你一夜的水。"

"谢谢各位大哥了！"我一骨碌爬起来，走出木屋。

上工后，我照搬队长的做法，让那大个儿与他配对，也叫他抬大头。

半个上午时，他突然扯着我的衣袖，把我拉到一垛原木后，跟我说："老弟，跟你商量个事儿。"说话时他随手往我上衣口袋里装了一沓钱。

"什么事儿?"我警惕地看着他。

"我看你年轻,当这队长不合适,我想叫你让给我,我可以照顾你嘛。"

"那好,"我掏出钱看看是两张十元的,低头想,这家伙一定是草鸡了,他虽然年龄大,可身子骨并不壮实,别说,他还真会来事,给我送这么大的礼,咱还是见好就收吧。想到这里我对他说:"我有两个条件:第一,你不准欺负胶南人;第二,让我干坐在那边记账的活,让你那老乡抬木头。"

"行!"队长一副大义灭亲的神态,严肃地答应了。

从此,我就在一个马扎上坐着,左手拿书看,右手拿一支笔在本子上画着张三李四一根,王五赵六一根……

那段时间里,我到大爷家借了哥哥们的初中课本一点点复习。其间只给大哥写了一封信,由大爷转发出去,告诉他我的情况,也让父母放心。

时间很快到了四月。一天上午,邮递员跑到工地给我送来一封电报,我一看,是大哥发来的:"今年高考提前至阳历七月初,四月六日报名。老师还让你到学校复习,速归!"

拿着电报,屈指一算,离报名还有五天,离考试还有三个月时间。我下了决心,立刻就走。回头跟老乡打个招呼,叫老乡把我留下的东西送给我大爷,然后揣上所有的钱,背上一个黄书包,装上点水和干粮,连大爷家也没顾上去,就朝东北方向的临江市狂奔而去。

林海茫茫,前天下了一场大雪,雪深没过膝盖,山路难行,车也不通了,我可能迷失方向,走了些弯路,日落时我向路边人打听,大半天才走了二十多里。眼看太阳渐渐掉下去,我心急如焚。忽然看见前边林中有一个小木屋,屋上冒着袅袅炊烟,木屋边上有一马厩,拴着两匹马。

我灵机一动："这大概是看林子的，能不能求他用马送我一程呢?"心里想着，拔腿跑到屋前敲门进了木屋。

屋里面一个大炕，炕下生着火炉，火炉上水壶里的水已烧开了，正"嗞嗞"地冒着热气。炕上东首坐着一个老头儿，看样子有五十岁左右，身材魁梧，方脸大耳，皮肤稍黑，络腮胡子。对面坐着一个小姑娘，十五六岁的样子，清秀甜美，胖乎乎的圆脸蛋红扑扑的，一双眼亮晶晶地盯着我，模样煞是可爱。中间有一个矮脚饭桌，桌上两盆菜，一盆肉炒蘑菇，一盆凉拌白菜。

老头儿正自顾自地喝着小酒，小姑娘见我进来，一直盯着我看。那老头儿却连眼皮也没抬，我连叫了两声"大叔"，他也不搭理。

"硬汉，"我心想，"对这样的人，只能用绝招了。"

"扑通!"我双膝跪地，哭了起来。一开始，状态不好，哭着哭着我想起高中毕业后一连串的遭遇，想赶快回家，看是什么情况，着急回去报名，参加复习。真正是悲急交加，越哭越难受，越哭越哭出了境界。

"别号了!"老头儿突然低喝一声。我一听是老家口音，赶紧一抹泪惊喜地问："大叔，你是胶南人?"

"俺是胶南丁家大村公社的。"老头儿硬邦邦地说。

"俺是大场的。"我赶紧接着问，"大叔贵姓?"

"姓丁，"老头儿接着问我，"你姓什么?"

"姓徐，"我说，"大叔，咱两个公社是邻居啊。俺是二十一世的，年后从老家跑来当盲流的。在老家，咱胶南都说丁徐董一家，不知道我叫差了没有。"

"不差，俺是二十世。孩子，来来来，快上炕。"说着，老头儿一伸手把我提上了炕，又对对面的少女说："小雨，快叫哥哥。"

"哥哥!"少女一笑露出一对小虎牙，腮上一对酒窝里盛满了笑意，模样更加甜美可爱，她甜甜地说，"大，这个哥哥我见过!"

丁大叔笑着说："你这哥哥从山东老家来的，你是生下来就在这片林子里长成的野丫头，怎么能见过？"

"小雨妹妹读过《红楼梦》？那是贾宝玉第一次见到林黛玉时说的话。"我嘴上这样说着，心里对她也有似曾相识的感觉。我想起来了，我本家有个三爷爷和奶奶"文革"时期从青岛遣返回老家，老两口从青岛带着一个外孙女，在家住了一年，以后回青岛上学了，她叫凤凤。虽然凤凤妹妹才七岁，却因生活条件好，长得十分健康美丽，也比一般农村少女稳重成熟，她跟眼前的小雨长得十分相似。

小雨又笑笑说："俺不知什么梦，是实话。大，我去拿双筷子。"说着就跳下炕。

望着小雨的背影，我真诚地说："大叔，小雨妹妹大名叫什么？她长得真俊，您老人家有福啊！"

"咳，这孩子命苦啊！"老头也看着少女的背影说，"她妈生下她，接着就走了，走的时候流了好多泪，天上也下着雨，我就给她起名叫丁雨。"

老头儿说话时，丁雨已到外面拿来筷子、碗、酒杯。

"先吃点菜。"老头儿笑呵呵地往我碗里夹了些热菜。

我也不客气，端起碗几口就扒拉了进去。

老头又给我倒上一杯温热的酒，越发和蔼地说："咱爷俩先哈两盅？"

"行，"我端起酒杯跟老头儿一碰说，"祝您老人家长寿！"

"哈哈……"老头儿爽朗地笑了，"好孩子，真会说话，今年多大了？"

"大叔，我年前刚过十八岁生日。"

"噢，你刚才为什么哭？"老头儿突然话锋一转问我。

"这说来话长了。"我当时把高中毕业后的经过和回家复习赶考的事原原本本告诉了老头儿。

老人点点头说："你这孩子也不容易啊，看看，你比小雨大两岁就高中毕业两年了，小雨才上初三呢。"

"大叔，我大哥是村里的教师组长，是他让我早上了几年学。人家八九岁上学，我六岁就被大哥逼着上学了。"我解释说。

丁雨一直不说话，只是静静地盯着我看，在我看她时，才赶紧笑一笑。

那一夜，我和老人家说了许多话，由于一天的劳累和热酒的作用，我不知不觉便迷迷糊糊地和衣睡着了。

早晨一睁眼，太阳已经出来了，我一骨碌爬起来，走到屋外，见老人和丁雨正在给一匹枣红马备鞍子。看我出来，老人说："锅里有大米黏粥，温乎着呢，快哈点，让小雨骑马送你，今天是星期天，她也不用上学了。"

我答应着，进屋几乎一两口一碗地喝了三碗粥，出来时丁雨已经骑在马上了。

高大的枣红马上，丁雨一身火红的棉袄、棉裤，火红的围巾，长发扎成了马尾拖在背后，红扑扑的小脸煞是可爱，我一时竟看呆了。

"上马吧。"老人双手托住我的腰部竟一下子把我放到马背上，说，"你抱住小雨的腰，不要害怕，她已经骑了五六年马了，走吧！"老人拍了一下马屁股，那马便小跑起来。

"大叔！"我回头喊，"我在你炕上被底下放了十块钱，您老买酒喝吧。"

"哈哈……你这孩子，用不着啊，你有心就记住，考完大学后来教教小雨就行了。"

在老人的喊声中，枣红马已奔向大道全速起程了。

猎猎风中，丁雨火红的衣袂飘飘，长发飘飘，不断拂动在我的脸上、臂上、腰腿上。我心里温暖极了，抱着她软软的腰我胡思乱想："这样永远地跑下去该有多好啊！"我附在丁雨耳边大声说："小雨，你今天一身红衣服，真像个新娘子！"

丁雨没有说话，只是全神贯注地打马在林间山路上飞奔。我回头一望，马蹄扬起的雪末，在太阳映照下形成一道彩虹，真美……

到了临江火车站前，我们下了马，我让丁雨快回去。丁雨突然低下头，一会儿，她抬起头来两眼直直盯着我说："哥，你说话可要算数！"

"小雨妹妹放心，我徐健从来说一不二，除非我死了……"

丁雨伸手捂住我的嘴，急急地说："哥不要胡说，我等着你回来。"

"好，下回来我一定多住些日子，你快回吧！"说着我扳过她双肩把她推上马。

丁雨骑在马上，回头朝我一笑，说了句"祝哥一切顺利！"就打马而去。

在回老家的火车上，我几天几夜没有睡觉，一有迷糊的时候，丁雨那粉红的、带着微笑的少女的脸就在眼前晃动，使我不能入睡，于是，我在心里为她镌刻了一首诗：

前世的微笑

离别时你送我一个微笑
——没掺进半点忧伤
我心里揣进了
一个温暖的太阳
纵然走到天涯海角
我也不会孤独凄凉

相逢时你给我一个微笑
——那么妩媚清爽
在我梦的原野上
是一片明丽的春光
不管有多少霜冷雪寒
我依然会自信刚强

你的微笑啊

仿佛是我前世得来的

是诗、是魂、是美的精灵

是我心中不落的太阳

　　四天后，我回到了老家，到高中母校找到了我的老师。老师告诉我：学校组织一九七七年考了高分的回校复读，成立了一个复习班，各级领导非常重视，再也没有任何人敢阻挠高考了。鸭绿江边几个月的复习让我感觉底气十足，进了复习班后，更是如鱼得水。

　　那些日子过得真快啊！每当夜深人静，教室里只剩下几个同学挑灯夜战，面对跳跃的烛光，我清晰地知道，我的机会来到了，人生的道路只有靠自己的双脚走出来。只是那些日子苦了我的老父亲，他三天两头来送饭，每次送来的都是母亲用玉米面和白面做的馒头。我知道，那是家里最好的东西。每次中午下课后，我一看到校门外人群中伸着长脖子的高高的父亲，就禁不住要流下泪来——我承载着父母多大的期待啊。

　　七月初顺利通过了高考之后，我跟父亲和大哥说了吉林丁大叔的情况，再次悄悄出走，到了临江丁大叔家里，这回我一住就是十多天。丁雨快要考高中了，我用晚上时间帮她把初中教材全面系统复习了一遍。

　　七月中旬，一个星期天，我正在炕上帮丁雨做数学题。邮递员送来电报，大哥用电报打来了我的成绩："录取分数线 230 分，总分 378 分，语文 98 分。"

　　丁雨惊讶地喊："天哪，语文差两分就是满分了。总分比录取分数线高了 148 分，哥真是厉害。"

　　"那是，哥是谁!"我借机吹起牛来，"要不是高中没学习，数理化高中部分的题扣了分，我可能考几科满分。小雨你放心，初中内容我有绝对把握，听我的没错，你一定能考上临江一中。"

　　"谢谢哥哥。"丁雨突然在我的腮上亲了一口，接着自己羞红了脸。

　　我的心一阵狂跳，第一次被少女吻了脸，麻酥酥的感觉一辈子也忘不了，那吻像印在心上一般……

温馨的日子过得真快，转眼十多天过去，丁雨要中考了，我急着回家填报志愿，就要告别丁大叔和丁雨回老家。在回老家的前一个晚上，丁大叔拿出五十元钱硬生生塞到我口袋里说："徐健，你这来回要几十元路费，我在这林场月月发钱，我和小雨平常也用不了几个钱，这点钱你拿着，一是路上用，二是考上大学还会有使处。"

我坚决不收，推辞说："大叔，我第一次来剩下了一些，以后抬木头又挣了不少，我还有呢。"

可任凭我怎么说，老人非要我收下不可。看看拗不过他，我只好收下。

几天后，我到家了。刚回村，就听到一股怪风，有人议论我的分被抄分的老师抄错了，要不怎么去年考了一百二十多分，今年就考了三百七十多分？

我也不去辩解，到胶南八中填报志愿后，就埋头干起活来。这回大队书记倒是没有批斗我，毕竟通知书没下，我上学不上学没有定论。听大哥说，大场片十二个村达到录取线的就我和李伟两个。

在等待的日子里，生产队长安排我和大家一块儿推车，一九七八年也真是奇怪，明明七月份早早地考了，分数线早早下了，高考志愿也早早报上去了，通知书却一直不下，整整三个月过去了，半点消息也没有。

十月十一日，上级规划在大场公社胜水东北大队至南海边的平原上，挖一条纵贯全公社几十里的大型水渠。一声令下，上万劳动大军就开上了工地。

水渠设计三十米宽，四米深，两边斜坡三十度，每个小车前面女的拉，后面男的推，规定每天每车必须完成多少数量。工程量之大、任务量之重都是前所未有的。中午到村子里吃午饭时，女的累得在一旁哭成一堆，男劳力们比赛吃起了馒头，半斤面一个的大馒头，大多数男青年能吃三个半，全大队只有我一个人吃了四个，夺了冠军。

下午，大家上工时，大队副书记徐谦从西面太阳下狂奔而来，他手里举着一个信封，一面跑一面喊："四弟，你考上了——你的通知书来了！"

我一听把铁锨扔到空中，大吼一声："老子不干了！"

第二天，我去了母校，遇上李伟和另外两个来拿通知书的同班同学。那两个同学刚刚达线，一个考了231分，拿到山东烹饪学校录取通知书；一个考了232分，被山东潍坊技工学校录取。我和李伟都考了高分，反而是胶南师范的通知书，问题是我和李伟都没报师范学校，我的第一志愿是大连海事学校。我和李伟到老师办公室问老师：我们报志愿时，五个志愿没有一个师范学校，为什么会被胶南师范学校录取，我的第一志愿可是大连海事学校呢。

老师告诉我说，一九七七年恢复高考后，县委、县政府做出决定，从最高分开始，由县招办把档案投进师范，不管本科、专科还是中专，县里是想让最好的学生当教师。师范投满后，剩下的低分，再按志愿投档，所以考取高分的，一律进师范，没有例外。

……

第四章 初登讲坛

一

看看天光渐渐亮了，我索性不睡，穿上衣服，打开伙房门，找了两个水桶，走到西沟，沿着"之"字形小路下到沟底，果然在一块巨石下找到一眼水井。

井里水深似有一米，井口用石头砌成一个圆形。那泉水汩汩冒出来，直接溢出了井口。

放下水桶，我双手掬水把头脸洗了，感觉很清凉。而后俯下身体，直接把嘴伸向水面，猛喝一气。"真甜！"我刚想吼一声，猛然发现水底有一个大螃蟹。

"意外收获了。"我心里高兴，回身悄悄到远处寻了一根木棍，在木棍头上缠些坚韧的细草，之后慢慢把木棍伸到水底，撩拨它。那家伙看见木棍之后，猛地张开两只巨钳，一下夹住。我迅速提上木棍，它见机不妙，松开双钳，想逃，无奈两边三对长足却被细草缠住。

"想走？没那么容易。今天早上你就慰劳慰劳人民教师，算给咱接个风吧！"我跟它笑眯眯说着，快速用拇指和食指夹住它的上壳，"咚"的一声扔进水桶。

打上两桶水，双手一提回到宿舍，把水缸刷净，把水倒进缸里，将螃蟹扔进伙房锅里，我端详起它来：好家伙，背足有手掌大小，双钳长满青苔，有大拇指粗细，正向我疯狂挥舞着。

"你先玩着。"我转身看看伙房水缸里还有不少水，就带上门回到宿舍，换上我在上师范时运动会上奖的、天蓝色的、红锁边的尼龙运动裤头、背心，把门锁了，出学校往东跑去。

学校东边有一条向北又转向东的大道，当我跑在向东的大道上的时候，东方一轮火红的太阳已经跃出地平线。虽经一夜折磨，此时却心情大好，虽不及"俨骖騑于上路，访风景于崇阿"的豪迈，却也备感精神。嗅着空气中泥土、庄稼、蔬菜、山林的味道，我高兴地想，就这样迎着太阳飞跑吧。

很快，我就遇上了一个村庄，村里已经有了一些早起浇园的老人，他们停下手中活，奇怪地看着我。大概他们没有见过我身上这样鲜艳的运动服，也没有见过晨跑的人吧。

我放慢脚步，跑过去跟他们打招呼。一位看上去有六十多岁的老人，奇怪地问我："你是干什么的？从哪里来？"

"我是刚分到于家官庄联中的新教师。"

"是吗？"他们纷纷放下工具，聚了过来。

"各位大爷、大叔，你们这个大队叫什么名？是于家官庄片的吗？"

"是，是！我们这个村叫丁家官庄，再往东是王家官庄、程家松元、长阡沟、贺吉沟，再走就是高戈庄片了。"一老者热情地告诉我。

"老师，你到于家联中教初几？"那老者问我。

"大爷，昨天校长说让我教初三。"

"哎呀，我孙子今年就上初三了。"他快步向前拉住我的手，问，"老师贵姓？先到我家哈碗水吧。"

我说："大爷，我姓徐，今天我还想往东走走看看。"说着，我朝他们摆摆手，继续向东跑了。

"老师，我孙子叫丁洪亮——"老人的声音从背后传来。

我竟然想起毛泽东的豪言壮语：长征是宣言书，长征是宣传队，长征是播种机……

回到学校，我简单地用温水擦了身，换好衣服，把蟹煮了，馏了昨夜剩下的饭菜，再生炉子、烧水、吃饭。

刚吃完饭，西边传来说话声。我出去一瞧，西边并肩走来两个少男少女。

我转头看看太阳，虽然很高了，但初秋天长，估计也就六点半吧。看似两个学生，怎么来这么早？

"老师，早——"我正想着，他俩却喊着朝我跑来。

"你们早！"我一边回礼，一边也端详着眼前的两个学生：男孩虎头虎脑，一双大眼睛神气活现；女孩清秀可人，一对灵目明媚清澈。

山里真有这样漂亮的女孩！我心里惊叹着，嘴上却说："你们两个学生为什么来这么早？"

"俺娘昨晚说了，说来了个新老师教我们班。这不，我就拉着我哥早早来了。"她拍拍男孩胳臂，接着说，"俺娘还说，新来的老师可俊了。"说话间粉嫩的小脸泛起一片红晕。

"胡说！"我厉声打断她的话。

"我……我没胡说，要说胡说也是俺娘胡说的。"她嘟起小嘴，委屈的泪光瞬间点点可见。

"我是说——不要跟老师说这没用的话。"山里孩子的纯真善良让我惭愧。我正正脸色，伸手拍拍她的肩头，尽量用温和的口气说，"好了，是老师不对。我知道了，你叫于倩，是不是啊？"

"嗯，就是。"她马上笑靥如花，像小鸟啄食般频频点头。眼眶中仍兜着泪水，那样子惹人怜爱。

"这是你哥吗？"我转而问向男孩。

"是，他叫于文亮。"于倩又抢着说了一句。

"好名字！"我忍不住赞美，"谁给你们起的名字？有学问。'倩'者，美好也。诗云：'巧笑倩兮，美目盼兮。''文亮'者，文章亮于天

49

下者也。"

俩学生听了一愣，但他们似乎明白我在夸他们，很高兴。于倩催道："老师，快让我们看看你的宿舍吧。"

我开门让他们进屋，拿起暖瓶想给他俩倒杯水。

"不用！老师，我们从来不喝老师的热水，渴了，我们找井水喝。"于文亮突然说话了。

"为什么？"我好奇地问。

于文亮抓起我房间的水桶，说："老师，让我妹妹和你说话，我去打水。"话声犹在，人早走了。

在于倩兴奋的话语中，我知道了于文亮是班长，于倩是学习委员兼语文课代表。于倩父母为了女儿，竟让哥哥的儿子于文亮晚上了一年学，来保护漂亮的堂妹。

"好了。"我挥手打断于倩的话题，问，"你们初二期末考试语文平均分是多少？"

"十四点二分。"于倩说得清楚。

"什么？"尽管我已经有足够的认识、足够的准备，但还是吃了一惊。

"真的，老师。人家（1）班于敬友老师教的语文平均七十一分多。咱班王老师一学期来学校没几天，来的时候一节课讲五六篇课文。而且，他写的那些错别字，我和哥哥都不敢说。"

"为什么不敢说？"我忍不住问。

"我爷爷上过私塾，他经常教我和哥哥学语文。有一次爷爷说，如果我们说老师的错，爷爷会把我们的腿打断的。"

看着不停说话的于倩，我忽然觉得，这兄妹真是我的福星啊。这俩孩子有良好的家教、纯朴的心灵，并且他们已经是班里最重要的班干部了。

"于倩同学，"我很郑重地看着她说，"你相信我吗？我相信我们只要努力，一切都会好起来的。另外，今后我在教学中出现什么错误，你们一定要提出来，记住了吗?"

"嗯!"于倩笑着点点头。这时，于文亮提水把伙房水缸倒满了。

我发布了参加工作后的第一道命令："于文亮，你记住，从今天往后，咱班所有女生喝水必须到我屋喝热的，男生随便。听到了吗?"待他二人答应之后，我接着说，"第二，待会儿老师来了之后，文亮领教室钥匙布置全班同学打扫卫生。于倩让各科课代表收暑假作业，送到老师办公室。"

"是，老师。"兄妹俩像我手下两员大将，郑重其事。

太阳升高了，时间到了七点多。许多老师和学生纷纷来了。一会儿，逢校长骑着他的破"海燕"从南边风风火火赶来。停下后，把自行车放进他宿舍兼办公室里就领我到了前面办公室。进了办公室，我一看，三十几位老师已就座。

校长先把我给大家做了介绍，接着，拖过一把椅子，放在一个办公桌前说："这里是你的位置。"又安排了每位老师的工作任务，然后他宣布散会。

对面于敬友老师微笑着说："徐老师，咱们以后搭档了，希望咱俩一块儿把学校初三语文成绩搞上去。"

"有老前辈带领，我有信心。"我赶紧附和。

"徐老师不要这样说话，"于敬友正色说，"我希望你叫我'于老师'就行了，再不，叫'老于'也行。"他显然有些不太高兴。

我想：叫"老于"还不如叫"于老师"呢，就赶紧说："于老师，以后一块儿工作，我也不想客套，希望您多多谅解，在教学上，您有几十年工作经验，一定要多多指教，我谢谢了。"说着我起身郑重向他鞠了一躬。我清楚地知道，他在我面前就像北面的大山，我在山脚下，只能高山仰止。语文教师就是这样，像陈年老酒，越老越香。

"哎——徐老师这样客气，以后怎么工作嘛!"于老师摊开双手，身体前倾，温和地微笑着对我说，"相信咱俩保证能让这个学校初三语文出彩。"

忙忙碌碌的，有老师送来了课本、教参、备课本、墨水、批作业的蘸笔、班级花名册……很快，八点上课时间到了。

"铛铛铛……"校长在办公室后面一棵老杨树上挂着的一块破铁上，用铁棍一下下敲。

我班第一节就是语文课，我抓起课本，也没备课，就向班里跑去。

推门进去，眼见讲台也是用坟砖砌的，有些塌破了。讲台上放置一个破旧的小桌，是讲桌吧。黑板是用水泥抹的，上面有大大小小的坑，教室的玻璃窗也有不少破损了。

我想，我参加工作后的青春岁月就从这里开始了。走上讲台，展眼一看，五十多个学生正襟危坐，教室里设备破旧，还算井井有条，这大概是班长于文亮的功劳吧。

"起立——"于文亮一声大吼，全班齐刷刷站起来。

"敬礼！"随着于文亮的吼声，所有学生都向我深鞠一躬。

我庄重地点点头，回了一礼。

"坐下！"随着于文亮的吼声，所有学生齐整坐下，一双双眼睛定定地看着我。

"同学们，我姓徐，叫徐健，以后就是大家的班主任和语文老师了。刚才我在花名册上看了，咱班共有五十二名同学，于文亮！"

"到！"于文亮直挺挺地站起来。

"都到齐了吗？"

"都到齐了，上课前点了名，一个都不缺。"于文亮认真地说。

"好！"我把书往讲桌上一扔，"同学们，咱们从今年开始就进入初三生活了。初三意味着中考的最后冲刺，以后的学习会很紧张的，今天咱们先不上语文课，开班会。"

所有学生都放下课本，认真坐好，眼神里充满期待。

"同学们，"我扫视了全班学生一遍，庄重严肃地说，"我想让初三

（2）班成为一个更好的班级，这第一步就是要大家一块儿努力让咱初三（2）班成为同学们共同的一个家。既然是同学们共同的家，咱们得一块儿努力。"说到这里，学生们情绪激动起来。

"同学们别急，"我双手往下压压，继续说，"首先，我听说中午留校的同学都吃冷饭，从今天开始，中午先给同学们馏饭，喝水的话，我宿舍有炉子，给同学们烧热水，所有女同学今后一律不准喝冷水！"我命令似的说。

"哗……"我的学生不由自主地拍起手来。

"别急，"我再次两手压压说，"老师该做的一定做好，同学们该为咱这个家做点什么呢？比如说，谁家有水泥、沙，带一点点来，咱把黑板上的坑抹一抹，老师再涂上一点黑墨水，咱的黑板不就好用了吗？"

"老师，我爹在公社建筑队，"四排位上忽然站起一个男孩，脸涨得红红的，说，"水泥、玻璃，我能拿来。"

"啪，啪……"我带头鼓起掌来，学生们也一块儿鼓起掌来。"谢谢丁洪亮同学，我认真地说，"回去告诉你爸爸，费用老师出了。"

"老师，你怎么知道我的名字？"丁洪亮愣愣地站在座前，不明所以。

"这你就别管了。"看着全部只比我小几岁的五十二个学生，我故意弄玄。心说，上课前我已看了全班档案，上面有照片，你丁洪亮不就是早上那老头的孙子吗。

五十二个学生，虽比我小不了几岁，这时却全部用景仰的眼神看着我。我心说，效果不错。

"另外，"我继续大声说，"每人都应该为咱这个家带来一份贡献。你哪怕拿来几粒花种，种在教室前面，也是对咱家的一份贡献嘛。"说话间，课堂里群情激奋，窃窃私语。

"好了，"我让学生们静下来以后说，"你们有什么想法，下午放学后告诉班长，让班长统筹安排。从明天开始，大家一块儿来让咱们的家变好变美吧。"

"哗……"学生们又一起鼓起掌来。

"现在天还长，"我话题一转说，"所有扮美咱家的活动必须在早上八点以前。"最后我动情地说，"同学们，老师就像渡口的船工，你们都想到那理想的彼岸去。现在咱们都在一条船上了，既然我是那船工，大家就必须听我指挥，为了到达彼岸，咱们要齐心协力。老师绝对有这个信心，你们有没有？"

"有！"五十二个少男少女轰然一声回答，震耳欲聋。

中午放学后，离家近的学生走了，我把离家远的学生集中到伙房门前，叫来其他班级带午饭的学生，让他们轮流烧火馏饭。

校长从办公室走来，见了这情景，对我说："这什么时候才能馏完？"

"校长，"我拉着他到一边说，"咱每个学生收几毛钱，买个蒸笼，咱这里不缺柴草，咱学生中午吃热饭的问题不就解决了？"

"我以前怎么没想到？唉，你有这份心，将来一定会成为一个好老师。"校长动情地说。

等学生们吃完饭都到各班午睡了，我自己拿出钱，安排我班两个学生到于家官庄供销社买了四把暖水瓶，生上炉火，烧开水。

校长这个中午是特意留下的，他教我炒菜、做饭，并告诉我米、面、肉、油、蛋到哪里去买。他把学校粮食本给我，说："你是公办教师，公社粮所有登记的，你每月的粮油都到那里去买。"

吃过午饭，我和校长到了他的宿舍兼办公室，把昨天晚上的情况告诉了他。

"唉！"他叹了一口气说，"咱这里连个院墙都没有，以前伙房里的水桶都经常被偷，你一个人住这里确实不安全，这样吧。"说着他掏出一把寒光闪闪的匕首。

看着我吃惊的样子，他笑笑说："这是一把军用匕首，以前我当兵干了八年特务连，转业后当了公办教师，后来就被派到这里当校长。"

"您真是深藏不露啊！"我惊讶地赞叹。

"唉，老了，那都是过去的事情了，这样吧，这匕首先送给你，以后你再到大集上铁匠那里打些短刀片，我教你练飞刀，练会那个，晚上走夜路壮胆。去年冬天一个晚上，我去南面光华公社，骑车走到前面公路下坡就遇上过劫道的，我跳下自行车，摸出匕首。听说我要用飞刀打他们，两个青年扛起木棍跑了。"

"太好了！"我从小就有革命英雄主义情结，此刻面对当过特务连战士的老兵不禁肃然起敬。郑重接过逢校长的军用匕首，我心里一下生出无限感激。

"谢谢您，校长。"我真诚地说。

二

下午放学，我送走了班里所有学生，校园重新归于平静。

我看看太阳还老高，便不着急做饭，从宿舍找出校长送我的军用匕首，在前面老杨树上刮去一块皮，用白粉笔画了一个拳头大的圈，用匕首在圈里反复扎，圈外也扎了几下，退后十几步，用脚在地上反复蹬、踏、踢，弄得地面尘土飞扬。心说：小偷哎，希望你白天走到这里看看，本人的飞刀绝技练起来了。

我正欣赏着自己的杰作，忽然于倩从西面跑来。

"老师——"她小脸红扑扑的，跑得气喘吁吁。

"于倩，你又回来干什么？"我说着，收起匕首，回宿舍洗手。

"老师，我爷爷说……今晚请您到我家吃饭。"她仍然喘着粗气断断续续地说。

"那你也用不着这么急。"

"我高兴嘛。"她小脸一仰，小嘴一噘俏皮地说。

"我要是不去呢？"

"那！"她一听急了，"我爷爷说，我要请不到您，他就再也看不起于倩了。"

"嚯，这么严重!"我想了想说，"为了咱的学习委员让爷爷看得起，老师只好从命了。"

于倩闻言高兴得跳了起来。

我想，这么重要的学生，也该去家访，于是，就锁上房门和于倩一块儿往村里走去。在村东头供销社里，买了一包糖、两瓶白酒。于倩在一边反复嚷着不让我买。

我说："你小孩儿知道什么? 快闭嘴!"

"谁小孩儿，您才大了几岁? 俺都十六岁了!"她又不高兴地噘起小嘴。

"不管大几岁，我是你老师!"说着我轻轻拍拍她的肩，"走吧，头前带路。"

和于倩一块儿走在于家官庄大街上，村里许多男女老少的眼光向我们投来，有人在指指点点地说着什么。

"老师，到家了!"于倩说着推开两扇红漆大门，一蹦，跳进院里。

我抬眼望去，两扇大门上一副春联尚好，上书"忠厚传家远，诗书继世长"，那字竟然是比较标准的老颜体，笔力雄浑、遒劲，十分老到。这大概是于倩爷爷的手笔吧，我心里猜测着，不禁肃然起敬。

抬腿迈进院里，见一老者白须、花发，粗布衣衫，正站在枣树下笑眯眯地望着我。

"爷爷，这就是我们新来的徐老师。"于倩骄傲地向爷爷介绍。

"好，倩倩请来老师，大功一件，"说着迈步走向前来伸出双手，"于敬谊。"他竟也自报姓名。从那时起，我在这偏僻的山村知道了这就是学识、修养的一种表现。

"老人家好。"我把东西递给于倩，握住他的手说，"于倩告诉我，您是老学究，还请多多教诲晚辈啊。"

"小孩子瞎说，"说着伸出一只手，作势欲打地朝于倩说，"小丫头再乱说，爷爷揍你! 哈哈哈哈……"

看着他们温馨的天伦之乐的场景，我忍不住感叹说："老人家，您真幸福啊，忠厚传家远，诗书继世长。门上春联的老颜体是您老的大手笔吧？"

"老师神眼，"老人谦逊地说，"我早年念了几年私塾，'文化大革命'时封笔十几年，现在不行了，老了。"

说着话，昨晚到学校做饭的于大嫂从屋里出来，乐呵呵地说："老师来家，还要破费，真过意不去。"说着话把我让进屋。

"没什么，大嫂，我们七月毕业，一到这里就发了一个半月工资。何况家有老人，我哪敢不敬呢？"我说着话，便脱鞋上炕，盘腿坐下。我知道，在这民风淳朴的地方，任何虚套都会让他们产生距离。

"老师真好。"果然于倩爷爷大加赞赏。一边上炕，一边让于大嫂上茶上菜。

等菜快上齐时，天渐渐黑了下来。门外走进两位中年男子，于倩爷爷说："这是我大儿子，于文亮父亲；这是二儿子，于倩父亲。"

我赶紧跟他们握手，后面忽然蹦出于文亮。他高兴地大声问候："老师好！"

那晚，一桌饭菜很丰盛。席间，于文亮、于倩父亲一直不说话，只"嘿嘿"笑着不停劝酒劝菜。于倩爷爷却谈兴很浓，他不停地说着藏马县、珠山县五十年代合并为胶南县的历史旧事，又给我讲藏马山的名字来历、历史掌故。

当他说到当年唐太宗追寻到琅琊隐居的罗成，罗成纵马逃到藏马山，后来太宗命秦琼举火为号，命军士打出红黄红的旗语，勒令罗成面圣，罗成见是太宗驾临，才不得不打马离开山清水碧、峰秀灿烂的藏马山这些故事时，豪气顿生，竟与我碰杯一饮而尽。

"老人家，这些都是野史，不足为据的。"我微笑着说。

"什么叫野史？"老人不解地问。

"野史是百姓传闻，正史是官修史书，有据可查，这是历史学家发

57

明的两个词，您老不知道？"接着，我顺便给老人说了琅琊郡的历史演变，"黄海八岫"为什么有藏马山的事情。还有大村封思义献龙马，在《明史》和《诸城县志》里也有一点记载。我看见老人极为认真地听，神情也越来越严肃、庄重。

"文亮、倩倩。"他叫过孙子、孙女，语调缓慢、深重地说，"唉！我老了，不中用了。你们老师博学啊，你俩要好好跟老师学习，不要辱没咱们于家祖宗。"

"嗯！"他俩使劲点点头，两对大眼睛在煤油灯下闪闪发亮。

"老人家，过奖了。您放心，我一定尽全力教他们，班里就他俩语文好，还不是您老的功劳？"

"哈哈……"老人笑着，眼泪都快下来了，"他们这帮孩子上小学时候是闹'文革'，上了初中让一个没识几个字的老师教了两年，这些孩子的国文还不及过去上一年私塾的小孩子呢。现在好了，有您教他们，是这些孩子的福啊！"

"老人家言重了，我一定不辜负您的期望。"

……

饭后，于倩父亲非要亲自送我，我执意不肯，他们又要于文亮、于倩送我。

我说："让他们做作业吧，大家再见。"说完，我拔腿跑向学校，迅速钻进夜幕之中。

回到学校，因为昨天一夜的折腾，我上床倒头就睡。一觉醒来，太阳光已经照进了房间，看样子已经七点左右了。

我翻身起床，简单洗漱，开门出了宿舍，见西边教室已有好多人，其中还夹杂着一些成年人，我快步往教室走去，学生们围了过来。于文亮从教室里跑出来说："老师，您看。"

我抬头往教室内看去，屋里十几个成年人，有的在用水泥抹黑板，有的在修理讲台，有的在粉刷墙壁，有的在安装玻璃，看样子都基本完工了。这都是什么时候来的，都怪我睡得太死。

"徐老师！"教室走出一位大汉，穿工人服装，一上前便抓住我的手紧紧握着说，"我是丁洪亮父亲，你看这样收拾教室行吧？"

"太好了！"我高兴地说，"只是让大家受累，我今天起这么晚，大家连口水也没喝上，这修理教室的费用多少，我来出吧。"

"老师说啥哩，"丁洪亮父亲紧紧抓住我的手说，"孩子回家说了昨天的事，正好公社建筑队在俺村有工程，我大小还管点事，就早早让于文亮来开了教室门，这不基本完工了。钱的事你就不用操心了，这点材料不值几个钱，有你这样的好老师，我们高兴！"忽然，他低下声，神秘地说，"你还不知道吧，你来当老师的事在咱七八个村里早传开了。你教了咱班，把别的班的孩子和家长馋死了，他们想吧！"他憨憨地笑着，露出几许得意之情。

听到这些话，我心里涌起一阵阵温暖，禁不住感叹：山里人真好啊……

上午上课前，我用毛笔隶书竖写两行大字："书山有路勤为径，学海无涯乐作舟。"割成两个竖幅用糨糊贴在黑板两边。

语文课上，我先让学生们齐读了这两句话。

"报告老师，"于倩站起来说，"我记得是'学海无涯苦作舟'，您弄错了吧？"

"于倩说得好，"我用手势示意她坐下，肯定地说，"这是我故意改的，古人说的话未必是全对的，我们就是要快乐地学习，在学习中得到快乐。同学们明白吗？"

"明白了！"在学生轰然回答声中，我转身在新抹水泥的空隙中板书出了课题——《白杨礼赞》。

周三下午，校长领来一个小男孩，十五六岁的样子，在办公室给老师们介绍说："这是张本万老师，他父亲退休，他初中毕业接班分到咱们学校当公办教师，分管学校发送报纸、杂物的工作。"

待老师们稀稀拉拉拍完掌后，逢校长附到我耳旁说："跟我出来一下。"

校长领我和张本万到了后排宿舍，打开东边那间房门。这时，我知道校长为什么不给我那一间了。一个老教师退休，他儿子来接班，又是这么一个小孩，怎能不照顾？

我理解校长的心思，热情帮张本万从自行车上解下行李，打扫卫生，弄好铺盖。

逢校长拉我到门口轻声说："你告诉小张一声，今晚我请你俩到我家吃顿饭，算是给小张接风了。"

"这……"我刚想说话，逢校长立刻打断。

"我和他爸是老同事，总得表示一下，这孩子以后还得你照顾。"逢校长挤挤眼睛，笑了笑不再说话。

"好吧。"我干脆地答应下来，继续帮张本万安顿一切。

下午放学后，学校里只剩下我和张本万，我跟他说："校长今晚请我们吃饭，咱去吧？"

张本万一听，高兴地说："好啊！"

我俩骑上自行车，先到供销社买上两瓶景芝白干——在农村，这算好酒了，校长请客，我不能不出点血，何况他对我那么好。还想到他家可能有老人、孩子，我又买了一包饼干、一斤糖果，就带张本万往南村去了。路上我反复想，一个老公办教师竟给儿子起这么一个俗名，开张一本万利，这不商人吗？

到村里，我们打听逢校长家，走到门口，见一个十三四岁男孩在收花生，院里传来一个妇女的骂声："你个小死尸儿，那么几个果子（花生），你伺候了半天也没伺候完，再不回来，棍死你！"

我一听乐了，校长夫人果然厉害，"伺候"是拟人手法，"棍"是名词动用。这样想着，我哈哈笑着走进院内，高声说："大嫂真乃高人也!"

"啊呀,你是我家老头子说的徐老师吧?"她扔掉手中笤帚,拍着手站起来说。

"她哪是什么高人,农妇一个!"校长从屋里出来说,"这是咱媳妇,我回家后农活插不上手,就先做饭,你们屋里坐。"

"不对吧,校长?大嫂刚才的话学问可深了。"我认真地说。

"深什么,咱媳妇就一个农民,你们搞中文的就会咬文嚼字,这些话农民谁不会说?"校长一边说,一边哈哈乐着把我往屋里拉。

到里屋,我见炕上坐着一个老人,就把东西放在他面前。校长一看,脸沉下来:"小徐,你这就不对了,刚参加工作发几个钱?不会过日子。"

"校长,这是我给老人买的,你有意见?"

"嗨,嗨,"炕角老人突然说,"老师好人啊!"他伸出抖抖索索的手扫了扫炕席示意我坐。

我给张本万使了一个眼色,用脚把鞋脱掉,"嗖"的一声,轻盈跳到炕上,坐到老人身边说:"大爷,您好啊!"

逢校长介绍说:"这是我父亲,老人家年龄大了,腿脚不大好。"他站在炕前,脸色突然涨红,油灯下点点泪光清晰可见……

饭菜一会儿好了,逢校长一家到齐,除了刚才见到的男孩,又进来一个十七八岁的姑娘。

逢校长搂着姑娘肩膀说:"这是我姑娘,叫逢凤,"又搂着另一边男孩说,"这是我儿子逢龙。"

"嚯!校长儿女双全啊!"我禁不住赞叹,瞟了对面张本万一眼,心说:一个当过兵的,比你当公办教师的父亲强多了。

"什么呀!"逢校长紧接着说,"今天咱们摆个家宴,为小张老师接风!"说着端起酒杯。张本万立即来了精神,与逢校长碰起了杯。

我跟逢校长父亲一碰,说:"祝您老人家健康长寿。"

"咳、咳，谢谢老师啦——"老人颤巍巍地说。

看着校长家里比农民家还简陋的摆设，我心里难受，就问校长："逢凤妹妹没上学吗？"

"她初中毕业。"逢校长低下头，轻轻地说，"学习还不错，只是没考上高中。前边韩家溜联中校长看我面子让她去做饭，每月给四块钱，人家韩家溜有村办企业，书记对学校好，就两个公办教师也配了专门炊事员。这点上，我惭愧啊……"逢校长神色黯淡地说。

"不说这个，"我打断校长的话，"为什么不让逢凤妹妹去当民办教师呢？不是多挣两块钱的事，将来可能会有机会转正的。"

"我不愿求人！王助理也不容易，他要照顾多少关系啊。"逢校长说着，头垂得更低了。

"有机会我替您说。"我大言不惭地说着，伸手拉着坐在校长身后的逢凤的衣袖，温和地说，"逢凤，你听哥哥一句话，有时间你到我们学校一趟，我给你找些初中各科复习资料。你做饭，有空闲时间就看，不会的就去问老师，你有条件，你听到了吗？"

"嗯！"逢凤使劲点点头，在父亲背影的黑暗中忽闪忽闪地眨着大眼睛……

这顿酒饭，我怎么也提不起精神，校长家的情况让我心痛，所以就早早告辞了。路上，张本万不高兴地说："徐老师，今天你太扫兴了，酒没怎么喝，你就草草收兵。"

"嚯，人不大，酒场上的话挺油的。"我心里一动说，"张老师，你看校长一家老小那样子，你能喝得下？你小小年纪能喝酒吗？"

"当然，我上小学时就跟爸爸喝酒。"

我心里骂着，一个教师也能培养出纨绔子弟。

"我是爸爸的独生子，爸爸什么都依我。"他继续喋喋不休地说着。

"好！"我一拍车把大声说，"今晚回校，哥哥再给你接风。"

路过供销社，我又买了两瓶白酒，回学校开开伙房门，让张本万给我烧火，不一会儿炒出四个小菜，仍旧在水泥乒乓球台上摆上桌。

坐定之后，我故作庄重地说："今晚算我给张老师接风，咱们使劲喝。"说完我一杯二两半白酒进了肚，一股郁闷之气油然而生，心想：我灌不死你。

第二杯倒上之后，我佯装豪放地说："来，两个好兄弟，四个小青菜；一对'臭老九'，两瓶大白酒。喝！"

碰过之后，又是一饮而尽。半天没有了声音，我定睛看看张本万，只见他捏着空空的酒杯，两眼发直，突然"嗷"的一声号叫了起来。

"坏了，"我心说，"他醉了，听说有的人醉了只会哭。"

"嗷，嗷，嗷——"张本万张开大口越哭声越大。他越哭我越心烦。

"啪！"我猛地一拍饭桌，怒吼一声："闭嘴！"话音落下，那个空酒瓶被我掌力震下，掉到水泥台上，又"叮叮当当"地滚落到地上了。

张本万一下停了哭声，圆睁着一双无神的大眼，直勾勾地盯着我。

坏了，不会吓傻了吧？我连哄带拖地把他弄回宿舍，终于让他睡下。

第二天上午，张本万就骑车离开了学校，再也没见回来，听老师们说，他调到十七中去了。

第五章　初试锋芒

张本万调走之后，我又恢复了晚上独自一人掌管一个学校的生活。

这期间，我学会了切菜，刀功日臻完美；学会了炒菜，一手烧火，一手掌锅。中午逄校长在学校吃饭时，我还要露露手艺，多炒几个菜。逄校长直夸我炒菜越来越好吃，比他老婆强多了。

开学不久，我和所有老师都熟悉了。那时，上级可能是为了保证教学质量，主科教师都是一个人教一个班。一个小小的联办中学，六个教学班，却有三十多个教师，老师们隔三岔五地请我到他们家吃晚饭，对这些朴实的山村教师，我唯一能做的就是早锻炼之后把办公室卫生打扫干净，把水缸里挑满水，让每一个老师到校就能立刻投入工作。

八月底的一个上午，我第一节语文课上完之后，欣赏着头顶的蓝天白云，迈着轻快的脚步，走回办公室，一进门看见一个女孩儿坐在我的椅子上正与于敬友老师说着话。

随着于老师抬眼看过来，女孩站起来转过身。

"丁雨——"我惊喜地喊，"你怎么找到这里来了？"转脸，我鬼使神差地对于敬友老师介绍说，"于老师，这是我表妹。"又转过身来跟其他老师抱拳拜一圈，"各位老师，我表妹丁雨，西边丁家大村的，请各位多多关照。"

在老师们的笑声中，我抓住丁雨的衣袖，领她出了办公室，走向北面我的宿舍。

"哥，真想你啊。"丁雨脸色有些羞红。

我爱惜地端详着眼前的丁雨：她比两年前略胖了一些，也明显高了不少。头发还是扎马尾的长发，衣服是普通高中生常穿的样式，但再普通的衣服也裹不住她傲人的身材。近一米七的个头，细瘦的小腰，丰满的胸脯，白皙的皮肤，秀美的五官，样样都是美女的标准。如果说两年前她是待放的花蕾，那么现在她正是初放的鲜花，浑身洋溢着成熟的少女的青春气息。

我似乎感到一阵眩晕。在许多学生远远看过来的目光中，我快速打开宿舍的门，把丁雨让了进去。

我推上门，刚转身想给她倒杯水，却被她一下抱住了，"哥——"她轻轻呼唤着，紧紧抱住我，小脸通红通红地仰着，闭着眼睛，娇喘微微。

我被她突如其来的举动吓蒙了，胸膛被她胸部顶住，虽隔了几层衣服，但仍是麻酥酥的，令人发晕。我使劲定了定神，两手扳住她双肩，用力把她按在椅子上坐下，轻轻说："小雨，这是学校，现在还是工作时间呢。"

我平静一下情绪问她："你今年考大学考得怎么样？怎么知道我分到这里工作的？"

"嘻嘻，"小雨俏皮一笑说，"哥，真不想告诉你，你太不够意思。一九七八年夏天，你从临江回到老家以后，秋天，我也转学到光华中学，给你写到胶南师范的信你为什么不多回？两年啊，你总共给我回了两封信。"说到这里，她眼眶中有盈盈的泪光。

"我不是怕打搅你学习嘛。"我赶紧安慰她。

"谁知道你怎么想的。"丁雨白了我一眼，转而得意地说，"幸亏老天爷，本姑娘两年来对你了如指掌。你傻哥至今还不知道吧？徐月欣虽不和我一个班，却因一次活动，我们认识了，闲话中知道了她是你唯一的亲妹妹，从此我俩成了好姐妹，商定不考上大学绝不告诉你。"

"原来这样，"我一掌拍在自己腿上，学祥林嫂的口气，幽幽地说，"我每次接到妹妹的信，她总向我描述她有一个最要好的姐姐，我该猜到是你的。我真傻……真的……"

"咯咯咯……"丁雨被我逗得大笑不止。

"哎，别得意了，"我推了推丁雨手臂，"月欣暑假里已经拿到了青岛师专的通知书，你呢？不会又跟她同学吧？"

"没有，"丁雨故意沉着脸说，"我的入学通知书是山东师范大学的。"

"啊——你们两个臭丫头，这样瞒着我，"说着我举起拳头，作势欲打。

丁雨纵声大笑着，用手一挡，正正脸色说，"哥，月欣妹妹昨天给我打电话了，我今天来有两件事，一是俺大请你今天中午到我家吃饭，另一件暂不告诉。俺大在家等着，咱们快回家吧。"

"遵命！"我一听立刻起身到办公室。校长不在，我跟于敬友老师说了声，又到班里跟于文亮交代了一下，就往宿舍走。

"老师——"于倩像跟屁虫似的从教室里跑出来，小声问，"刚才那女的是谁呀？"

"这与你有关系吗？"我严肃地说。

"是你对象吗？"于倩声音颤颤的。

"胡说！她是我表妹，叫丁雨，是丁家大村的。你明白了吗？你一个学生问这些干什么？"我语气明显严厉起来。

"人家随便问问嘛。"于倩咕嘟着小嘴，脸上反显出高兴的神色，屁颠屁颠地跑回了教室。

"这丫头。"我嘴上自语着，也未多想，急急回到宿舍，搬出自行车，载上丁雨就出发了。

丁雨坐在后座上，告诉我说："哥，今年上级指示必须按志愿投档，我本来可以报其他校的，为了跟你在一起，我第一志愿报了山师，要是成绩低于本科线，我一定去和月欣妹妹同学了。"

"什么？"我借着上坡跳下自行车，一边推着丁雨一边发火，"你这么高的分数，为什么非要报师范当一个'臭老九'，这不是胡闹吗？你怎么能拿自己的前途当儿戏？"

"我胡闹？"丁雨跳下自行车，一手叉腰一手指着我的鼻子，完全露出东北姑娘的泼辣，"我告诉你徐健，这辈子我嫁定你了，从那年第一眼见到你，我就认定这辈子你是我的了，四年后我一定回到胶南，那时咱们结婚，你要胡来，我这辈子跟你没完……"她越说越生气，语调中竟带着哭音。

"唉，小雨妹妹，"我缓缓跟她解释，"你不要任性嘛，就是山师毕业，也可以到大学教书，就是到了高中教学，嫁一个县里领导干部也由你挑，以你的漂亮和聪慧，你的前途不可限量。哥为什么一直跟你保持距离？怎么你就不明白哥的心呢？"

"你明白人家的心吗？我的前途就是嫁给你！"丁雨斩钉截铁地说。

"好好好！四年以后再说吧，你不是还要上四年大学吗？"

"哼，走着瞧吧，明天我就到你学校告诉校长和老师，我丁雨是你的媳妇，已经订婚的对象！"

"嘿嘿嘿……"我笑了，"小雨，你毕竟还小，上大学是不能订婚的。"

事实怎样，我也不知道，情急之下，我是想编谎话镇住她。她怎能明白，我从小的经历铸就了我坚强、自负、自傲而又脆弱、自卑、自贱的性格，在别人看来这是天大的好事，我却不能接受，我不敢接受上天送给我这么大美的恩惠，也不想让人说"鲜花插在牛粪上"（虽然我不是牛粪），那会让我一辈子生活在自卑的阴影中。尽管丁雨聪明，但对深藏在我内心的这些想法，恐怕未必能看透，毕竟她还小，涉世未深。

到了丁雨家，丁老爷子笑呵呵地从屋内迎出来，他背后人影一闪，跳出我妹妹，她一下抓住我胳膊，"四哥——"月欣撒娇地喊着。

我妹妹是父母老来得女，她从小备受二老宠爱，小时候，我的背驮过她几年的童年生活，在我面前，她从来有恃无恐。

"月欣，你是怎么来的？"我一边扒开她双手一边问。

"还不是坐公共汽车，到了南边光华镇，又坐大村的车就来了。"妹妹轻描淡写地说。

"丁大叔，两年多没见，您还是原来那样。"我转脸对老人说。

"嘿，别说了，快进屋上炕。"丁大叔笑呵呵地说着，把我往屋里推。

堂屋有一个老妇人在做饭，一个老头在烧火。"这是我大哥、大嫂。"丁大叔介绍说。

跟两位老人打过招呼，大家一块儿上了炕。

中午酒席间，丁大叔很高兴，他伸手抚着月欣的背说："今天这酒哈得高兴，有三件大喜事：一件是月欣拜了我干爹。二件是小雨考上了大学，咱左右这些庄里，丁家抢了头彩，第一个女大学生！哥、嫂子，高兴吧？"

"高兴，高兴！"丁大爷、大娘一块儿附和着。

我心里嘀咕，月欣竟一来到就做了这么大一件事，这小东西够人小鬼大，她这明着给我铺路呢。

酒喝得温暖极了，在座的每个人都满脸喜色。到差不多的时候，我问丁大叔："您老说的第三件喜事呢？"

老爷子闻声哈哈大笑，他拍拍他哥的腿说："在临江的时候，徐健这孩子自己一头闯进咱家，我就觉得他是老天爷送给咱老丁家的女婿，没想到后来我问咱小雨的时候，小雨说她早看上这个哥哥了。以后，我就求着他考完大学后回来辅导小雨，这孩子重情重义啊，他回来辅导小雨以后，小雨就高分考上了临江一中。徐健，你不是问第三件喜事吗？我定下你做我女婿了！"

"大叔，我不同意。"

"你觉得小雨配不上你？我和闺女从东北回老家，主要是为你！"老头儿瞪着红红的眼睛直盯着我。

"不是。"我努力缓和一下情绪，慢慢地说，"我是觉得自己配不上丁雨妹妹，您老人家可能不知道，她山东师范大学毕业后可以到大学教书的，我不能拖了她的后腿。再说了，您不是知道吗，我就是一个苦命的人。"

"小雨不也是个苦命人吗？苦尽甜来嘛，你这孩子怎么这么倔！"

月欣在她干爷一边噘着小嘴，一脸怒气地盯着我。我不解地问："妹妹你生什么气？看你的嘴都可以拴头驴了。"

"就拴不住你这头犟驴！"她一下发起飙来，"四哥，你以为你是谁，我知道你，你骨头里有傲气，你有什么可傲的？你不答应丁雨姐不但是自卑，而且更是傲气！"妹妹的话像突来的闷棍把我击晕了。

知哥莫如妹。她小小年纪竟看到我内心深处最坚固、最隐秘又是最软弱的地方，我不得不佩服，女孩在心理方面比男孩成熟要早，我内心深处的纠葛，被比我小四岁的妹妹看得一清二楚。

记不清楚我是怎么回到学校的。晚上，伴着呼啸的山风，在一盏油灯下，我把蜡纸铺在螺纹钢板上，又用铁笔在上面刻着一个个蝇头小楷，继续我那最烦琐的工作。

每次作文，我都在学生作文中选出一篇最好的，一篇中等的，一字一句刻下来，白天到学校油印机上用胶滚一张一张印出来，再发到学生手中，作文课上一字一句地修改、点评。在提高学生字词句水平的同时，教他们怎么立意，怎么布局谋篇。

一个多月的时间，我总结出作文四步教学法。那时没有发表论文的想法，学校也没有订任何语文教学杂志。只能自己一个人在这偏僻山沟里的小小的初中学校里摸索。

作文四步教学法的具体操作过程是：

一、名篇、名著欣赏。目的是先让学生阅读积累，给他们创造一个读写环境。学校没有图书室、阅览室，老师们除了教材、教参和工具书，基本上就没有其他书籍了。我从上师范的几十本教材中挑些文章或片段，每次到公社驻地开会就到书店买些文学书籍，拿来给学生刻印。

有时于敬友老师也搞一些，这样东凑西拼，我也记不清刻印了多少张，反正当时用油墨和纸太多，搞得学校办公经费紧张，但逄校长很高兴。

二、作文方法引路。方法是把学生练笔与教师指导结合，把学生观察与写作思考结合，把学生活动与学生写作结合。首先我利用学生下午课外活动时间组织他们到农民田里干活，到村办工厂参观，在操场上搞体育活动，在教室里搞文艺活动，上山搞野游活动。在大量活动中让学生长见识，练观察，积累生活。

三、优、中作文讲评。每次评最好的一篇是为了带动中等以上学生，评一篇中等的是为了启发中等以下的学生。在讲作文过程中，坚持教师评与学生评相结合，还设计让学生分组互评、同位互评。教会学生评，学生的写作进步就更快。

四、一篇作文重复写。有的题目全班没有写好的，就再写一次，让学生在失败中找到差距，接受教训。

经过大量努力，学生作文水平迅速提高。一次于倩写了一篇题为"半截粉笔"的记叙文，记语文教师在上课时，粉笔断了，有小半截落在地上，下课时老师弯腰拾起来放到粉笔盒里。

事很小，但我惊异于于倩的观察能力，更觉得她文笔的清新、细腻、生动，已远远超出了其他同龄的学生。

这篇作文经讲评修改后，我征求了于倩的意见，抱着试试看的心态，投稿到了《少年文艺》，文章后有我的点评和指导老师的署名。

一个多月后，邮递员把两本《少年文艺》和编辑给我的一封信递到我手上，信中对于倩进行了表扬，还有三元稿费的汇款单，要求到邮电局领取。

课间，我把于倩叫到办公室。于倩看了《少年文艺》上她的变成铅字的作文和编辑的信，小脸涨得通红通红的，低声对我说："老师，这是真的吗？"

"哈哈哈……于倩，你还不谢谢徐老师！"于敬友老师在对面笑着说。

"谢谢老师！"于倩在我办公桌前深深一躬下去，腰弯成了九十度。

"不用谢！"我站起来，认真地对她说，"这是你自己努力的结果，我倒想问问，你作文这么好，从小读了不少书吧？"

"没有多少，初一的时候，家里有一本《红楼梦》，还有一本《水浒传》，还是在爷爷的指点下读完的。别的，除了教材上的课文，就没读多少了。"

"啊！"我心里一震，明白了：她除了良好的家教和一些阅读积累，更主要的是她细腻丰富的情感和过人的聪慧。我盯着于倩聪灵的眼睛郑重地说："于倩，你好好努力，老师相信你一定会越写越好的。"

"可是老师，"于倩歪着头想想说，"我觉得我写得并没有多么漂亮啊。"

"于倩啊，"我看着身边的爱徒慢慢给她解释说，"古人说，煮肉不加任何作料，只放一点点盐，小火慢煮，那样煮出来的肉汤，叫'大羹之味'，意思是最鲜最美的汤。写记叙文不要追求华丽的辞藻，关键是准确入微的观察描写和细腻高尚的真情实感。所以古人说'文贵情真'，又说'要作文，先做人'。"

"啊，我知道了。"于倩忽闪着一对美目点点头说，"谢谢老师。"说完快步回到教室去了。

于倩走后，对面于敬友老师说："徐老师，于倩也叫我爷爷，我这孙女遇上你真是她的福气啊。你刚才说的见解，多少语文教师一生也悟不到的。"

"于老师过奖，我去上课了。"说完，我抓起课本去了教室。

语文课上，我在班里宣布了这个消息，宣读了《少年文艺》编辑的来信，全班同学都很激动，我趁热打铁，带有鼓动性地说："同学们，大家都看到了，只要努力，别人能做到的，我们也能做到，今天你们坐在这里，十年以后可能生活在北京、上海、广州某个地方，成为国家的栋梁之材，知道什么是老师最大的幸福吗？"我故意停下，扫视了所有学生一遍，认真地说，"老师最大的幸福是你们将来有出息，都能超过老师，我刚写了一首诗读给大家听听吧——"

舞　　蹈

课上
我的粉笔在黑板上舞蹈
课下
我的蘸笔在作业上舞蹈
夜晚
我的铁笔在蜡纸上舞蹈
凌晨
我的灵魂啊
在藏马山巅上舞蹈
谁能知道呢
我的青春在为谁舞蹈

"为我们！"我的学生轰然大叫。

"嘿嘿……"我禁不住乐了，"同学们，你们想得太直接、太简单，老师的想法恐怕只有你们到大学毕业后才能明白……"

那天，我讲的课文是魏巍的《谁是最可爱的人》，教学效果出奇地好。下课时我乘着兴致宣布："明天下午是作文课，咱们攀登藏马山一直到主峰，回来后写一篇作文《秋游藏马山》，大家说好不好？"

"好！"学生们一片欢腾。

第二天下午，上课前，我班全体学生早已在教室前站好了队，别的班学生从教室窗口探出头来羡慕地望着。我到队前讲了登山注意事项，然后编组，每组七人，前面两个男生，后面两个男生，三个女生夹在中间。最后剩下于倩和另一个特别柔弱的女生叫王芳。我让于文亮在最前面带路，我在最后压阵。

我当时想，王芳身体弱，于倩是学习委员和语文课代表，我在最后照料她俩会更放心些。没想到她俩像得了特殊荣誉一般，一路上不住地兴奋地说话。

攀山的路不太长，这里到主峰也就五六里，另外，南山坡不陡，爬起来也比较轻松。

"老师，你的军帽和军服是从哪里弄来的?"于倩忽然提出一个问题。

"噢，我一个本家哥哥当兵转业送给我的。这不，他还自制了一个望远镜，今天就派上用场了。"

"那你怎么还有海军衫呢?"于倩不解地问。

"哪里是什么海军衫，那是我在县城上师范时买的秋衣，你以为蓝白杠的秋衣就是海军衫吗?"

"老师——"于倩更兴奋地说，"你不知道吗? 你穿的军服、运动服，在这一带村里可引起轰动了，村里的男青年和咱学校的男生都羡慕得要命。"

"'轰动'是什么意思?"我假装不明白，故意逗诱她。

实在的王芳一旁插嘴说："老师，'轰动'不就是'引起震动'的意思吗? 老师本来就帅，配上这样的衣服，自然十里八村很快就出名了。"

"是吗?"我推推她俩赶上前面队伍。

很快到了主峰，前面一块约两米高的巨石挡住去路。于文亮早把所有学生接应上去，下面只剩下于倩、王芳和我。

我对上面于文亮说："你拉住手，我托她们一下。"说着，让王芳向前，我双手托住她的腰，上面于文亮轻轻一拉，王芳就上去了。剩下于倩，我如法炮制正使劲往上托。

忽然，于倩"啊"的一声，脱手仰跌下来，我赶紧两臂张开，一下把于倩接在怀中。于倩虽比王芳重些，也就九十斤的样子，尽管如此，她巨大的惯冲力仍然把我撞到后面的石壁上，后背隐隐作痛。于倩在我怀中闭着眼，小脸粉红粉红的，全不是害怕的脸色。

"于倩，你搞什么鬼！"我生气地说着，把她像钉树桩似的掼到地上。

于倩睁大眼，有些夸张地张大了嘴说："啊呀，老师，吓死我了，我怎么会脱手呢？老师你没伤着吧？"

"没事！"我安慰她后，心想：鬼知道你小丫头搞什么小动作。

到了山顶，除了东北角赫然有一块几十米高的巨石屹立，其余地方是较平的石灰岩。

我把学生集合起来先给他们讲了藏马山名字的来历，又带他们看了石灰岩上的马蹄印、饮马槽、上马石、下马石。又给他们讲了一个传说：唐朝时开国名将罗成想归隐，看中了藏马山这地方。后来被唐太宗用皇帝旗语招到琅琊台，无奈之下罗成恋恋不舍地跟太宗重回朝廷……

绘声绘色的故事让学生们意动神摇，看着他们群情激昂的样子，我乘机说："同学们，咱这里是一个人杰地灵的地方，现在国家一切逐步走向正轨，你们可要珍惜这大好时光啊！"接着我又把我自己高中毕业后的经历，编成一个故事讲给他们……

山顶风涛阵阵，我娓娓讲着"一个青年"的故事，学生们听得入了神，于倩和一些女生眼里始终盈着泪水，男生们则听得涨红了脸，紧攥着拳，情绪冲动。讲到接到录取通知书的时候，我戛然而止。山顶，除了呼呼的风声，一片寂静，他们已经沉浸其中了。

"起立！"随我一声喊，大家齐齐站起来，"下面我给你们介绍一下琅琊台、灵山岛、大珠山、胶南县城、铁橛山、小珠山的位置。"说着我拿出望远镜让他们轮流看，又给他们指了青岛、崂山的方位。最后鼓动他们说："一年以后你们如果考上高中，考上大学，你们就可以走出这些地方，走向更远，你们有信心吗？"

"有！"五十二个少男少女齐声大喊，大山传来回声。

"好！下面我提议大家一起朗诵毛泽东的《沁园春·长沙》，独立寒秋，起——"

"独立寒秋，湘江北去，橘子洲头。看万山红遍，层林尽染。……"五十二个少男少女在藏马山顶一齐高声朗诵毛泽东抒发青年壮志的词，这大概是第一次吧！这山、这石、这草、这树，你们都可以做证。

我被学生们的情绪感染，内心也颇感慨：人可以有霉运，但不可以有霉相。我暗暗发誓，要更加朝气蓬勃地工作，让这五十二个学生成为我的奇迹……

整队下山时，于文亮让大家在路上随手拾一些干柴带回学校。

五十二个少男少女排成一字长蛇蜿蜒而下，山林树木一片苍翠，中间夹杂着金黄，在金秋十月山景的映衬下，我忽然觉得他们就是青春跳动的音符，这景象本身就是青春的乐章。

那天晚上，我好久不能入睡，白天上山时于倩摔下的一幕浮现在眼前，久久挥之不去。我第一次陷入个人情感纠葛中，于倩清秀俊俏的小脸反复在我眼前晃动，我清楚地知道白天从石头上摔下，一定是她故意的。忽然我明白了：平时于倩到办公室拿作业总是没话找话，赖着不走，她和我单独在办公室的时候曾几次认真地对我说："老师六年内不准结婚。"一个多月前丁雨来学校看我的时候，于倩瞪大了眼问我："丁雨姐真是你表妹？"……

想到这里我心里"咯噔"一下：高中毕业后自己还小，毕业四年多，一直走在奋斗的路上，虽说已近二十一岁，可是感情却是麻木的，于倩人小鬼大，对她反复的暗示，自己竟麻木不仁。高中两年，大学四年正好六年！

"不行，我得想办法让她集中精力学习。"我心里知道，以于倩的潜质，几年以后她一定出落得比丁雨还漂亮，她也可能比丁雨更有出息。虽然我们同学中已经传了几个师生恋的故事，但我觉得老师借助强势位置，与还在上初中的女生恋爱是不可以的。

丁雨啊，你在山师大生活学习好吗？我强烈压制着给丁雨写信的念头，把对丁雨的思念深深地埋在心中。丁雨来了两封信我一封没回，就是打消她的想法，"阿嚏，阿嚏，阿……"突然我一口气打了五六个喷嚏："一定是丁雨骂我了。"我内心苦笑。

可能真是心有灵犀，两天后，我收到丁雨一封信，打开一看，里面只有她从报纸上抄的两首诗：

远　　山

遮住你的是随起随落的云
戏谑你的是饶舌的风
你伟岸，骨架尽是石头
黛紫，一腔亟待喷吐的岩浆

把我那棵玫瑰栽在你的山坳里吧
路是那样坎坷遥远
怕摔跤的小姑娘
——不是我

诘

我是风筝
思恋的银线
一头系住了我
一头牵在你的心中

那么，风呢
鼓荡我的风是什么
什么时候我才能
飘回你的天空

看了丁雨的两首诗，我禁不住苦笑：傻丫头，你的心意我岂能不知？只要你不变心，我哪会变？我们的爱情没有坎坷。同时我也想，她把"远山"这个意象理解得太浅，我们许多理想，岂不是那"远山"？

转眼，期中考试来临，经过七个中学交换老师监考和统一阅卷，我的班级各科成绩突飞猛进，语文更是大踏步进到全班平均分八十二分多，王助理在全公社初中教师大会上隆重表扬了我。

在公社开完会，回到办公室，于敬友老师笑眯眯地对我说："祝贺你，徐老师。你取得了咱学校前所未有的好成绩，连我班也沾了不少光。"

"哪里，于老师，这都是你指导得好，我班成绩进步了，至于这么高的分，我没敢想，瞎猫碰上死耗子了。"

"徐老师，你别再谦虚，以你语文方面的修养和拼命工作的劲头，我断定不出二十年，你能成为中学语文教学大家。"于老师仍然那么语气平和中正地说。

"于老师，您快别说了。在我眼中，您就是一座大山，就是穷极一生，我也是无法翻越的。"

"唉！我老了，徐老师没有看透形势吗？国家越来越重视教育了，你们将来会有不断进修、学习的机会，不会像我们，一辈子抱着一个中师学历到退休了。"于老师语重心长的话语中，含着些许的苍凉。

经过冬季学习热潮，进入腊月不久，我们迎来全公社统一组织的期末考试，腊月十五批卷结束，成绩统计后，我班学生又一次让我大吃一惊，语文平均分竟然达到了八十五分，于倩是全公社最高的九十八分，只在阅读和作文中各扣了一分。十七中教初三语文的老师苦着脸说："徐老师，你用最偏远的一个联中的学生战胜我们全公社招来的好学生，你还让不让我们活了？……"

第二天，学生回校拿成绩，老师布置寒假作业，忙忙碌碌很快上午十一点多了，我正准备到伙房做饭，忽然看见丁雨从西山沟上来，正朝这边走。经过我班教室门前的时候，正好班里没有老师，全体学生"呼啦"一下拥出来，齐刷刷地朝着丁雨看。

丁雨微笑着跟他们点点头，迈着轻快的小步直奔向我，"哥——"隔着七八米她就大声喊了起来。

"哎呀，丁雨，你放寒假了？怎么又是步行过来？来前为什么不打个招呼？不早告诉你了吗，我们校长这里有电话，你为什么不先到大队书记那里给我打个电话？"

"咯咯咯……"丁雨一连串的笑声清脆悦耳，她缓一口气说，"哥，看把你急的，不就隔着一道岭，八九里路吗？一抬腿就来了。"说着熟门熟路地直接走进我的宿舍。我的宿舍白天从来不关门。

王芳跑过来，小声小气地说："老师，你表妹真漂亮，比上次来更漂亮了……"

我没有理她，转身回了宿舍。

第六章　突如其来

等我回到宿舍，丁雨说，中午请我到她家吃饭。

看看学校里没什么事，校长在文教组开会还没回来，我跟于敬友老师打个招呼就领丁雨走了。

载着小雨，经过于家官庄供销社时，我给丁大叔买了两瓶酒、一包点心，放进皮包里，挂在车把上。走进村里大街上，遇上好几个学生家长，打招呼时，他们无一例外地问我："这闺女是你对象吧？""哪里，她叫丁雨，是我表妹。"我只好一个个给他们介绍、解释。丁雨一直依偎在我的身旁，笑眯眯的，倒是什么也没说。

过了于家官庄，在往西去的大路上，我们重新上车，丁雨坐在后座上，紧紧搂住我的腰，前胸紧紧贴在我后背上，弄得我浑身麻酥酥、热辣辣的。

"小雨，你别这样。"我借着上坡跳下自行车，一边推着她，一边耐心地说，"让熟人看见，这样多不好，你也知道，咱老家不比东北，传统得很，就是两口子，并肩在大街上走，有些老大娘也会说三道四的。"

"哎！"丁雨从自行车上跳下来，粉拳接着捶在我后背上，"哥，你看看四周有一个人吗？这荒郊野外，天寒地冻的，人家靠着你暖和暖和不行吗？你真没良心，两年前在去临江火车站的路上，是谁紧紧搂着人家的腰，把人家搂得快喘不过气来了？"她夸张地说着，气咻咻的样子。

"那不是因为马跑得快，我害怕吗？"我一边辩解一边看着身边的丁雨：她半嗔半笑，微红的脸庞说不出的可爱，尤其是她的身材，她是从小吃了很多野生动物的肉，还有那些野生蘑菇、木耳及各种野菜长大的，所以她身上有一种健康、活泼、自由奔放的美，野性的美。虽说已经上了半年大学，添了些文雅气质，却仍掩不住她由内而外散发出来的本真的美。她挺拔的身姿、飘动的长发在原野背景的衬托下是那样和谐生动。我这样看着，禁不住出神了，和她一块儿走在这山野大道上本身就是一幅美丽的画面，我的心整个被一种巨大的幸福感浸湿了。

"哥，想什么呢？"丁雨用肩膀轻轻碰了我一下，脸上飞起一片红晕——她也许猜中了我的心思。

"没想什么，上车吧。"

这时丁雨突然问："哥，我抄写的两首诗你收到了吗？"

我说："收到了。"

"那说说你的读后感吧。"丁雨歪着头笑眯眯地直盯着我。

"你抄的爱情诗，写得不错。就是太直露，要是抄给哪个大学生白马王子，那个臭小子会乐疯的……"我的话还没说完，她的拳头又向我后背招呼过来。我赶紧告饶说："好了，不敢了。你看，快到家了，上车吧。"

已经到了岭顶上的公路，再向西北是下坡路，丁家大村已遥遥在望，自行车载着我俩向着丁雨的家飞奔而去。

到了丁雨家，她先推开家门，自己跑进去，堂屋内走出丁大叔。我赶紧支下自行车走上前向丁大叔问好，拉着他的手，我心里说不出的亲切。

"哈哈哈……徐健，咱爷俩又见面了，现在这么近，你几个月就来家两趟，两年半前在吉林的时候，咱没想到今天吧？"丁大叔笑声爽朗，满面春风，乐哈哈地合不拢嘴。

"四哥！"丁大叔身后忽然又闪出我妹妹，一蹦一蹿跳上来，抱住我的胳膊。

"月欣，你怎么也来了？你放开，都十七八岁了，已经是大学生了，怎么还是老样子？"

"哈哈哈，我干闺女和我闺女一样喜闹，谁见了都亲得不得了。"丁大叔一边夸着月欣，一边把我往屋里让。

进了屋，热气腾腾的景象让我愣了，满屋男男女女八个长者。丁雨拉着我给我一一介绍：这是大姨、大姨夫，这是二姨、二姨夫，这是大舅、大妗子……依旧是丁雨的大爷、大娘在忙活着。

我迷迷糊糊被大家推到炕上面朝房门坐了，老人们说这是上座。后面的事情更是让我不解，村里来了一拨一拨的大姑娘、小媳妇、老大娘。来了又不进屋，只在对面房门外指指点点地说，嘻嘻地笑。我一头雾水，不知所以。

终于开席，丁大娘端上一碗十个荷包蛋递到我面前说："孩子，趁热快吃了。"

我说："怎么光让我自己吃？"

"别管他们，你先吃。"丁大娘说着转身出去。

我也不客气，三下五除二，一碗荷包蛋很快进了肚。丁大娘和丁雨的姨、妗子们很快端上满满一大桌菜，炕上坐着的丁大爷哥俩、丁雨的大舅、大姨夫、二姨夫和我每人面前搁了一碗很小的水饺，每碗都是八个。

丁大叔端起碗，让大家快吃。我第一次见这么小的水饺，两口就扒拉进去，放下碗看着炕前站着的丁雨、月欣还有女眷们笑，大家也都一片喜气洋洋的。

吃完饺子后，丁大叔给大家倒上酒，端起酒杯说："大哥，她大舅、大姨夫、二姨夫，今天是个大喜的日子，先前我让小雨写信给月欣，和月欣她大定好了今天的日子，给徐健和小雨订婚，亲家年龄大，路远不能来，嘱咐说就让月欣闺女来代表了。徐健工作忙，知道他批完卷子，学生今天放假了，正好咱就把这喜事办了。徐健他大也不富裕，咱就不要那些俗套了。来，大家一块儿把这喜酒哈了。"

"什么？"我听了差点跳起来，"这么大的事怎么不事先告诉我？不行！"按风俗，订了婚，在老辈人心目中就是不能改变的夫妻了，这一点我清楚得很。

"怎么，你不愿意？你刚才吃了荷包蛋、点心饺子，就是我丁家的女婿了，你连这个都知不道？"丁大叔瞪大了眼，直盯着我。

"大叔，我确实知不道。"我努力按捺住激动的心情，平静地说，"能娶到小雨，是我几世修来的福。可是各位长辈听我说，小雨还有三年半才能大学毕业，这么长时间不知以后会发生什么事，以她的条件毕业后可能会分到大学里教书，就是分到中学，一般也会留在县城的一中，咱们胶南县一九八○年前考上的师范本科总共几十个人，丁雨可能是咱县第一个师范本科的女大学生，她可以找一个万里挑一的好小伙子……"

"我不稀罕！"丁大叔把酒杯蹾在桌子上，有些生气。一会儿又缓缓地说："徐健啊，我和小雨早商量好了，咱哪里也不去，毕业后就回到南边光华公社的光华中学教书。我老了，小雨她娘走得早，两年半以前我把户口从临江转回家，就是为了归根，以后还得指望你和小雨还有月欣闺女。"说着，坐在对面炕边的他，拉过站在炕前的月欣，一手拍着月欣的肩膀，一手擦拭着泪水。月欣一边对我怒目相向，一边掏出手绢给老人擦掉眼泪，老人转身朝她"嘿嘿"地笑。

"这样吧，"我双手扶着饭桌一下跪起来，"各位长辈，如果三年半以后，丁雨妹妹回来教学，只要她想法不变，我一定把父亲请来，给丁大叔送来聘礼，办一个正式的订婚礼。如果丁雨妹妹嫁给我，我一生会对她好，我徐健说话算话。来，我先敬各位长辈一杯。"说着，跪着跟长辈们碰了杯。

"这样也好。"各位长辈纷纷点头，喝了杯中的酒。丁雨在炕前朝我一努小嘴，斜眼盯着我，那意思再明显不过：哼，你就走着瞧吧。

吃完饭后，我嘱咐妹妹住上一晚，陪陪丁大叔。一切安排完后，骑车回到了学校。

下午三点多，布置完寒假事情，学生们都放学了，老师们在办公室收拾东西，大家说，一会儿开个教师会，就放寒假了。

我正在收拾自己的办公桌，逄校长急急火火地走过来，拉住我的胳膊说："小徐，快到我办公室接个电话。"

"哪里来的？"我一边问，一边往后面校长的宿舍兼办公室快步走去。

"是文教组王助理的。"逄校长在后面喊。

我跑进屋里，抄起校长办公桌上的电话问："王助理，我是徐健，您有什么指示？"

"指示没有，调你到横河联中，教初三两个班的语文，担任（1）班班主任。明天上午你到我家来找王校长报到。"

"不去。"电话里我当即回绝。心说：当初你把我分到这地方来，现在看我教学成绩好，就想调我走，没那么容易。

"为什么？"王助理显然有些生气。

"王助理，"我毫不客气地说，"学年中间调动，是不合常规的，我到这里来，刚刚与学生建立了感情，一切都才开始起步，我走了，我的学生怎么办？你们当领导的，为这里的孩子想想嘛。"

"这是文教组的集体决定，"王助理的语气缓和下来，"小徐啊，你在那学校光语文一科好有什么用，我们要几科优秀教师，先保证驻地联中的教学质量。你的心情我们理解，什么也不要说了，你和逄校长交接好工作，明天早来，中午我亲自设宴为你接风。"说完，他就把电话挂了。

逄校长已经回来，坐在自己床上，默默听着。我放下电话，有些冲动地说："逄校长，您说这叫什么事？您也看见了，这半年我和学生是怎么过来的，几乎每个课间我都跑到班里和学生在一起，他们已经离不开我了，我走了，他们该怎么办？"

"没办法，"逄校长顿了一顿说，"现在教育就这么一个现状，能独当一面的教师少之又少，王助理的话不无道理，你还是照办吧。你待学生既像他们的大哥，又像他们的父亲，还是他们的老师，你教到谁，就是谁的福气啊。你放心，你的工作学校会安排好的。"逄校长说完垂下了头。

"逄校长，我有一个要求，希望您在今天下午教师会上不要宣布我调走的消息，也不要告诉任何老师。如果传出去，明天学生来送行，我真不知道该怎么面对他们。"

"这个可以。不过，徐老师，文教组都开会研究了，这么大的事，哪有不透风的墙啊。"

下午老师们走后，我悄悄把逄校长留下，到供销社买了一些肉、干鱼、菜和两瓶白酒，做好端到逄校长屋里，算是与他的告别宴。

晚上，送逄校长走后我一夜未睡，提笔写了一篇小说，抒写我对这山、这水，这里的老师、学生、家长的爱。外面天寒地冻，我却丝毫不觉。手冷了，搓一搓；眼睛熬痛了，揉一揉。这是我第一次创作小说，以前疏于研究小说的技法，在艺术的真善美上，我只能在真、善上下功夫，让我的笔墨和泪水尽情地流淌，以纪实小说的方式写我初步对教师这个职业的理解与感觉，小说命名为《我的初恋》。

收拾好文稿，见窗帘已经映出白光，拉开窗帘，看见外面已下了一场大雪，远处岭上银装素裹，屋前平地上铺了厚厚一层。天亮了，我该收拾行李出发了。

把所有东西捆到自行车上，按昨晚说好的，我锁了门把钥匙放在逄校长宿舍的窗台上，踏着积雪推车向南走。忽然发现门前通往西边教室雪地上有很多脚印，转头往西看，教室里竟亮着烛光。

教室的门开了，于文亮踏着雪飞跑过来，"老师——"随着于文亮的喊声，教室里呼呼啦啦走出二三十个男女老少。一看，都是我的学生和他们的家长。

于文亮、于倩的父亲大步走在前头。我赶紧支好自行车，上前拉着他们的手："天这么冷，你们来了怎么不到我宿舍来喝杯热水？"

"是我不让孩子们打搅你的。"丁洪亮父亲走向前来说，"昨天下午，我在公社知道了你调走的事，晚上回家，我打电话联系了一些家长一块儿来送你，猜你会早走，就早赶来了。"

"老师——"十几个学生一块儿喊，喊出来的全是哭音，我心里一热，泪水夺眶而出。

"同学们，老师对不起你们，老师走了，你们还要好好学习。天这么冷，快跟你们家长一起回家吧。各位家长、同学们，再见了。"我说着，蹬起自行车支架，推车就走。

学生和家长们一声不吭，跟在我后面往南走。路上的雪没过脚踝，于文亮在后面搭手推着车，没有一个人要回家的意思。大家静静地走着，除"咯吱咯吱"的踏雪声，还有几个女生低低的抽泣声。

天仍然阴沉沉的，大地一片沉静。大伙走上学校东南的岭顶，再往前是下岭的大道。我停下脚步，回头看于倩和几个女生早已泪流满面，她们低着头，什么也不说，任凭泪水在脸上流。

我使劲擦掉泪水，用力揉揉眼睛，对后面几位家长说："我求求你们领他们回去吧。我说一句当老师不该说的话，你们觉得自己的孩子有出息，过年后就想办法把他们转到驻地联中上学吧，那里老师配备好，各科比较均衡，不过对逄校长和横河联中的王校长都是不小的难题。还有，同学们互相转告一下，如果明年考不上，还可以复习，复习就好办，到哪个学校都可以。作为老师，我只能说这些，再见。"

我转过身，飞身上车，借着下坡飞车而去。我受不了这样的离别，头也不回地向前飞蹿，像逃跑一样。车子转向到了陡崖子水库大坝上，我跳下车回头向西北一望，见那老老少少一群人还在那岭顶上望着我，灰蒙蒙的天空下，皑皑的白雪上，他们像一群沧桑的雕塑。这画面在以后几十年，就像印在脑海里一般，越久越清晰，紧紧地揪着我的心……

到横河联中后，学校里因为放了假，静悄悄的，只有后面东北角一排房子冒着烟，那是王助理和两个老公办教师的家属房，一排九间，三户人家，我推车径直走进王助理家里，家里热气腾腾的，中间正房生着炉子，西边一间进门有一盘大炕，炕上坐着王助理一家，正在吃早饭。

见我进来，王校长伸腿蹬上鞋下了炕，拉住我的手说："小徐，来这么早，还没吃早饭吧？快上炕暖和暖和。"

对面王助理伸手招呼："他上哪儿吃早饭去？快上来，上来。淑芬，给小徐盛碗稀饭。"

我一边上炕，一边看着里面坐着的男孩女孩问："王助理，这是贵公子和千金？"

"啊，"王助理指着俩孩子说，"这是咱大闺女王丽，那是咱小儿子王君，你俩快叫叔叔。"

"叔叔！"他俩一块儿喊。

"叫哥哥行了。听说王丽上初三了？"

"你是徐健老师吧？"秀眉大眼的王丽，停下吃饭，两眼直盯着我说，"过年后开学，你就教我们语文了，那我该叫你老师了。"王丽虽然已上初三，却只有十四五岁的样子，一派天真活泼。

教育界领导的孩子上学就是早，她和我山里的女学生们显然不在一个年龄段，王助理调我来，也有为了自己女儿的成分吧——我想。横河联中三个年级，年前的语文成绩都七十多分，语文教师中唯一的公办教师安静老师是个女的，年龄也不小了，就住在王助理东邻……

我正想着，王校长已端了一大碗热气腾腾的大米稀饭，拿了一双筷子上来说："趁热快吃，吃完了再说话。"

早饭后，王校长领我到家属院西边的宿舍，打开大门，里面是三间房，中间一间空着，王校长说："这间是放自行车的，你西边一间住着文教组的两位领导，是郑干事和王会计，你和李伟住东边这一间。"说着，她打开门，帮我解开行李，搬到床上，并给了我钥匙。

放下行李后，我锁了门回头对王校长说："校长，学校放假了，也没什么事，我就回家了，明年正月什么时候返校？"

"我家振武说好了，咱们今天中午一块儿吃顿饭，还请了几位老教师来陪你，吃了午饭再回家吧。"说着王校长麻利地顺手把我的自行车锁了，拔下车钥匙握在手里，转身往家走。我也只好跟在她后面往外走了。

　　王校长四十多岁，皮肤白白的，身体有些发福，看着她一扭一扭的大屁股，我觉得她像邻家大嫂一样爽直热情。听说"文革"时她在胶县师范和王助理同学，红卫兵武斗，有几次王助理逃跑，都是王校长舍命掩护，他们正是那时结下了牢不可破的战斗友谊。他俩的佳话，在整个藏南无人不知。

　　回到王助理家，看墙上挂钟九点多了，我和王助理一边喝着茶一边指导王丽、王君做寒假作业。王校长在下面锅灶上忙活着。

　　忽然，从外面嘻嘻哈哈进来四个人，我一看是王助理东边两家邻居，前面是安静老师，我早就认识。后面是住在最东边的李焕和他妻子丁祥苓老师，他们都是横河联中的教师，两次阅卷也认识了，跟在最后面的是安老师的丈夫老张，在公社广播站工作，我们也早就认识。老张一边笑嘻嘻地走进来，一边大呼小叫："徐老师大驾光临，今天中午沾徐老师光，得好好犒劳犒劳了。"

　　我跟大家一一握手后，王助理让王丽、王君到东屋去做作业，擦擦吃饭桌，拿出四副扑克，招呼大家一块儿打够级。

　　他们让我与老张打对门，我看着对面笑眯眯的老张，想起第一次在新华书店刘经理介绍的时候，老张就开玩笑，他握着我的手说："听说徐老师是才子，咱今天有幸得见了。"我在两次批卷时也听安老师说她家老张如何爱开玩笑，就故意说："各位领导、老师，我不会打够级。"

　　"拉倒吧！"老张一听大声说，"徐老师，你问问于家官庄联中哪个老师不认识我，就咱这巴掌大的一点地方，能骗过谁？"

　　"我确实水平有限，你老张老奸巨猾，笑里藏刀。我脖子上面顶的家把什儿，比不了你，我可打不过你。"我进一步跟他开着玩笑，以活跃气氛。

"大家看看，看看啊——"老张夸张地说，"徐老师真会骂人，咱山东人一九七几年发明了够级，李伟说你们胶南师范每礼拜天在学校打得热火朝天，你看李伟今天不在这里想骗大家是不是，我还指望大才子手下留情呢。"

"你这老社会油子，小弟说不过你，服了！"我冲对面老张一抱拳。大家一阵哈哈大笑。

午饭时，大家热情高涨，极力劝酒。王助理和李焕早已满脸通红，老张看来酒量不小，喝兴正高。

我想到下午还要骑车六七十里回家，就向老张开玩笑说："张哥，你下午老婆孩子热炕头，小弟却得天寒地冻雪上飞六七十里路，你就饶了我吧。"

"不错！"仨女士异口同声地说，"大老张饱汉子不知道饿汉子饥，罚他给小徐说上个媳妇，再使劲哈！"……

在王助理家吃过饭，骑车回到老家。我过起了舒适的寒假生活，与月欣讨论一些中文方面的学识、见解；给已经上初中的弟弟徐敏辅导学习；教已经上小学的大侄子语文、算术。不知不觉时间很快就到了腊月二十六。

那天吃早饭时，月欣神秘地对我说："四哥，今天是个好日子，你在家等着，别出去啊——"

我用手指弹着妹妹的脑袋问："你小东西又搞什么鬼名堂？"

"今天，丁雨要来咱家。"娘突然在一边插话。

"什么？大、娘，月欣都让你们惯坏了，丁雨的事弄得我很不得劲。月欣毕竟还小，你二老不能老这样由着她性子来。"我转头对父亲严肃地说，"大，前几天去丁家大村的事我不是跟您细说了吗，咱老徐家不能叫外人觉得是死皮赖脸赚人家便宜的主儿，也不能把丁雨将来的路堵死，咱自己也得留下退路。我看饭后赶紧把大哥、二哥、三哥全叫来，开个家庭会议，把嫂子、孩子们都嘱咐好，要不让嫂子们喊人家丁雨弟妹，孩子们喊了四娘，弄得全村知道了，以后，丁雨一个姑娘家，连个转圜的余地都没有，麻烦就大了。"

"小四儿说得有理。"父亲缓缓地说，"吃了饭，小五把老大、老二、老三叫来我说道说道。小嫚儿，以后你四哥和丁雨的事儿，你少掺和。丁雨要来咱家，咱全家都只说她是你的同学，你听见没有？"父亲威严地盯着月欣。

月欣赶紧点了点头，转脸朝我吐了吐舌头。

开过家庭会后，全家开始忙活起来，三哥负责买菜，我和月欣借了大哥的自行车，一人骑一辆到公社驻地接丁雨，其余人都在家由母亲安排任务。我们家除了三个哥哥结婚，还从来没有这样忙活过，三个嫂嫂订婚时上门，也没有这样隆重过，虽然大家统一口径说是接待月欣的同学，可他们内心已认定丁雨是我的媳妇，每个人脸上都洋溢着微笑，期待丁雨的到来。

那天很冷，我心里却暖洋洋的，大家的表现说明，全家人都把我放在一个很重要的位置，我也为我们的大家庭感到自豪和温馨。十点多钟的时候，丁雨从公共汽车上下来，月欣跑上前去搂住了，领到我面前来。我让月欣坐我的车，把另一辆自行车叫丁雨骑。

"哥，我不会骑自行车，你让月欣妹妹骑。你载着我不就行了吗？"丁雨在一边不高兴了。

"你不会？月欣你告诉哥，她不会吗？她十二三岁就会骑马，现在说不会骑自行车？我坚决不信。"

"四哥，丁雨姐确实不会，你见她骑过吗？"月欣说的话无可辩驳。

我想了想，丁雨家没有自行车，我也没见她骑过，就说："两个小祖宗，我服你们了。丁雨，上来吧，回家。"

路上，丁雨贴在我身后，附在我耳旁悄悄说："哥，你就会赚了便宜还卖乖。"

"我赚便宜了吗？赚谁便宜了？"

"你明明知道月欣妹妹一定会让你载我，还装！"说着，她在我上背上来了一拳。

回到家后，月欣领丁雨见过家里的人，就把丁雨推到了炕上陪大、娘一块儿说话。三个嫂子在下面忙活，三个哥哥按事先安排都没有出面。我在想帮嫂子做点啥，三个嫂子却一直把我往里屋推，她们笑眯眯地只悄悄说一句话："兄弟媳妇真俊。"

丁雨在我家住了两天，出出进进都由妹妹陪着，她们最常去的是我一个叔伯大爷家，大爷家有我三个妹妹，一个叫月萍，一个叫月华，最小的叫月季。她们五个走在街上绝对是我们这个小村一道前所未有的风景线，丁雨最大，她的成熟美与月欣的清丽之美相映成趣，而她俩又都天性活泼，与月萍、月华、月季的纯朴憨厚之美互为映衬。五个人走在大街上，不知吸引了村里多少青年人的目光。两天中，丁雨和月欣不在家的时候，村里的大娘大婶们纷纷来串门，她们来都是一个目的。

"老嫂子，你家来的那闺女真俊，是小四儿的媳妇儿吗?"我一个婶子看着我娘期待地问。

"不是，她是小嫚儿的同学，叫丁雨，是丁家大村的。"母亲总是沉稳地回答，绝不多说一句话。我老姥爷是日照两城一带的大地主，母亲小时候也上了几年私塾，应付村里的老女人绰绰有余，丝毫不露破绽。就这样，一拨一拨的老女人就带着满足或者不满足的心情离开了我家。

眼看春节快到，我和妹妹一起把丁雨送到公社汽车站，目送她登上公共汽车。

我内心万分不舍，丁雨在家这几天，和家里的每个人相处得都很好，大家俨然一家人了，这几天里我享受了从未享受过的温馨幸福，每看她一眼，仿佛在梦中，丁雨走的时候，理智还是强迫我冷静下来。

汽车启动的时候，我和妹妹朝车窗里的丁雨不停摆手。丁雨站在车上反复喊着："快回去吧!"汽车开动的一刹那，我看到丁雨盈盈的泪光……

送走丁雨的那天晚上，晚饭时我正陪父亲喝着小酒，父亲突然问我："小四儿，你自己说说，你和丁雨能成吗？"

"大，您怎么问起这事儿了？是对丁雨不满意，还是——"

"咳！你想到哪里去了，"父亲打断我的话，沉沉地说，"丁雨是个好孩子，只怕你没有那个福分，担不起啊。唉——"父亲长长叹了一口气。

"大，这您就别多想了，我不是跟您说了吗，咱就按说好的办，人活着许多事不能强求，再说我不是才二十一岁嘛，您要急着抱孙子，我三个哥哥已经给您生了两个孙子、三个孙女了。三哥头胎是闺女，按政策是可以生二胎的，如果再生个儿子，您可有仨孙子了，还不够您亲的？"

"唉——"父亲仍然叹着气说，"我是太喜欢丁雨这孩子了，她要是能成为我的儿媳妇……"说到这里，父亲突然转了话题，"你记着没有，你上师范的时候，我不是说了吗，你小时候，我请先生给你算命的事？当时我看见算命先生给你算出'天格大吉、地格凶、人格大吉'，我就想到现在你的好运还没有来啊。"

"大，您又来这些了，您说什么是'天格'，什么是'地格'，什么是'人格'？"

"唉！小四儿，你枉读了那么多书。'天格'是祖上传的，你四五岁的时候就能看书，过目不忘，听人说书也是一遍就记准，这不是祖上给你传了一个好脑子吗？'地格'呢，就是人三十六岁以前的运气，你不是'地格凶'吗，就是说你在三十六岁之前是不会顺利的。一九六七年你上小学二年级时，得了一场急性脑炎，治好后你的脑子就比以前差远了，这是'地格'在损伤你……"

"那'人格'呢，'人格'又该怎么解释？"我打断父亲的话，直视着父亲问。

"'人格'是人的主运。"父亲的话简单明了。

"那就是说，'人格'对人的一生起主要作用了？"我继续穷追不舍。

"可以那么说。"父亲表示认可。

我给父亲倒上一杯酒，跟他轻轻一碰，喝了一小口，慢慢地说："大，俺这代人很少读古书，上师范读的古文虽然多了，却没接触过玄学，但是你儿子永远明白一个道理，'天道酬勤'。只要你儿子努力，将来就不是一个穷困的人。您说我'地格'不好，伤了脑子，但我的记忆力现在不还是比一般人好吗？大，您可能不知道，恢复高考后，咱大场公社在家干活考上大学的，就我一个，估计全县也没几个人。这不是您儿子努力的结果吗？"

"是……"父亲点了点头，欲言又止。

"大，您听我慢慢儿说，您说我三十六岁以前不顺，那不是坏事，不顺利才能锻炼我坚硬的性格，人一旦坚硬了，再加上努力，还有什么干不成的事？您想想，历史上哪个开国皇帝不是经历了千难万险才成就大业的？我的同学中已经有几个找一个农村姑娘结婚，甘心在联办中学里教书，生两个农村娃娃。我不想那样，您的儿子虽然被迫教了书，不能成为大人物，但我发誓，我要教出很多好学生，孔子弟子三千，您儿子也许会超过他！"

"嘿嘿嘿嘿……"父亲端着酒杯看着我，欣然地笑了。

看着父亲的笑脸，我接着说："大，我用半年时间，就从一个山沟里的学校教到了公社驻地，再过十年、二十年，说不上就教到青岛、济南、北京去了。"

"小四儿有志气！"父亲说着竟抓起酒瓶要给我倒酒。

"别别别！"我赶紧夺过酒瓶，给父亲倒上，爷俩"叮当"一碰，一盅酒又进了肚。

"大，我才说了一方面。另一方面，现在教师待遇差，因为'文革'刚刚过去，国家穷，以您儿子的眼光看，以后国家一定会狠抓教育，提高教师工资。丁雨的事您不用急，不就是还有三年多吗？我等得起。万一丁雨不嫁给我，我一定给您领回家一个比丁雨还好的儿媳妇。

大，您信吗?"我直视着父亲的眼睛问。

"信!"父亲向我伸出了大拇指，把杯中酒一饮而尽。五十多岁的他仿佛一下变成了三十来岁的年轻人。

饭间，旁边的妹妹和弟弟一声不吭，一直在聚精会神地听。母亲也不插言，只是一边吃饭，一边不时朝我微笑。父亲的话和母亲的笑至今深深镌刻在我脑海里，历久弥新。那个夜晚，温暖极了。那是我有生以来，第一次跟父亲说了那么多话。

那晚上，我做了一个梦，梦见丁雨穿一身洁白的连衣裙，是我师范毕业前夕，到李茜华老师家里拜访，看见李老师五十年代随她丈夫出访苏联时穿的那种裙子，那是我生来第一次看见认识的人穿裙子的照片。梦中，丁雨穿的就是那种洁白的连衣裙，带着灿烂的微笑，一路向我走来……

梦醒之后，我久久不能入睡，为她写下一首诗:

只要拥有

只要拥有
你永远纯情的微笑
即使原始森林的大火
把我烧成灰烬
我也能从你的芳唇里
长出一个绿茵茵的世界来

第七章　重新开始

正月十二是教师返校的日子，我找到我的同学李伟，两人一块儿骑自行车赶到了学校。

上午八点半开会，王校长宣布了对老师们的工作安排。我教初三语文，担任（1）班班主任；李伟教初三数学，任（2）班班主任。

下午，我们安排好办公室，语文组四个教师一间，除我之外，五十多岁的于振江老师教初二语文，四十多岁的安静老师和一个叫刘大贵的民办教师教初一两个班的语文。我们互致新年问候，刚刚开始办公，忽然听到西边王校长办公室一阵吵闹，"语文组徐老师，到我办公室来！"随即传来王校长的大嗓门。

一进王校长办公室，我看见一群于家官庄联中的学生家长，其中有于倩、于文亮、丁洪亮、王芳的父亲。

跟大家打过招呼，王校长第一句话就说："徐老师，这些家长都要让学生来找你上学，你安排吧。"

我一看情况，悄悄跟王校长说："咱还是找王助理商量好吗？"说完我示意家长们稍等，拉王校长到了文教组。

到了文教组，在王助理办公桌前，王校长先说明了情况。王助理听后批评我说："小徐，你看你给领导带来多大麻烦？"

"哎——王助理，我看是你们带来的麻烦吧。不是我要来的，是你让我来的。不让我来，会给你和嫂子带来麻烦？"我故意嬉皮笑脸地套

94

近乎。

"也是,"王助理说,"可这么多学生也没办法安排啊。"

"这样吧,"我跟他俩说,"这些学生中只有于倩、于文亮、王芳、丁洪亮学习好,今年有希望考上高中,咱只安排这四个学生,就说学校条件只能安排四个,按学习成绩留下,其余家长也就没话说了,你们看怎样?"

"可行。"王助理接着问,"食宿呢,怎么安排?"

"我想了,"让于文亮和丁洪亮住在我和李伟宿舍,四人一间也盛得下;于倩和王芳住在逢凤(年前,王助理把逢凤转为民办教师,安排她带一个班的历史课,兼炊事员)房间里,让他们每月交五角钱炊事费,逢凤给他们馏饭,这个由我和家长们说,炊事员每月多得两元钱肯定也会同意。"我慢慢把早已想好的主意说出来。其实,于倩爸爸早已在过年时就往我老家打过电话,我们已沟通过了。

"小徐,你可以当总理!想得周到,我举双手赞成。"又转脸向他夫人问,"王校长看,怎么样?"

"那就这样吧。"王校长说着回身到了自己办公室,跟家长们说了只能安排四个学生。其余家长听后无奈地走了。

在送他们的时候,我反复告诉大家:"回去一定让孩子好好学习,以后肯定有机会复习。"

送走其他家长,我回来跟留下的四位家长说了学校给他们四个人的食宿安排后,四位家长争着握我的手,一迭声地说:"好,好,真谢谢老师,谢谢老师。"于倩父亲眼眶中竟盈满了泪水。

送走四位家长,我长长舒了一口气:"可怜天下父母心哪!"

正月十六上午开学了。王校长把于倩和于文亮分到我班,王芳和丁洪亮分到李伟的(2)班。

我的班级原来的班长是丁敬文,我让于文亮做副班长,协助他工作。原来的学习委员是丁芳,兼语文课代表,我让于倩做语文课代表,协助丁芳的学习委员工作。调整以后，我班的班委会兵强马壮，班里的所有工作迅速走向正轨，尤其是学习，两匹黑马进入，班里的学习热潮空前高涨。由于他们四人住校，晚上在教室里学习，引来不少附近的学生晚上自发来学校上晚自习。王校长看了这些情况，整天高兴得合不拢嘴。特别看到我安排于倩和王丽一个位后，王校长见于倩可爱，还经常把于倩硬拉到家里和王丽一块儿吃饭。从此，王校长对我说的话言听计从。王助理也经常当着我的面称王校长为"咱媳妇"。

正当一切都在顺利进行的时候，却出现了一件意料不到的事情。

四月一个雾蒙蒙的上午，我正在办公室备课，王校长的大嗓门又把我喊到了她办公室。进门一看，王芳的父亲和李伟站在里面，王助理也坐在王校长办公室里，四个人都阴着脸。

"这是怎么了？"我看着他们四个人，摸不着头脑。

"老师，"王芳父亲哭着脸说，"我想让王芳退学。"

"怎么了？还有几个月就中考了。"我不解。

"家里定了，让王芳回家给她哥哥换个媳妇。"

"换亲？"这种事违法的，但民不告官不究，男女双方愿意，别人谁也不敢伸这个头，因此王助理和王校长也只在一边干生气。

"老王，"我缓缓语气说，"王芳才十六岁，她来这里学习进步很快，你这样做会毁了她一生的，况且，她也不够结婚年龄啊。"

"俺也知道，可是老师，王芳嫂子死了，我就一个儿子，给他说第一个媳妇就很费劲。现在正好有一个和我家情况差不多，两方愿意，我可不能绝后啊。结婚年龄的证明，俺村书记早给俺开好了。"

"唉——"我无话可说，只能把王芳从教室里叫出来。王芳听了父亲的话，把头慢慢低下去，一言不发，泪珠一个个连续掉在地上。

"老师，救救我……"王芳突然仰起满是泪水的小脸，拽着我的衣襟，哀哀地说。

"我怎么救你？王芳，如果老师是个女的，情愿替你去为你哥换个媳妇。"我哄着王芳。

"那还不如让我给哥哥换呢。"王芳苦笑了一下，接下来以她那个年龄不该有的口气对我说，"老师，我知道这辈子我没有做您学生的缘分了，等以后我生了孩子，一定来找您，让我的孩子做您学生吧。"

王芳的话让我泪水忽地涌出来，我的心像被什么揪住了……

王芳是人见人爱的小甜心，学生们眼睁睁地看着她被父亲领走，去给哥哥换媳妇，每一个人心里都不好受。那个课间，所有女生都到她宿舍帮她收拾东西。王芳把她的书和本子全分给了同学，自己一本也不留，谁不要还不行，所有女生哭成一片，站在门外的男生也都流泪了。

我下狠心强行把学生赶回教室，目送王芳被她父亲用自行车带走了。

王芳的事，对学生刺激很大，他们学习越来越狠。眼见就要中考了，初中中专预选考试在前，高中招生考试在后。我抓住这个有利契机，把学校的油印机充分利用起来。

我研究了前三年的中考语文试卷，现代文阅读和文言文阅读全考课内。于是，我就急来抱佛脚，把初中课本里的重点篇目全部整理出阅读题标准答案，晚上用蜡纸刻了，白天再油印。那些文章阅读理解题，好学生看几遍就心领神会，悟性差一点的学生就干脆死记硬背，背多了也慢慢增强了理解能力。

学校、家长、学生、老师都只有一个想法，考上高中、大学！至于手段，没人考虑。

短短几个月的时间，学生的各科学习成绩提高很快。就在一切顺利的时候，又一件事情让我猝不及防。

六月上旬，中专预选考试已过，我班里预选上四人，其中有班长丁敬文。

一天上午，我到我班去上第一节语文课，是于文亮喊的"起立"。

我明白，是班长还没来。刚开始讲课，门外一声"报告"。我扭头一看，丁敬文满头大汗地站在教室门外，双手还不停地搓着手上的土。

我示意他先上课。下课后他主动跟我到了办公室，我坐到办公桌前，丁敬文不声不响地站在一边。

"丁敬文，你怎么回事？"我直盯着他的眼睛问，"你不知道现在是分秒必争的时候？"

"知道，老师，我……"丁敬文吞吞吐吐地说，"我是想帮家里干点活。"

"干活？你家里大人干什么去了？用你干活？"

"老师……我再不迟到了！您别生气。"

"你先回去上课吧，"我说，"我还要到（2）班去上第二节语文课。"

第二节下课，上课间操时，我和王校长说我班班长今天迟到了，我要去他家家访，看看究竟是什么情况。王校长答应后，我骑上自行车就走了。

丁敬文的村子离学校只有两里路，片刻工夫就到，我向村里人打听了他的家。一推门，门从里面挂着，我就在外面喊，北屋里传来一个老妇人的声音："谁呀，自己进来吧！"

我从门缝里伸进手，解开门挂钩，推车进了院子，"呼啦"一下，西边跑来一群小猪，在我周围乱拱乱跳，举目四望，满院的猪粪猪尿，无处下脚，北边堂屋用几块大石头把门挡住。

我一边喊："大婶，我是丁敬文的老师！"一边走进堂屋，屋内情况更让我大吃一惊，真是家徒四壁，一贫如洗。

"老师，快到屋里来坐。"丁敬文母亲挂着一个单拐，开了房门。

"大婶，你家里怎么这样，丁敬文父亲呢？"

"俺的老师啊，他父亲十几年前就走了，撇下他还有我和他哥哥。文文这孩子不让老师知道家里的事，就在学校报了他大爷的名字，冒充他大。"

"噢，原来这样，"我又问，"那，他哥哥呢？"

"他哥哥上年考上复旦大学，在上海念书。"

"丁敬文今天上学迟到了，是怎么回事？"我把话题引到中心上。

"老师先哈口水。"老人说着就要去拿北面桌子上唯一的一把暖瓶。

我用手势制止了老人，扶她坐到炕上，我坐在外面把她挡住。

看看没法，老人说起来家里情况："老师啊，这不收麦子了吗？家里有二亩麦子，他大爷家里四亩多，三个孩子也都上学，文文这孩子就晚睡早起，自己去收割，在西边场院里，已经收回半亩多了。"

"好，我知道了。大婶你歇着，我还要回学校上课，你就不用送了。"说着我起身，到天井抓起自行车把，把门反挂了，骑上车飞奔回学校。

回到学校，我直奔王校长办公室，跟王校长说了丁敬文家里的情况，正说着李伟进来了。

我说："老同学，你来得正好，你也听听。王校长，今天周一，下午最后两节是班会和课外活动，我想做一次助农活动，让全班学生帮丁敬文家把麦子拔了，咱和学生说去不去自愿，不去的在家上自习，您看这样行吗？"

"好，"王校长心软，刚才听了我介绍的情况还眼泪汪汪的，"李伟你班也可以参加。"王校长转头对李伟说。

"得令！"李伟说，"我正想请缨。"

"王校长，我计算了，咱两个班一百二十三个学生，如果去一百人，每人拔十平方米就可完成。咱的学生一半有自行车，每人带一人，来去二十分钟，总共六十分钟绝对搞定。"我把我的打算跟他俩说了。

下午下了第二节课，我和李伟到各自班里说了，班里群情激奋，个个跃跃欲试。大家出了教室，两个班一块儿站好，我在队前动员："同学们，大家拔小麦时要注意体验，后天的作文就写这次活动，题目是'一次助农劳动'，来回路上注意安全，丁敬文前头带路，大家听清楚了吗？"

"听清了！"一百二十三个少男少女轰然大叫。然后各人找到自己的自行车，而丁敬文在前已拔腿跑了。

看看所有学生都出发，李伟也带着他班一个瘦弱的女生走了，我叫于倩坐到我的自行车后座上。

于倩是我的"掌上明珠"，我必须亲自保护她。上了我的车座，于倩的小脸激动得通红。

"抓住后座，于倩。"说着我飞身上车，载着她出校门赶上前面大队。

"老师，"于倩在我后面说，"我第一次坐这么好、这么新的车，我好高兴啊。"看我不吭声，她又降低声音问我，"老师，我可以搂着你的腰吗？"

"不行，"我坚决地说，"你再胡思乱想，我让你下车，自己跑去。"

于倩不说话了，住了一会儿她小声嘟囔："那怎么能叫胡思乱想呢？"

听了她极认真的话，我差点笑出声来……

很快到了麦田，我指挥大家一字排开，男生每人四行，女生每人三行，展开拔小麦竞赛。我把王丽和于倩安排在我两边，因为她俩较弱。干这些活，这一百二十四人没一个是我的对手，李伟是高中应届毕业考上师范的，学生们更是从小上学，没干多少活。我拉开架势迅速拔起，给左右两边的两个女生每人只留下一行，还断断续续的。

于倩在我后面喊："大家看啊，老师拔得快不快？"

"快！"学生们手下活不减，一块儿大喊。

太阳挂在西面半空，阳光把麦穗照得金黄金黄，一百二十多个少女少男各色的衣服与滚滚麦浪相映成趣，远处干活的村里人很多朝这边看，一个四十多岁的中年男人朝这边喊："老师，我替丁敬文谢谢您了！也谢谢孩子们啊——"

一亩半麦子很快拔完，我又指挥大家捆成捆，然后就地垛在麦田里。收工时我一看李伟的手表，总共用了三十多分钟……

以后的日子里，丁敬文把班里的事打理得有条不紊。他大爷把他家两亩麦田栽上了地瓜，他没了后顾之忧，每天他总是走得最晚，经常到了晚上十一点，没几个学生了，他还在教室里学习，我把他赶回家。第二天早上五点左右，学校里静悄悄的，他又来到学校，把教室桌凳安排得整整齐齐，然后坐下学习。他是我一年中见到的精力最充沛的学生，每晚睡五个小时左右，白天听课毫无倦意。

七月中旬，高中招生与中专考试完成，几天后成绩就下来了。我班有两个学生达中专录取线，十个学生达重点高中录取线，（2）班分别是一个和九个。一接到成绩，学校里一片欢腾，老师们个个脸上洋溢着笑，因为大家都知道，这是学校的特大丰收。

二十二个中专和重点高中生，这在许多国办中学都是不敢想的，在全县的联办中学更是闻所未闻。当天下午，王助理接到了主管教学的教育局副局长电话，充分肯定横河联中的教育教学成绩，并要求助理向校长、初中两个初三班主任和全体初三教师代他致以问候和敬意。

晚上由我提议，大家凑钱搞了一个庆功宴，王助理夫妇和八个初三教师尽兴而散。那天很晚了，我一直睡不着，尤其让我高兴的是丁敬文如愿考上了胶南师范，他家庭无力供读，师范是他的最爱，上师范除了一点书费其余一切国家包干。另外，王丽、于倩、于文亮、丁洪亮也都考上了光华中学，光华中学在青岛市闻名，市重点高中，升学率在青岛名列前茅，在胶南的名气不亚于胶南一中。我真为他们高兴，于倩的总分竟然比录取线高出六十多分！

第二天，学生全部回校，发了中考成绩，然后让大家回家等通知，没有考上的可以考虑复习，明年再考。

发完中考成绩的第二天，是个星期六，我还没回老家，上午在办公室看书。于倩爸爸突然闯进来。"老师！"他不等我站起来，一下子抓住我的手，说，"我求您一件事。"

"什么事？别急，慢慢说。"我给他倒上一杯水，让他坐下。

"早上我给王助理打电话了，他说您今天在学校没事，我想请您和王助理到我家吃顿饭。您得赏个脸！"

"哈哈哈哈……老于，您吓死我了。孩子考上高中是大喜事，我去！"

于倩爸爸在前，王助理和我在后，三人朝西进发，到了我离开了半年多的于家官庄。

到了于倩家，天井里聚了好多人。我一看，除了于倩的家人还有另外一些我在于家官庄联中的学生和他们的家长。跟大家打过招呼之后，我给大家介绍了王助理。

院里一下子乱起来，他们把王助理团团围住，七嘴八舌，纷纷要求到驻地联中复习。王助理毫无准备，一下子不知说啥好。他越不说话，大家越乱。

我让大家止住，把王助理拉到一边，悄悄给他出主意。我说："王助理，咱横河联中不是有六间仓库吗，学校也没啥重要物资，咱搭个简易仓库，把仓库倒出来，做成两个宿舍，容纳四十个人没问题。让学生每人每月交一毛钱炊事费，多挣四块钱，炊事员逢凤肯定愿意，咱五个公办教师的饭她能做，再加上给四十个学生馏饭，她照样能做。"

"这个办法可行，"王助理笑眯眯地说，"你怎么这么会算计？"他不知道，这些事我早想过了。

"我还有个建议，"瞅了瞅兴奋的王助理，我继续说，"咱招复习生得量力而行，四十个学生分到应届班里，每班七十多人，教室还装得下，问题是不能谁愿意来就让他来，咱按今年的中考分在全公社择优录取，家长也无话可说。"

"对头！"王助理一拍脑袋，挺胸走到院中央，直接把我的主意作为文教组的决议宣布给了大家。大家听了纷纷说好。

"各位老少爷们！"于敬谊老人说话了，"孩子们上学的事，王助理和咱的老师给解决了，你们都回家吧，今晌午我管不了这么多人的饭，你们以后可以来走走。"

　　于敬谊老人在这村一言九鼎，学生和家长们纷纷与我告别，顷刻间小院里归于平静。我忽然想，这一切是不是老人导演的呢？

　　众人走后，老人把我们让进屋里上炕，于倩、于文亮和他们的父亲轮番给我们倒水、敬烟、拿花生……

　　菜上齐之后，于敬友老师来了，我们寒暄几句，于倩爷爷率先举起酒杯说："守着领导，我说几句话，今天是个高兴的日子，俺的孙子孙女双双考上了光华中学，这是一年前俺做梦都不敢想的事。俺老于家祖上积德了，是哪位尊神把徐老师送到俺这里来的？给俺送来一位贵人。"

　　"是我，"王助理脸有些红，对老人说，"俺这事办对了，还是办错了？"

　　"当然办对了，"老人与王助理和我碰碰杯说，"二位都是俺于家的恩人啊！"

　　"老人家过奖了，"我赶紧说，"人相遇是缘分，教到于倩和文亮是我的福分。"

　　"老师真会说话。"老人把酒一饮而尽，我的余光见他眼眶里盈着泪水。

　　在于文亮父亲又倒上一盅酒后，我端起来说："我敬领导和家长一杯酒吧，我贸然说句话，依我看，老于家的福还大着呢，只要努力于文亮可能发展成行政干部，于倩恐怕不是作家就是学者，十年以后，他俩可能成为于家官庄的骄傲、藏南公社的骄傲，甚至胶南县的骄傲，大家相信吗？"

　　"借老师吉言。"于敬谊老人端起酒盅和我一碰，又是一饮而尽。

　　"我看，"于敬友老师突然在一边插话，"徐老师是我见过的这个年龄少有的仁者、强者、智者。他两个班语文平均分九十分，再有十分就

103

是满分了。怎么能取得这么高的成绩？我听说他光阅读复习题就刻了三百多张蜡纸，一张就得一千多个蝇头小楷，大家想想，光这一项的工作量不得顶一般教师一年的工作量？另外他搞的标准答案比出题人的答案还具体、准确。大家看着，我曾断言，不出二十年，徐老师一定是中学语文教学大家。"于老师说话时，于倩和于文亮站在炕前，目不转睛地盯着我看。

"于老师别表扬我了，"我截住他的话头说，"借这个机会，我想跟两个学生说句话。你们记住了，目前咱县里的高中，学校里没有很多图书资料，你们主要跟着老师拼教材、拼练习，拼出高分，进入名牌大学，资料就丰富了，那时再广泛吸收，放开眼界。我相信你俩！"

"是！老师。"他俩站在炕前同时向我鞠了一躬。

于敬谊老人一把抓住我的手说："老师，您真是俺于家的福星啊！"

"老人家，快别这么说，于文亮和于倩的天赋，再加上您的学识和良好的家风，他们在哪里都会脱颖而出的。"接着，我故意转移话题，转头看着王助理说，"今天领导做了这么好的决定，我替学生们谢谢领导了。"

"应该谢！应该谢！"于敬友老师，还有于敬谊和他的两个儿子纷纷举起酒杯与王助理碰……

饭后，我们告别了于敬谊老人和于敬友老师，推车走出村子，于文亮和于倩父亲陪王助理走在前头，两个学生和我一块儿走在后头。

在村东小石桥上，两个家长告别回家了。我让王助理先走着，停下对于倩和于文亮说："你们看这小石桥，我听村里老人说，它是明朝末年建的，在这里支撑了几百年，仍然屹立不倒，你俩想到了什么？"

于倩马上说："老师，我想到了它的坚硬，想起了古人的话：'贫贱不能移，威武不能屈，富贵不能淫。'"

于文亮接着说："老师，我想到了人要扎好根，您看这小桥根基非常深厚结实。"

"你们说得都好，你们记住了，两年高中是艰苦的，而大学里现在时兴六十分万岁，很多人考上大学就不再努力，玩完四年分配工作。我希望你们不要那样，把这六年全变成艰苦的岁月，如果考上本科，六年内不要来见我，也不要给我写信，六年后再见，怎么样?"

　　看着他俩使劲点了点头，我转身上车，飞车而去，也不再回头。我知道他们今后最需要的，是坚硬起来。

第八章　曙光在前

一九八一年八月，学校提前几天让老师们返校。暑假中，文教组又把我的两位同学调到了横河联中。一个是陈文远，自韩家溜联中调来，教初三化学；一个是丁波，自唐家庄联中调来，教初三物理。我和李伟仍分别教初三语文、数学。这样，我们四个人就基本包下了初三的主要学科。

由于我们四人都没结婚，住在一个宿舍里，整天形影不离，所以老师们戏称我们为"四人帮"。不久，"四人帮"的名头很快传遍胶南教育系统。我和李伟的教学成绩，暑假里教育局开会在全县教育系统通报表扬。陈文远据说上课只在食指和中指间夹几支粉笔，除此啥也不带，化学课本上的内容和练习全了然于胸，每页书上有几个字都知道。丁波在师范时物理就学得好。他和陈文远都是初中应届毕业考上师范的，都比我小三四岁，只有李伟是应届高中考上师范的，也比我小。因此，他们都称我"老兄"。

到校的第二天，丁雨就来到学校找我。我把她领到宿舍，让她看我给她买的"凤凰"牌轻便自行车。丁雨看了，高兴得跳了起来，搂住我的脖子不放手。我使劲掰开她的手臂，告诉她这自行车是我一年积攒了一百二十元钱，原想买手表，后来想想丁雨更需要自行车，就让上海的表叔买来，然后一手骑"永久"车，一手赶着"凤凰"，从老家骑到这里的。

"哥，"丁雨挤挤眼笑着说，"你不是不承认订婚吗？那为什么还买这么贵重的礼物？"

"这就算是我对你那年送我到火车站的报答吧，"我说，"正好这几天没什么事，我教你骑自行车。"

"哥真好！"丁雨说着又要上来搂脖子，我赶紧用手挡开，起身领她到伙房吃饭。在伙房里，我向三位同学介绍了丁雨，仍说她是我表妹。

丁雨紧紧依偎在我身边，抱住我一只胳臂，跟我三个同学说："你们别听徐健说，他是俺对象，已经订婚了。"

"是吗？"三个同学全部张大了口，立即抗议，"老兄这就不够意思了，你和咱媳妇订了婚，这么大的事也不告诉哥们儿，自己偷着乐？"

"哎——你们别听她瞎说，"我指指丁雨说，"你们看看，没过门的媳妇哪有这么亲热的，谁敢？还不是小时候我经常到我小姨家，把她惯坏了。"我说得像煞有其事，不由得他们不信。

"既然这样，"李伟笑嘻嘻地说，"丁雨姐，你们姨家表兄妹不能结婚，你看看我们三个，你想嫁给谁吧。老兄，肥水不能流外人田，是不是？"

"你！"丁雨抓起一双筷子朝李伟头上敲去，"你敢和本姑娘胡说，我打！"

李伟没想到丁雨这么泼辣，猝不及防，被丁雨结结实实敲在头上，痛得龇牙咧嘴，引得大家一片大笑。

我制止住丁雨说："他们都比你小，你要爱护小弟们。"

丁雨马上接过话头，扬着手中的筷子说："你们仨小朋友听见了？再胡说，我打！我打！"

李伟吓得直往后躲。过了一会儿，他突然慢悠悠地说："看着这么漂亮的人儿不能做咱的媳妇，这饭怎么吃得下……"

他的话逗得丁雨"咯咯咯咯……"一长串大笑，她银铃般的笑声笑得我的心颤颤的，我的心里涌起一阵热浪，暗暗拿定主意：丁雨将来如果嫁给我，我一定把她一生一世当作"心上人"。

　　下午，我在操场上教丁雨骑自行车，引得安静老师一趟趟跑来看。丁雨在济南上大学时在省城买的衣服自然新潮一些，她的打扮把四十多岁的安老师羡慕得不得了。那天，丁雨穿洁白短袖上衣，下着紫色长裤、白色凉鞋，她修长的腿，配上崭新的"凤凰"自行车，长发飘飘，衣袂飘飘，确实美不胜收。

　　休息时，安静老师走向前来。安老师性格温柔，小声小气，她深得青年教师敬爱。她与人打招呼，叫别人的名字好重复。因为上午丁雨刚来时我就先给安老师介绍了，所以这会儿她俩已经像老熟人一样。她走到丁雨面前细声细语地说："丁雨，丁雨，今晚上我请你们都到我家吃饭，啊——"

　　"这——"丁雨看了看我，一副为难的样子。

　　"你看我干什么？"我转脸又朝安静老师说，"你一来，安大姐都不和我说话了，直接与你商量，已经把你放在我之上了。"

　　"去吧，去吧。丁雨你别客气，你问问徐健和李伟两个家伙，在我家吃过多少饭。"

　　丁雨听了这话，也就不再推辞，爽快地说："那就谢谢安大姐了，不过您千万别麻烦啊，家常便饭就行了。"

　　"好，好，好！"安静老师高兴得屁颠屁颠地跑了，嘴里还喊着，"我先去告诉逢凤，叫她上我家帮我做饭去。"

　　丁雨因为骑过马的缘故，加上她一米七的个头，修长的腿，所以学自行车很快，一个多小时她就在操场上自己如飞般转圈了。看看大功告成，天快黑了。我喊丁雨回到宿舍洗脸。我们"四人帮"的其余三人在办公室下象棋，所以宿舍里只有我俩。

　　丁雨洗过脸之后，我找出一条崭新的毛巾递给她，站在一边看她细细地擦。丁雨的脸由于上了一年大学，大学里伙食好，养得她比以前略微胖了些，皮肤更加白皙细腻，因为刚才运动量大，再被冷水一激，那小脸粉红粉红的，我一时看呆了。可能丁雨在镜子里发现我在看她，笑嘻嘻地说："哥，你媳妇漂亮吧？"话音没落，突然回过身，又朝我扑上来。

这回我早有准备，双手一下抓住她的两个小臂，她粉嫩的手臂柔软光滑，一股电流"唰"地传遍我全身，我立刻强制自己镇定下来。心想：以后要尽量避免两人单独在一起了，丁雨很活泼，我也易动感情，我怕自己把持不住。

洗完脸后，我和丁雨一块儿往安老师家里走，她悄悄地对我说："哥，我在大学里从来没去跳舞、看电影。想你的时候，我就拿着月欣妹妹给我的你的照片，边看边给你写信。"

"你和我说这些干什么？"我故意说。

"因为我是你媳妇啊，"她忽然变了语气，幽幽地说，"三年后，我一定让你娶上一个漂亮、纯洁的媳妇……"

"不许你这样说。"我嘴上虽然那么说，心里却甜透了。

到了安老师家，人们已陆续到了。除了"四人帮"，还有教初二物理的民办教师魏栋老师和安老师东邻的李焕老师。一盘大炕上坐了我们九人。开席时，大老张端起酒，说："今天这酒主要是欢迎丁雨小妹妹，你们这些家伙都跟着她沾光吧，使劲哈！"

李伟马上在一边振臂大呼："谢谢丁雨姐姐！向丁雨姐姐致敬！"逗得大家一阵大笑。

丁雨坐在我身边炕角里，也不多言，也不喝酒，只偶尔跟大家吃点菜，一直笑眯眯地看着大家。是因为有四个长者吧，丁雨是很知道分寸的。她的温柔惹得安静老师一遍遍夸奖，说谁能娶到丁雨这样的媳妇，得烧八辈子高香。

"我表妹是山师大高才生，我们这些'臭老九'想都别想。护士都不可能嫁给咱，售货员也看不起咱，连公社企业里的合同工也不瞧咱一眼。您老教师可能不知道，我们同届十三个男同学分配到小场十九中学，至今全是光棍，他们自嘲为'十三棍僧'！"我刚说完，大家哄地笑了。

"其实，咱学校老师们给我们四个同学起个'四人帮'的名字不好，'四人帮'是坏人，里面还有个女的，我们四个男的，还是四个光棍，叫我看不如叫'四根筷子'。"我接着说。

"哈哈哈哈，"大老张一听大叫，"这名字好，以后就这么叫，你们要是有一个结了婚，就叫另外三人作'三根筷子'。来，我跟'四根筷子'单走一个！"

喝过一杯酒后，魏栋老师看着我问："徐老师是学文史的，'臭老九'这个名字是怎么来的？"

"这个名字始于元朝。元朝统治者把汉人分为十类。一官、二吏、三僧、四道、五医、六工、七匠、八娼、九儒、十丐。教师排在妓女之后、乞丐之前，够惨吧？"我侧过脸，看着丁雨问她，"表妹，我没说错吧？"

丁雨像个懂事的小女孩一样，使劲点了点头。

"其实找个农村姑娘也不要紧，只要拿咱当人看。"李焕老师说，"我给你们讲讲我的一段亲身经历：一九六八年我在一个村小学里教学，那时把地、富、反、坏、右称为'黑五类'。我和我一个同学刚分配三年，不可能是右派，书记混账，硬把我们两人划到'黑五类'里去，强制改造劳动，换上他两个亲信当民办教师。后来出了一件事使我俩因祸得福，不但归了队，还提拔为初中教师。"接下来，李老师讲起了那个故事——

那是深秋的一天，队长让二十个人去交公粮，每人拉一地排车玉米送公社粮所。交上玉米，我们拉空车往回走时，天快黑了，又起了大雾，回到村里场院时贫下中农们都扔下车跑回家吃饭了，我们不敢跑，两人等队长来点名、查点麻袋、检查车、收条子。

队长来检查车时，看见地排车边沟里一个男人光着上身脸朝下死了。他一喊，我们跑去一看也吓坏了。那人面朝下趴着，腿泡在水里。

110

队长当即下令当晚让我俩在那里看住现场，不准离开半步，第二天好派人到公社找公安助理报案。

队长安排完就走了，派人给我俩送了几个地瓜，我们蹲在死人一边，越来越冷。半夜时，我俩冻得实在受不了了，就商量着到旁边牛棚里去烤了一会儿火，谁想到出来以后看看，那死尸不见了。这可把我们吓坏了，明天交不了差，还不知道有什么后果。终于，我忽然想起村里三天前死了一个男人叫"狗剩"，刚刚埋了。狗剩家里穷，埋的时候，连个棺材也没有。我就跟同学商量把他扒出来，弄到这里。同学同意了，于是我俩合力很快弄来，把上衣也脱了，摆成原来的样子，脸朝下，脚也泡到水里。

"啊呀，不行。"我同学忽然想起一个问题，说，"如果明天大家把死尸翻过来看，认出是咱村刚埋的人，咱怎么说？"于是我俩又想了一会儿，决定干脆把狗剩破了相，别人就认不出来了。

第二天上午，县公安局人员和公社公安助理一群人来了。他们做的第一件事是把死尸翻过来验看，拍照片，然后抬到屋里去了。一会儿，公安出来一人，把我叫进屋里问："你说，这是谁？"俺的娘哎，我一看，他们用了什么办法让狗剩的脸又基本恢复原样了！吓得我赶紧把昨晚的一切原原本本地告诉了公安。

一会儿，公安把狗剩媳妇叫来了。公安说："你丈夫头顶为什么有一颗大钉子？说！"狗剩媳妇当场吓尿了，说出了原委。

事情原来是这样的，狗剩媳妇长得漂亮，二十八岁了，是大地主的闺女，嫁不出去，只好嫁给四十岁还打光棍的狗剩。结婚后，村书记和她通奸，后来被狗剩发现了。书记就和狗剩媳妇商量把狗剩弄死。狗剩媳妇小时候读书时读过一桩奇案，就仿效案中人的做法，在狗剩熟睡的时候把一颗大钉子钉进狗剩的脑袋里。村里人没人知道，都以为是狗剩暴死，大家帮着把后事料理了。

我没想到公安局这样破了一桩奇案，正高兴。谁知，他们又把昨天交公粮的人全部叫来，挨个审问昨晚那人哪里去了。不一会儿，真相大白。

原来是在我们交公粮回来的路上，有一伙计见一个醉汉光着膀子晃晃悠悠地走，就好心问他是哪村的，伙计听明白也是在西边，就让他上了地排车顺路把他捎回来。等走到家后，伙计想起来，已经过了醉汉的村，也不愿意再把他送回去，就把醉汉掀到一边沟里偷偷跑回家了，心里说：反正谁也没看见。

听了伙计的交代，公安便到东边村里寻访，很快找到那人。那人说：昨天出去喝酒，被人用车拉着往回走，一觉醒来，看自己躺在水边沟里，就爬起来跑回家了。

至此，一切真相大白。狗剩媳妇被判死刑，大队书记被判无期徒刑。我们俩因祸得福，被全县表扬，恢复公办教师工作，县委还下了紧急通知：公办教师不是"黑五类"。

讲完故事后，李焕老师笑眯眯地说："因此，以后我就调到初中教学了。"

李焕老师说完以后，大家一时沉默。为了活跃气氛，我举杯说："祝贺李老师，预祝李老师再看一次死尸，就可以升任高中老师了。"众人"轰"的一声笑了。

大家笑的时候，丁雨手指拧我腿，附在我耳边说："不能这么说。"

听了丁雨的话，我又大声说："预祝我徐健看一次死尸，荣升高中教师；再看一次死尸，荣升大学教师。"

大家纷纷喝了酒，笑声一片。我附在丁雨耳边说："这叫以苦为乐，汝知否？"

那一夜，大家酒喝得很多，饭也吃得饱。饭后，我见逢凤和安老师的两个孩子在下面早已吃过，就跟逢凤商量让丁雨住在她的屋里，逢凤答应得很爽快。

送别大家的时候，安静老师说让丁雨住在她家里，我说："不用打搅了，就住在逢凤屋里，我安排好了。"

到了逢凤房间，于倩住的床当时是学校的，她考完学后，一直放在那里。在逢凤打扫的时候，我把早已买好的新蚊帐、新褥子、新床单、新毛巾被拿过去，挂好、铺好。

安静老师不知什么时候走了进来，笑嘻嘻地说："徐健、徐健，看不出你真够细心的，丁雨真有福气啊！"

第二天上午，丁雨可能是昨天太累的缘故，一直在逢凤屋里睡，早饭也没吃。

安静老师和我坐在办公室备课。"徐健，你老实说，你和丁雨到底是怎么回事？"安老师突然笑嘻嘻地问，"能不能告诉老姐姐一声？"

"不早就跟您说了吗？我表妹。"我估计自己的这点小把戏肯定瞒不过这些老教师。

果然，安静老师一改平时可亲的口气，严肃地说："徐健，我看你和李伟他们四个人，论相貌个个英俊，论智力和学识也比'文革'前的师范毕业生强，虽说你们现在没人看得上，可是，我看你们将来个个有出息，藏南公社这个小水湾是养不了你们这四条大鱼的。你老实说，丁雨真是你表妹，我就给你介绍对象了，在藏南，俺家老张认识的好女孩有好几个呢。"

"别别，大姐。"我一看安老师如此明白，就把与丁雨相识以后的事情和盘托出，之后说，"还望大姐保密。"

"徐健啊，你们的事情能瞒得了这些过来人？我们早看出来了，只是不说破。不过，你的做法，大姐支持。"说着，安老师向我竖起了大拇指。

我赶紧说："惭愧，惭愧，还望大姐指教……"

正说着，刘大贵进来了。

安老师马上说："大贵、大贵，快给俺找点卫生纸儿。"

刘大贵笑着慢悠悠地说："你要卫生纸儿干什么？"

"俺要上茅房擦个腚儿。"安老师急不可耐地说。

"你擦腚儿为什么问我要卫生纸儿？"刘大贵依旧慢悠悠。

我一看，赶紧从抽屉里抓出一卷，扔到对面安老师桌上。

安老师抓起来，就急急地跑到厕所去了。一会儿，安老师回来指着刘大贵说："你个死大贵，不知道怜香惜玉，活该二十五六了还找不着媳妇。人家憋得都受不了了，你还只顾贫嘴。你学学徐健，多会关心人！"……

半上午的时候，丁雨到了我的办公室，和老师们打过招呼后，我领她到伙房弄一点饭，温了让她吃。

在她吃饭时，我跟她商量说："丁雨，你吃完饭回家吧？"

"怎么了？"她停下筷子看着我问。

"你是以我表妹的身份来的，老师们都喜欢你，接下来可能会轮流请你吃饭，你看合适吗？"我进一步说，"就是老师们不请你，哪有表妹到表哥单位里来长时间玩的道理？再退一步说，如果老师们认为你是我对象，是不是咱俩就更不要脸了？"

"我也在想，"丁雨小脸一正色，认真地说，"可是，哥——以后假期，我到你家去吧？"

"也不能久住。"我干脆地说，"就算你是月欣同学，哪有在我家长住的道理？年前，你在我家住了几天，村里已经有人说三道四了。"

"那——我想你时怎么办？"丁雨又拿出了撒娇的本事，两眼盯着我，装出可怜兮兮的样子。

"哎——你还是专心完成学业，毕业成绩好，分到大学里，嫁个风度翩翩的大学教师，过上城市生活。别老想回来，埋没在这土地方。"我真心实意地说。

"你又在胡说什么？""咚"的一声，她的拳头落在我的背上，劲很大。接着，她不说话了，一会儿，泪珠簌簌落下。

我一看丁雨动真格的了，赶紧安慰她："雨妹，你怎么了？别哭啊。"

听到这话，她反而越伤心了。

我看出她用力控制，不让自己出声。这把我吓坏了，我轻轻拍拍她

114

后背，尽量柔和地说：“你千万别哭，有什么话慢慢说。”

“唉——”住了一会儿，她幽幽地说，“哥，我就不明白，你对我那么好，为什么又老拿这些话气我？”

“我不是气你，”我温和地说，“你从我的角度想想，我真想让你过上更好的生活。”

“你从我的角度想了吗？”丁雨一下子怒目圆睁，小嘴噘起，定定地瞅着我。

“不管怎样，我们得维持现状。你说，咱们还有更好的办法吗？”我尽量用商量的口气对她说。

“哎呀，好吧，你真麻烦。”丁雨又一下子变成开朗豁达的样子，说，“我就顺着你吧。以后想你了，我就看看你的照片和你说说话吧。”说完，她竟雨过天晴，让我悬着的心一下子放下了。

上午十点多，我怕丁雨刚学会骑自行车，路上不安全，就跟她一块儿回到她家。路上，我们说了好多话，丁雨一路很高兴，她告诉我，说在我的枕头底下放了她的一张照片，还有给我织的一件毛衣。“我也要让你穿着我织的衣服，看着我的照片，想我！”她说这话的时候，小脸仰得高高的，神气活现。

从那时起，我觉得丁雨真是我一辈子的心上人了。可是，另一个念头还在告诫我，再等待三年吧，别把一切搞乱了，我得静静等待瓜熟蒂落。

第九章　校园风波

一

几天后学生到校了，学校正式开学，一切按计划进行。初三进了四十个复习生，因为上学期中考的成绩突出，这学期十七中没考上的优秀学生大多来报了名。同时，文教组又调进了我的两个同学任教，一个是教语文的高放，一个是教数学的李克，学校安排他俩教初二。这样一来，初三的学生质量可以与十七中媲美，师资水平不亚于任何一个中学，初二有两个同学的加入，也大幅度提高了师资水平，真可以说是兵强马壮。刚开学，学校的教育教学工作就出现蒸蒸日上的大好局面。为了进一步提高教学质量，王校长安排初三开始上晚自习。

开学后的星期二，文教组王助理告诉大家一个好消息，说已经通知了各校，横河联中他亲自开会传达：青岛师专首次开设高师（专科）函授班，所有公、民办教师，高中、中师学历都可报名，不设入学考试，只在学习的专科课程中淘汰，两门不及格不予毕业，只要过关，全部发放毕业证书。王助理开会后，全校年轻的公、民办教师几乎全部报了名，有的四十多岁的老教师也报了名。会上我对大家说："我们这一代人，应该是不光为自己，还应该肩负使命。'文革'造成人才断流，我们身处改革开放的这个时代，就应该为国家多培养一些人才。这是造

116

福后世的事，功德无量！"

正为这事高兴，下午王助理突然把我叫到了文教组办公室。一进办公室，看见我师范的政治老师、在我们毕业后升任教育局分管人事的副局长王文敬正襟危坐在里面。见老师到来，我赶紧上前握手问候。

老师和蔼可亲，让我坐下后郑重地说："徐健，局党委前几天开会研究，想在各公社驻地联中试点设立教导主任。全县选了两处，北边的王台联中，南面的横河联中。党委研究，横河联中教导主任由你担任，你看怎样？"

"老师，我能行吗？我对学校教育教学管理没什么经验。"

"哈哈哈哈，你是我的学生，我觉得行。王助理，你看呢？"

"我看，"王助理笑着说，"徐健当个校长也没问题。正好，王淑芬身体不好，这可以减轻她的负担了。这，我还得感谢局领导对我们藏南教育教学工作的支持呢。"

"王助理，"我老师接过话茬说，"这主要是你们做出的成绩让教育局领导敬佩，你们横河联中的升学率不但在全县联办中学中遥遥领先，而且也超过了许多国办中学，这是了不起的成绩。今天我一来，看到学校虽然条件简陋，但是师生热情很高，景象生机勃勃，你们的工作做得好啊。"

"局长，"王助理给我老师续上一次水后，很认真地说，"这里面有很多是徐健的功劳，您别看他刚参加工作，依我看，他是不可多得的开创型人才。"

"这个，你们可以在徐健的政审上报材料中写清楚。局里也知道一些，但不详细。王助理，希望我们团结奋斗，把我们的教育事业做好吧。"王文敬局长说完，就坐局里专车回到县里了。

我和王助理目送局长的轿车绝尘而去，兴致勃勃地回到了办公室。

刚刚落座，王助理就笑呵呵地说："小徐，祝贺你成为咱县'文革'后提拔的第一批教育干部！你这么年轻，大有作为啊。"

"这算什么干部，"我笑了笑说，"还是请您指示吧。"

"好，"王助理略微沉思一下说，"徐健，你新官上任肯定要烧三把火。我先把你的困难分析一下，要你有所准备。第一，我家淑芬病越来越重，你要全面主持学校工作。我看这样吧，你给她安排初一两个班的政治课，不要叫她坐班，你搬到她办公室和她对桌办公，这样方便。学校的事情，她在的时候，你就跟她商量一下；她不在的时候，你自己决定。如有大事决定不了，你可以来找我商量。第二，上学期淑芬告诉我，学校的屋顶年久失修，这个学期秋假必须整修了，这需要一笔很大的费用，预算一万二，集资难哪。第三，我知道你还担着初三班主任和两个班的语文教学，还有专科函授学习。另外这学年还有一个任务，县里要把商业系统的初中毕业生和卫生系统接班的初中毕业生全部进行一次初中学历水平认证考试。在考试之前，进行一年的辅导复习，只考语文、数学两门，党委肖书记点名要你和李伟担任辅导老师。小徐啊，这么多工作，你可要好好安排，当心累着身体。"

　　"王助理，我工作再多点也没问题。函授学习仍是专科教材，在师范我们学得就很扎实，只是到时候看看书去参加考试就是了。去供销社辅导每周只有两节课，也不是什么难事，给他们上课连备课都不用。关键是，怎么让学校工作更上一层楼。"说到这里，我停下想了一会儿，看看他，慢慢地说，"我想把给老师搞点福利作为突破口，来提高教师积极性。听说小场十九中，年底给老师发二百元福利，那可是半年多工资啊，他们老师能没干劲？今年升学率提高很大。老师不是天生就该受穷的，我们是不是也得想想办法？"

　　"十九中的事情我知道，可人家是国办中学，有正规的校办企业，家大业大，咱可是穷底子。你有什么想法？"王助理对这事显然很感兴趣，急切地问。

　　"想法还不成熟，十九中办的印刷厂是主要面向教育系统的，咱办不了那么大规模的，可以办个小的粉笔厂，一个模具、一间房子就够了，投资也很小。造出粉笔先供用本公社学校，再卖到外公社学校。肥水不流外人田嘛！另外，我想发动老师们集思广益大家一起想点子。资金问题嘛，这次集资，咱能不能多集一点，借鸡下蛋呢?"

"这个恐怕很难。以前学校集资，各村书记个个就像铁公鸡，要拔他们的毛，不容易。"王助理有点灰心丧气。

"王助理，我觉得这次不一样。"

"有什么不一样? 还不是问他们要钱嘛。上级拨的办公费，本身就拮据，另外房屋设施维修、桌凳添置修理等，咱几乎每年都得向他们集资，每次集资我们都得像求爷爷奶奶一样求他们。"

"王助理，今年咱中考成绩这么好，他们这些父母官能不高兴? 我建议咱先从办公费里借一点钱，星期天把书记们请来，炒上二十个菜，买上二十瓶酒，咱们在酒桌上说话，也对书记们胃口。借的钱以后挣了再补上嘛，舍不得孩子套不住狼，您说是不是?"

王助理兴奋得一拍桌子，下决心说:"就这么干了，以前叫他们来集资，总是一杯茶水伺候，也许他们不满。这次你唱主角，我敲边鼓!"

星期天上午，王助理通知横河片十二个村的书记，来横河联中开会。我让学校的丁永富老师来校，他教历史，兼学校的会计。我让他提了钱，买来肉鱼蛋菜和酒，帮着逢凤烧火做饭，十一点多，书记们都到齐了。我在靠伙房的教室里，并起了四张课桌，将二十个热气腾腾的菜端上桌来，让书记们团团坐下。书记们纷纷跟王助理开着玩笑，说以前来开会是君子之交淡如水，今天太阳从哪边出来了?

王助理、我和丁老师坐在前面。看着逢凤把酒倒满之后，王助理开言道:"各位父母官，今天请大家来，是为了商量集资维修教室的，横河联中自建校以来还没有维修过教室屋顶，房子都漏雨了。以前集资开会，慢待了各位，我向大家赔罪。今天，咱们边喝边开会，大家放心，今天的费用，我和徐主任从工资里出。我先向大家介绍一下，这是咱们横河联中刚刚由教育局任命的徐健主任。"

我站起来向大家鞠了一躬。

席间响起一阵"呱唧呱唧"的掌声，有位书记说:"早闻徐主任大名，今日得见，幸会幸会!"他的话引起大家一片笑声。

王助理接着说："各位知道，咱媳妇淑芬身体不好，以后徐健主任基本主持学校工作了，希望各位父母官支持。"

大家纷纷说，"应该应该"。笑声中，场上气氛顿时活跃起来。这些书记相互之间都是熟人，也都是久经酒场的人，一到这种场合，似乎很容易兴奋起来。

"下面……"王助理止住大家的议论，"先由徐主任把他振兴学校教育的计划和想法向各位父母官汇报一下。"

在"呱唧呱唧"的掌声中，我先向他们鞠了一躬，之后说："各位领导，今年这次学校维修，丁老师造的预算是需要一万两千元，我想咱们能不能多集一点，再买些树苗，在学校院墙内栽上四排树，一来挡风，二来几年后长大了轮伐，就可以永久解决做课桌的木料了。另外，我们还想拿出一间房子，发动老师业余时间勤工俭学，自造粉笔，除供应本公社学校使用，还可以对外卖一些，赚来的钱，一半入学校账目，一半给老师们一点劳动报酬。这两项不需要很多投资，一万元足够。另外，学生学习要想快速进步，当务之急是要有图书室，学校要有相当数量的图书供学生借阅使用，这个是以后的事。如果发展好的话，我想咱横河联中至少五六年，也许永远不用集资了。我徐健向各位保证说到做到！"

"好！徐主任的打算真像过日子的。"一位胖胖的书记喊。

我看了看那位书记继续说："学校账目，各位领导可以随时来找丁老师检查监督，我们保证不乱花一分钱！至于各大队出资数目，大家先考虑一下，一切自愿，量力而行。大家知道，咱们学校在各位领导的支持下，在教育上级领导的指导和全校师生的共同努力下，今年取得了前所未有的好成绩，考上中专和重点高中的人数超过了一些国办中学。明年，我们争取在今年的基础上，再翻一番！"

说到这里，王助理带头热烈鼓掌。我向座中一位五十多岁的独臂书记看去。他叫戴培礼，是皂户大队书记，抗美援朝退伍老兵，在战场上丢了一只胳膊，转业后成了全县闻名的独臂书记。他在这些书记中一言九鼎，就连党委肖书记也要看他几分面子。此时他正微笑着朝我点头，用鼓励的眼光看着我。

我清清嗓子动情地说："可是各位父母官，眼看秋天来临，天很快就凉了，咱的孩子们，还坐在漏风漏雨的教室里上课啊。为了孩子们，我先自干两杯，代表学校全体师生，敬各位领导！"说完，我抓起面前一茶碗白酒灌了下去，又倒上一碗，一口喝下，我被半斤高度白酒冲得眼里盈满了泪水。

教室里一下静下来，书记们一个个瞪大了眼睛看着我，有吃惊，有感动。

王助理紧接着站起来说："该说的徐主任都说了，我作为文教助理责无旁贷。大家知道，我酒量不行，但今天很高兴，为了孩子我也连敬三口，咱把这杯干了？"

"好！"书记们纷纷响应。

酒宴进行得很顺利。在我又连敬三口干了第二碗之后，书记们都已经喝了半斤，有的开始面红耳热。可别误了大事，想到这里，我朝戴培礼看去，心说您老该说话了——这是我们约定的暗号。

前天晚上，他因小女儿在我校考上了光华中学，请我们老师到他家喝喜酒。席中老人激动地说："我最后生了一对双胞胎闺女，小学上完后，大的考上了十七中，小的差了几分没考上，上了横河联中。没想到三年后，小的考上了光华中学，大的连个最差的高中也没考上。都是老师们教得好啊，今年我又把大的送到老师们这里，我谢谢老师们了。"说完，他竟然站起来向我们鞠了一躬……

"梆梆梆"，此时戴培礼重重敲了几下桌子，站起来说："各位，我皂户大队人口不多，经济也不好，这是大家都知道的。可是再穷咱也不能苦了孩子，刚才你们都看见了，我戴培礼一生从来没见过这么好的老师，他们不仅全心全意地教好我们的孩子，而且处处为我们着想，难得啊！有人说酒桌上说话不算数，今天我戴培礼一口唾沫一个钉。我们大队出三千，明天就让大队会计送来。丁老师，现在给我记上！"

我和王助理带头鼓起了掌，说："谢谢戴书记。"

戴书记向大家摆摆手，有些激动地说："咱不能亏了孩子，也不能让这么好的老师寒心。来！我敬大家一杯。"说完，抓起酒碗把酒一口干了。

他的话一下鼓起大家的热情，大家刚刚放下酒碗，那个胖胖的书记站了起来，他是驻地村的书记丁保国。

"刚才，戴大哥的话说到俺心里去了，咱农民不就是盼着孩子有出息吗？因为有了这么好的老师，咱们的孩子都有指望了。俺有村办企业，又是大村，必须起带头作用。我决定俺村出七千，明天让会计送来！"

酒宴在大家你一语我一言中进行着，气氛热烈。

我悄悄跟丁老师说："你去向每个书记问问，登记一下，别让他们觉得捐得少，磨不开面子。"

酒宴在快乐的气氛中结束了，我看了丁老师的本子，总计两万六，超额完成了集资任务，我大声说："各位领导，根据各村报的数，这次总共集资两万六千元整，以后除了各位可以随时来查账，还有文教组王会计要定期查。我再次感谢大家的支持，我们全校教师一定更加努力，回报全片父老！"

酒宴结束后，我和王助理与书记们一一握手告别。他们纷纷对我夸赞有加，这个说："徐主任年轻有才啊，不但话说得叫人感动，而且会教学生，哈酒也是好手。"那个说："老弟你早已名声传开，村里的孩子个个回家说你的好，今日见面果真名不虚传，咱们来日方长，欢迎有空到我家哈酒。"……

目送他们一个个骑上自行车离去，我惊奇他们都已醉意甚浓，却没有一个醉倒。我正想和逄凤、丁老师收拾碗筷，王助理拽了拽我的衣袖轻声说："你到我办公室来。"

进了文教组，王助理倒了两杯水，我们慢慢喝着。他眼睛定定地看着我，不解地说："往常集资，皂户大队的戴书记最铁公鸡，今天他怎么这样慷慨？"

　　"是这么回事，"我笑笑说，"前几天晚上，他请我们去他家喝喜酒，他小女儿在咱这里考上了光华中学，另一个双胞胎女儿在十七中没考上，今年又送到咱这里复读，咱为他家立了汗马功劳，他还不出点血？是我要求他打头炮的。"

　　"啊——我说呢，今天的事办得这么漂亮，开始我还以为是喝酒的作用，后来想想不对，这些家伙都是天天泡在酒里的人物，怎么会因为咱们一顿酒而头脑发热呢？"

　　我说："酒也起作用，加上咱们动之以情，再加上戴培礼带头，他们不出血还行？"

　　"哈哈哈哈！"王助理笑着说，"一帮老油条，被你治得服服帖帖。古人云'凡事预则立，不预则废'。你深知其理，充分利用了咱的优势，发挥到了极致。原来我想，能集一万就烧高香了。小徐，我越来越发现你有领导才能。"

　　"领导过奖，我这不过是雕虫小技。"

　　"这下咱们五年内就不用为这事发愁了。眼下……"王助理话题一转，"我现在又遇上一件头痛事，只跟你商量，不要外传。"说着，他拿出一封开着口的信递给我。

　　我抽出信笺一看，原来是文教组郑干事写给小学一个叫周文英的女民办教师的信。信中内容是约定周一晚上十点在郑干事宿舍约会，用语极其肉麻，不堪入目。我扫了几眼就扔回给王助理，不解地问："王助理，这东西怎么会在您手里？"

　　王助理苦笑了一下说："周五下午放学后，一个小学生在学校门前爬电线杆玩，看见在石条绑着木头的缝里夹着一封信，就拿回家送给了家长，那家长送给党委肖书记。肖书记当即把我叫去，下令让我布置下周一晚上捉奸。我正为这事发愁哪：捉吧，多年同事撕破了脸；不捉吧，肖书记令不可抗。唉！"

"郑干事的事我们早知道，"我笑了笑说，"郑干事和王会计不是住在我和李伟的西屋吗，中间虽然隔着放自行车的一间，我们还是能听到声音的，周文英是从后窗爬进去的，咱房后面就是庄稼地，方便得很。"

"唉！都是没钱闹的，房子后面应该有院墙，哪怕后窗装上十几道钢筋，不就没这事了吗？建校时只想着省钱。对了……"王助理转头又问，"你们既然知道，为什么不早向我汇报？"

"王助理，你知道王会计一般中午在学校吃饭午休，从来不在学校过夜，而郑干事很少在学校吃饭，却经常来宿舍过夜。他俩都是四十多岁的人，又都是单职工，家里都有老婆孩子，您想郑干事这样正常吗？好几次中午吃饭的时候，王会计指桑骂槐，说他枕头上有长头发，是什么狐狸精用了他的枕头。我们四个还开玩笑说王会计，骂的对象不对，没本事守着正主说。您想，王会计都不和您说，我们这些小年轻的怎么敢？郑干事是文教组的领导啊。"

"也是，"王助理说，"周一晚上怎么办？"

"如果不想让事情发生，明天可以在后窗钉上防盗钢筋。那样，周文英从后窗进不去，料想她没有走前门的胆量。"

王助理说："这办法我想过，可是肖书记下了死命令，一定要把他俩堵在屋里，他要我今天把信放回原处。你知道肖书记是个老八路，疾恶如仇。"

"那就没办法了，自作孽，不可活。郑干事四十多岁的人，玩弄一个二十来岁的小姑娘，真是可恨！"

"也是周文英发骚，我早瞅她不正经，浪张得很！"王助理恨恨地说，"现在联中都在偏僻地方，出了不少老师和学生发生不正当关系的事，老师和老师，这是第一次发现，以后还要加强防范啊。"

"我觉得这事，还要做得圆满些，肖书记真要捉奸，可以派公安助理安排民兵，既然把任务交给了您，我想这说明他也不想把事情闹大。咱安排四个教师守在房前屋后，等周文英进去，大家弄出点声响，把周文英吓跑，您再敲开郑干事的门，表示大家都已经知道，免得您领导之间过于尴尬，料想郑干事不敢不认，咱这么多人都看见了。至于肖书记那里还不是由您说？"

王助理高兴地说："英雄所见略同，你想得很周全。事后我再要求肖书记把他调走。没法跟这种人同事，丢人。周一下了晚自习，一切由你安排，我在家等着。"

他忽然又说："你考虑问题很细致，你的老成远远超过你的年龄。单身教师今晚就你自己在学校，你和逢凤说说，叫她上我家帮着做饭，咱再喝点。"

二

周一晚上八点多，郑干事果然又来到学校，悄悄进了宿舍。九点半放学时，我把李伟、高放、丁波、陈文远、李克叫到我的办公室，简单说了情况后说："李伟、高放，你俩悄悄尾随学生出校门，之后转到学校后面，到东边庄稼地里远远看见周文英进去之后，就赶快向王助理家后窗按三下手电。丁波、李克在宿舍西南方向埋伏，陈文远在王助理家里看到信号后，赶快也给丁波、李克发同样信号。丁波、李克见到信号后弄出点动静，打草惊蛇。"

李伟说："老兄，你安排我们苦差事，你干什么？"

我说："我在办公室坐镇，假装大喊你们打够级。咱得让领导在被窝里放心不是？"

李伟他们捂着嘴笑着说："老兄够坏的！"

接着我们分头行事，学生很快走光了，我在办公室大喊着李伟他们的名字："快来打够级啊！"

十点刚过，忽然听到后面丁波大喊："打狗啊！"

李克跟着也喊叫："快！快！跑到后面宿舍里去了！"

我在办公室听了，忍不住大笑。

不一会儿，他们都进了我办公室，嘻嘻哈哈地讲着刚才的事。

陈文远说："丁波、李克真不厚道，你们想把周文英吓死？太不怜香惜玉了。"

"可不，他俩刚喊完，就见周文英像一道闪电从后窗射出，飞也似的进了玉米地里，啊呀，女侠啊！"高放说着拍拍丁波的后背又说，"丁波打咱篮球队前锋，速度老是不行，你要有人家周文英那速度，咱打败十七中哪能那么费劲？"

丁波说："去你的！人家刚进去，你们就急着发信号，也不让人家温存一会儿。哥们儿，不会是吃醋吧？"

李伟说："你去庄稼地里试试，那蚊子！你去能等着他们温存？"

大家说笑了一会儿，我问陈文远那边的事。

陈文远说："王助理进了郑干事屋里一趟，那个人就急匆匆骑自行车走了。"

"好了，"我正色道，"这事到此为止，咱弟兄们不要外传。"

"对！"高放说，"非礼勿言。"

周六下午，公社党委组织全公社所有学校的干部教师在公社礼堂召开中小学教育工作会。这是我们参加工作后，第一次参加这样的大型会议。三四百人济济一堂，大家见面后，纷纷打招呼，互致问候。我们被安排在第一排座位，老教师们问我，往常都是十七中坐在前面，这次怎么变了？我说我也不知道。

会议开始，先是十七中校长总结汇报学校工作，后由王助理总结全公社中小学工作，他发言的主要内容是对我校的教学和管理进行了详细说明，并且介绍了我校两年来的变化和取得的突破性的好成绩。

最后，肖书记做了总结性讲话，讲话中大篇幅表扬了我校，他指了指坐在前排的我校教师，拖着长腔说："老师们——你们看见了，今天我让横河联中的老师坐在最前面，啊——为什么呢？因为他们是好样的！一个联办中学凭着国办中学挑剩下的一个片的二流学生，升学率超过了有些公社的国办中学，啊——这是多么惊人的成绩！正是因为他们的努力，我们公社的中考升学率，有了大幅度提高，一下在全县名列前茅！啊——在前几天县委召开的全县教育工作通报会上，我们公社受到县委和教育局大力表扬，啊——藏南公社教育，第一次在全县领先！啊——在此，我代表公社党委，代表全公社人民，向横河联中全体教师，向全公社所有教师，表示衷心的感谢！"

会场响起热烈的掌声。

"经公社党委研究，啊——今年冬天，要调拨最好的燃煤给学校，保证老师备课有一个温暖的环境，啊——另外，今年春节，给文教组和横河联中干部教师调拨每人一个猪头！啊——表示党委的一点心意。"

会场响起更加热烈的掌声。这是破天荒的事，大家议论纷纷："还是老八路实惠。"

主席台上，肖书记两只大手往下按了按，会场渐渐安静下来。

"但是，我们的学校也存在不少问题！"肖书记一下子严肃起来，"比如有些教师的生活作风问题，这是个大问题！啊——认识不足是会犯错误的，你是人民教师嘛，怎么做出那样缺德的事呢？啊——"说到这里，他突然提高了音量，"教师搞学生，不行！教师搞教师嘛……"他突然停下来，会场一片寂静，老师们都伸头瞪眼听他下文，肖书记举起大拳头"咚"地砸在桌子上，怒吼一声，"更不中！"

突如其来的变故，让会场"轰"的一声炸开了锅。我身边的李伟竟然笑得跳了起来。

会场再也没有安静下来，以至于主持会议的宣传委员最后布置了些什么，大家都没有听清，严肃的教育工作会议在大家的说笑中结束了。

散会后，大家还在议论着。肖书记口误的事是次要的，作为教书育人的学校频频发生那样的丑闻，有人当笑话讲讲，有人陷入深思。特别是那些地处偏僻的联中负责人，他们的心情是沉重的。

捉奸事件之后，郑干事再也没有回来，他的铺盖也不知什么时候取走了，听说他被调到老家去了。周文英被辞退后，很快嫁到远远的地方去了。

公社会议之后，我在周一例会上布置一周工作后，也强调了师生关系问题，规定所有办公室不准堵上门上的玻璃窗，男教师不准把女生领回家和宿舍。

"其实，咱们学校人多又杂，没有此类事件，主要是防患于未然，也是为了避嫌。"我向大家解释说。

最后，着重讲了利用课余时间勤工俭学的设想，公布了集资数字和剩余资金，计划怎样借鸡下蛋。一是做粉笔，由魏栋、丁波和陈文远负责，两个物理教师，一个化学教师，比较专业。魏老师年龄大，带队找个粉笔厂考察生产流程，购买模具、原料。二是明年春天栽树，等长大后，轮伐做学校的木料。另外还可上什么项目，老师们集思广益，都出点子。

丁志华老师说："我可以批发到比供销社便宜的布料，不知道这有没有用。"

"丁老师有什么关系？"我感兴趣地问。

丁老师说："我以前当兵，在北海舰队被服厂当裁缝，有个战友现在北海舰队后勤部当官。现在军服都是的确良料子做的，海军是蓝色的，海军陆战队是绿色的。军队里有规定，非重要的军用物资，可以军地交流。他们的布料质量更好，价格反而低，不过要有关系，还得单位证明才能批发出来。"

听了丁老师的话，我心中一动：可不可以为学生制作校服呢？

散会之后，我把丁老师留下，问他做一身学生服需要多少钱，他说粗略计算布料和针线扣子不会超过八元钱。

"什么？"我听了差点跳了起来。"一九七八年我上师范，父母给我买了个的确良褂子，花了十六元，现在一身多少钱？"

"三十多元。"丁老师微笑着说。

"那么咱批量制作，十元钱能不能做一身衣服？"

128

丁老师慢慢给我解释说："买布匹做衣服，大概一半利润，成批做没有废料，利润更大，做得更快，再加上批发多，布料更便宜。所以我粗略算了，大概三分之一的成本。"

"真有你的！"我朝他伸了伸大拇指说，"你等等，我去找王助理商量一下，看看能不能给学生做校服。"

我飞跑到文教组，跟王助理说了。

他皱了皱眉头说："这个全县没有先例，再说，要做还得要家长出钱啊，好的家庭过年才给孩子做身衣服，你想让全校学生统一穿上一身新衣服，可能吗？"

"如果这身衣服咱收一半的钱，家长会要吧？"

"那倒差不多，一身衣服省十几元钱，这对农民来说，诱惑太大了，农民是最现实的。可是，你怎么做出那么便宜的衣服？"

我笑了："领导，要相信群众，奇迹是劳动人民创造出来的！"

看着王助理将信将疑的神态，我又说："这周我写个计划送来，您看如何？"

王助理还是半信半疑地点了点头。

出了文教组，我回来跟丁老师说："有门，咱半价给学生统一服装，既给学生家长省了钱，咱还可以创收，岂不两全其美？今晚我再想想，明天咱再商量。"

"好咧！"丁老师刚骑上车走了，又转回来说，"明天晚上，我请你们来家吃顿饭，让你嫂子做几个菜，咱弟兄们乐乐？"

"好啊，谁们？"

"还有谁们，去年'四根筷子'，今年'六根筷子'呗。"

我说："欣然前往。"

"唉！为了养家，我没日没夜地做点衣服，叫你嫂子卖点钱，也没请小兄弟们来家坐坐，真不好意思。"

"丁老师说哪里话呢，你拖家带口的不容易。"

丁老师骑上自行车走了。望着他的背影，我想，他们每月八元工资，大队虽说再给点工分，养活一家人真不容易啊。

第二天下午放学后，我们同学六人，骑上自行车一块儿出了学校，向北面村里去了，丁老师家在驻地。路过供销社门市部，我们还是像以前一样，各自买一点礼物。进去后，售货员们因为我和李伟给他们上课都熟了，纷纷跟我俩打招呼。

到了烟酒糖茶柜台前，售货员于秀珍笑眯眯地问："徐老师、李老师，买点什么？"

我们买了些糖酒、桃酥之类的，我又指着货架说："小于，你再给我拿一盒雪茄烟吧。"

"什么烟？"她瞪大了眼睛问。

"雪茄烟啊，"我指了指货架说，"那不是吗？"

"这个字念'加'？"她使劲撇了撇嘴，对我一脸鄙视，声音很大地说，"还当语文老师呢，你叫'茄子'是'加子'吗？丢不丢人啊。"

听了她的话，我又好气又好笑。旁边，我那几位同学也对着我坏笑。我们听说十七中一位老教师，给我们七七级一位师兄介绍和她做对象，刚一见面，她掉头就走，还跟那个老教师发脾气说："怎么给我介绍这样的人呢？'臭老九'也就罢了，长得也不怎么样。"

想到这些，我决定回敬她一下出出气，于是我也提高了声音说："小于，这个字念什么不用你告诉我，你会查字典吗？如果不会，就找人帮你查查。我幸亏没当你的老师，我要有你这样的学生，那才真叫丢人哪。"

于秀珍一时语塞，愣在那里。这个时候，商店里人不多，其他售货员都听见了，往这看。

李伟赶紧出来打圆场，他笑嘻嘻地说："于大姐，别理他，咱俩就念茄，谁能管得着？"

出了门市部，高放大声说："老兄，你看刚才李伟，这不活脱脱《诗经·氓》里那个人吗，'氓之蚩蚩……'"

130

"氓是谁？"李伟问。

我和高放哈哈大笑。

陈文远拍拍李伟肩膀说："别问了，估计不是什么好东西。"

"唉！你们都误会我了，咱总得有点绅士风度吧？我看老兄刚才有点生气，怕惹恼了她，撒起泼来，以后咱还来不来买东西？谁不知道她和咱师兄的事？她也不撒泡尿照照自己，一张猪肚子脸不说，你看她那身材，直径和高差不多。"

李伟的话，引得大家一阵大笑。

"今天我是有点过分，"我看看李伟说，"老弟确实善解人意，就凭这点，你肯定找个好媳妇。"

"拉倒吧，我要是能找到有丁雨一半漂亮的女孩，就知足了。"

说说笑笑中，前面丁波已经找到丁老师家。走近一看，丁老师的四间大瓦房，高大美观，在周围一片破破烂烂小平房的衬托下，简直是鹤立鸡群。

推开大门，丁老师和妻子站在院子里迎接。他向妻子一一介绍我们，大家都问"嫂子好"。堂屋门口站着一个四五岁的小孩，清秀可爱，仰着小脸一个劲地喊着"叔叔好"。

我蹲下，塞给小孩一把糖，拉着孩子的小手问："你叫什么名字呀？"

"我叫丁向宇。"孩子乖巧地回答。

我回头问丁老师："老兄，这是你的千金了？"

"儿子，"丁老师嘿嘿一笑说，"老弟看走眼了。"

"老兄有福！"我跟大家振振有词地说，"此儿相貌清奇，男孩女相，加上老兄和嫂子教子有方，将来必成大器。"

丁老师"嘿嘿"地笑着说："兄弟真会说话，借你吉言，借你吉言。"接着他又招呼我们进屋上炕。

喝酒的时候，我们详细商量了制作校服的计划。丁老师负责进料剪裁，每件计报酬四毛。有缝纫机和会做衣服的教师家属负责制作，每件给报酬一元六角，丁老师检查质量。李伟、李克、高放负责运货、分发，适当给点报酬，李伟是总负责人。这样，收学生十六元，学校还有六元毛利。

最后我说："有什么事解决不了的，大家找我。我没有事的时候，也去帮忙。"

那晚上，大家都很高兴。丁老师最后说："我最不愿意在哈酒的时候谈工作，可今天，谈得高兴，咱忙点没啥，只是为了一个有点滋味的人生。"

第十章　风生水起

一

很快，学校小粉笔厂开工了，造出了质量不错的粉笔。从此，藏南公社的学校都使用上了我们的廉价粉笔。不久外公社、外县学校也有来订货的。我们把卖粉笔的收入，除给参加劳动的老师一部分酬劳，另外拿出三分之一纯利送给文教组，剩下的全部入勤工俭学专用账户。

校服运作也十分顺利，学校首先制作一套天蓝色的确良校服样品，给学生和家长参观，又印发了征求家长的意见书，说明校服用蓝色的确良制作，布料质量好于供销社的，制作也保证质量，如有问题，可以重做。每身衣服收费十六元。学生家长都在意见书上签了字，只等学校发衣服时交费。

农民是最现实的，他们知道，用半价的钱，让孩子穿上质量那么好的校服，是多么划算，有的家长知道是老师家属做的，甚至说学校收费太低。他们也知道，自己的孩子穿不上校服，会在同学中抬不起头，所以，自然意见很一致。

我在清点我班的征求意见书时，发现我班刘志勇的家长没签字，问问各班班主任都说有一个两个的。

刘志勇家住横河村，学习上游，品质也不错，只是从穿戴上看，家

133

境不富裕。他的档案上的家长栏里，填的是爷爷刘本周。我决定去看看。

下午放学前，我骑上自行车就奔村里去了。几经打听找到刘本周家，看大门开着，听堂屋里大声说话，我问"有没有人"，也没人搭理，走进堂屋，听清原来是在打架。我觉得不便进去，就在外间隔着玻璃窗看：里面炕上东面炕沿上朝西坐着一个老头，看不见脸，半边身体也被墙挡住，外面手上拿着一个大烟袋，正抽烟；西面坐着一个老太太，正和北面炕前的中年妇女对骂，骂声激烈。看样子，这是刘志勇的爷爷奶奶和母亲了。婆婆嘴快，声音又大。儿媳骂不过，情急之下，就顺手从炕前的囤子里抓起一把麦糠，塞进婆婆嘴里。婆婆被麦芒扎了嘴，干张口瞪眼，再也骂不出来。这时，一直不说话的老头，把烟袋锅在炕沿上"叭叭"磕了几下，开言道："哎！好办法。"

我在门外忍不住乐了。趁着他们停下，我赶紧敲门。门开后，我对着老头说："大爷，我是刘志勇的老师，这是他的家吗？"

老头跳下炕来，说："是，是，老师快坐。"

刘志勇妈转身出去了，老太太赶紧下炕打扫自己的嘴巴。

"大爷，我今天来，是了解一下，今年学校做校服，那么便宜，你们为什么不要？"

"这不是家里穷吗？"老头絮絮叨叨地说，"志勇他大前几年走了，我奔七十的人还得去生产队干活，也挣不了几个工分，他娘也挣不多。一家四口人全靠那点工分过日子，越过越穷。人家年轻人都到公社的单位、工厂上班挣工资，俺家一条来钱的路也没有。唉！"

"那这样吧，志勇的钱我给他交上。"

"不用，不用啊！老师，实在不行，我去借。只是觉得丢人哪！"

这时，刘志勇妈烧了水端上来说："老师哈水吧。"

"大爷，你们只想到自己丢人，"我看了看对面的老太太继续说，"没想想自己的孙子？在学校同学都穿上崭新的校服，只有他自己穿着旧衣服，他在同学面前怎么抬起头？"

"老师别说了，我老糊涂了，没替孙子想想。唉！老师现在交钱还来得及吗？"刘本周懊恼地拍着自己的头。

　　我接过他的话说："交钱不急。就是你们不交，我也要叫志勇穿上校服。关键我有句话想说说，你们家志勇，为人老实，又爱学习，他是你们家的希望。咱人穷不能志短，越穷越要团结。报纸上报出来了，明年要大包干，每户要分好几亩地，收了粮食全是自己的，卖给国家也是钱，只要全家一心，日子会越过越好。将来志勇上了大学出息了，他就是你们全家的希望。为了志勇，你们可要团结努力啊。"

　　"老师说得对，都是我不好。"刘志勇母亲低着头诚恳地说。

　　"老师说得好啊，"刘志勇奶奶也赶紧说，"我这做婆婆的也不好，让老师笑话了。"

　　"大娘，我没觉得笑话，倒觉得很难过……"

　　我正说着，外屋传来哭声。

　　"志勇？你回来了？"我关切地问。

　　"老师，我回来好一会儿了……"他抽泣着说。

　　我拍拍他的肩膀说："不要哭，不是说'寒门出才子'吗？老师小时候家里也穷，上高中的时候，全班同学都穿塑料凉鞋，唯独我穿父亲给我做的呱嗒儿——就是那种用手推车轮外胎做鞋底、内胎做鞋袢的。志勇啊，艰难困苦是我们的动力和财富，你记住了吗？"

　　"记住了，老师，我一定加倍努力，不辜负您的希望。"

　　"好！老师相信你。"说着我跳下炕，和他们全家告辞。

　　老头坚决要留我在他家吃饭，我说学校还有很多事就走了。他们全家送到胡同口，久久不回。

　　第二天下午放学后，我又叫齐老师统计愿意做校服的家属，告诉他们每套衣服一元六角的工钱，当即有六名民办教师给家属报了名，安静老师和丁祥苓老师说她们晚上也可以做一些。之后我说了去刘志勇家访的情况，提议每班为两名学生免费，这两名学生要由全班学生选出，标准只有一个，就是家里经济困难平时穿戴不好的。两名同学产生后，各班报给学校，学生从大队开来家庭经济困难证明。这事，老师们纷纷表示了赞同。

从此，我们单身的六位同学周日和假期就很少回家了，我们同吃同住同劳动。兴致来时，我们还一同去藏马山游玩。生活忙碌而充实，我们六人成了一个整体，大家称我们为"六根筷子"。在胶南教育界，与十九中的"十三棍僧"齐名。

秋假过后，学校房屋修葺一新。开学后，学校发了校服，要求上学时间都要穿校服。每天早上，一群群少男少女，身穿崭新的天蓝色的确良衣服拥进校园，放学后又成群结队回到各村，成为当地一道美丽的风景线，也成为我校一张名片，这张名片使我校迅速声名鹊起。以后小学生升初中，横河片的许多好学生竟然故意考差一些，不去十七中，自然落到横河联中上学。

借着发校服的喜气，我们趁热打铁，召集全校师生召开了"掀起秋冬季学习热潮动员大会"。会上我讲了加强学校全面教育管理、各科教学管理、初三晚自习管理、初一初二在村里"晚间学习互助小组"管理的一系列问题。我班肖长青作为班长代表发言，丁文雅作为优秀学生代表发言，初一、初二选出的两个"晚间学习互助小组"的组长代表发言，李伟代表老师也发了言。老师们看着一排排身着整齐校服的弟子，在蓝天白云映衬下那一张张洋溢着青春气息的脸庞，个个露出幸福的微笑。会场上师生群情激昂，动员会取得了出奇好的效果。

期末考试结束，各科成绩统计出来。初三各科平均分全部超过十七中，其中数学、物理、化学超分更多。初一、初二各科平均分也全部位列六个联中第一，高放所教的初二语文、李克的初二数学、安静老师的初一语文等学科接近了十七中的成绩，学校工作取得全面胜利。

腊月二十二上午，我们召开全校总结大会，通报一学期工作学习成绩，要求师生戒骄戒躁，老师布置好学生作业，各村学生都要成立寒假学习小组，由本村的民办教师定期检查。

会后，各班安排了学生放假。

二十三上午，我们六个同学和丁永富老师到党委领取了猪头，买猪头的钱是从勤工俭学收入里出的，回校后每人分了一个。老师们往年过年时割一斤猪肉，要到食品站挤破头，今年分了一个大猪头，自然个个喜笑颜开，都说第一次可以过一个舒心年了。最后我召集全体老师，开了一个短会，安排了寒假值班后，让丁老师公布了学校账目：集资款余额，一万三千八百元整；勤工俭学余额五千八百八十九元一角整。我让李伟和魏栋老师把各位参加业余劳动的记录统计总数，按劳动时间，每位老师分发了百元左右。最后账上还剩三千三百多。

我对老师们说："这三千多元，是我们在紧张的教学工作之余半年的劳动成果，理应我们分享。我提议每人发一百元过年，剩下的仍然放在账上。大家同意吗？"

"同意！"老师们轰然回答。

"那好，我提前祝大家春节愉快！"

一个欢乐祥和的会结束了。我叫上李伟他们，带上一个猪头和一百元钱，送到后面王校长家。

王校长带着病容微笑着说："徐健啊，我没出什么力，得到这么多钱和东西，心中有愧啊。"

我们纷纷说，都是应该的，大家希望校长健康起来。

"王校长，年后您的政治课，我全代了吧，"高放说，"您专心治病。"

"好，好，"王校长泪眼婆娑地说，"我真有福，遇上你们这么多优秀青年……"

王丽高中放假回家了，我问了她一些学习情况后，就告别了王校长。

回到办公室，我们又一块儿把文教组分的猪头送去。和领导告别后，我们六人也分别各自忙去了。

　　我把猪头捆在自行车后座上，告诉他们我要去丁家大村，与他们在校门口告别，独自一人向丁家大村出发了。路过供销社，我给丁大叔买了一箱六瓶高粱香白酒。丁雨放寒假回来已有多日，前天，她打电话要来学校看我，被我以"学期末工作忙"为借口婉言谢绝了。今天小年，我故意不打电话，想给她一个惊喜。

　　进了丁雨家，我轻轻推上大门，支好自行车，看见丁雨在堂屋锅台上炒菜做饭，就蹑手蹑脚走过去，轻轻地叫："丁雨。"

　　她转头一看是我，脸忽地红了，嘴里喊着"哥"，一下抱住我。拳头在我背上一个劲捶打："你来为什么不打个电话，书记女儿跟我挺好，叫她传个话嘛。"

　　"不是想给你一个惊喜嘛，"轻轻推开她，我望了望里屋问，"丁大叔呢？"

　　"他到我大爷家去了，该回来了。你渴吗？我先给你倒杯水。"

　　"不用，"我牵着她的手到院子，解下酒箱子，让丁雨搬进屋。又让她找来砍刀木墩，把猪头劈开两半，递给丁雨一半，另一半重新绑到自行车上，说："一半你和大叔过年，另一半我带回家。"

　　话音刚落，丁大叔回来了，他哈哈笑着说："你这孩子，你们家那么多人。你留下这一半猪头，我和小雨怎么吃得了？"

　　我赶紧说："大叔，不是说'见见面，分一半'吗？"

　　"哈哈哈哈……"老人爽朗地笑着，把我拉进屋，让我上炕。

　　我说："别急，我再做两个菜咱爷俩哈两盅儿。丁雨，你来烧火。"

　　我把丁雨炒的白菜大豆腐盛到盆里，挥刀从猪头上割下一块肉，三下五除二，炒了一盘猪肉白菜。又挥刀切下一块菜心，切成丝，叫丁雨拿来一根大葱欻欻几下也切成丝，加点香油、醋、酱油和盐，一拌，装盘。总共不到五分钟。

　　"两菜一汤，大功告成！"我得意地看着丁雨笑。

丁雨夸张地张大嘴巴："天哪！知道你会做饭，没想到你做得这么快，你的刀功堪比小李飞刀！"

"哈哈！那以后你就叫'老徐飞刀'吧。"

端菜上桌，丁大叔已经备好茶水。丁雨把一箱白酒全搬到炕上，笑着说："大，这是徐健买的，今天小年，你们爷俩使劲哈，看看谁先醉昂——"

丁大叔笑着说："小雨啊，你还要干一件事。女婿到家，有个说法，叫'沾沾炕沿，半把鸡蛋'。这事该是丈母娘干的，你娘没了，你就代替吧。快去煮五个荷包蛋！"

丁雨羞红了脸："大，我去煮就是了，您说那些干什么嘛。"

老人哈哈大笑着望着我说："你看看，小雨害羞了。"

我知道老人和丁雨父女情深，赶紧倒上酒说："大叔，您二十年既当爹又当妈，真不容易。假设我和丁雨结了婚，我们就把您接过去，咱们一块儿过。"

"啪！"丁大叔放下刚端起的酒杯，一拍桌子说，"到什么时候还说'假设'，你这孩子成心想气我是不是？"

我见老人真生气了，赶紧说："那就不'假设'了，您别生气。"

"这可是你说的，你记住了，以后再胡说，看我不揍你个臭小子！"说着，他作势向我举起大巴掌。

我赶紧往后仰，双手护住头。

丁雨恰好端着一大碗荷包蛋进来，爷俩一阵大笑。笑声中，我端起酒杯和老人一碰干了。我拿出五十元钱说："这点钱给您老人家买点年货。"

丁大叔说："咱庄户人过个年，哪用得了那么多钱？有了你拿来的猪头，再买点鱼肉就够了。你放下十块，剩下的给你大，你们家人多，用得着。"

我说："您留下，用不了的话，给丁雨买身新衣服。"

"那中！"老人乐呵呵地说，"小雨你就收起来吧，穿得漂亮些，省得在省城丢人。"

丁雨毫不客气地收了钱，笑着对我说："哥，谢谢昂——"

午饭后，我要跟丁大叔和丁雨告别回家。按中国人的传统，过小年时未婚的儿女晚上都要回家吃小年饺子。可丁大叔说什么也不让我走，他吩咐丁雨去书记家打电话，告诉我父亲。

一会儿，丁雨回来说，电话打了，我父亲很同意。

我说："我父亲听到你的声音，你说什么，他肯定都同意。"

下午，我和丁雨一起包了小年饺子，天黑下饺子的时候，我去院里放鞭，点上鞭炮回到屋里，丁雨已经把水饺端上桌。丁大叔看着热气腾腾的饺子，竟然在流泪。

我一看，很纳闷，赶紧问："大叔，您怎么了？"

"我高兴啊，"老人擦擦眼泪笑着说，"年夜放鞭是该儿子去点的，俺这辈子命中无儿，看你去点了鞭炮，高兴的。"

"大，您看看，"丁雨给我俩倒上酒，上炕靠着我坐下，笑嘻嘻地说，"以后叫徐健年年给您点鞭炮，他要不来，您揍他！"

"好，好！"老人端起酒杯，脸上洋溢着满足的微笑。

我赶紧说："祝您老健康长寿！"

不一会儿，丁大叔又提起钱的事，他说："徐健啊，听小雨说，你一个月才三十多块钱的工资，去了平常使费，一年还能攒下几个钱？"

"大叔，我月工资三十四块五，每年能攒一百多。"

丁大叔放下筷子，神情有些严肃，慢慢说："你今夏天给小雨买自行车，花了一百二十多，这回来，又花七八十，过年回家还拿什么孝敬你大？"

"啊，是这样，"我把在学校发动老师勤工俭学的事详细地讲给老人听，最后说，"今上午，我一下分了二百多，还有一个猪头。大叔放心，我这里还有不少呢。"

"好，好……"老人边听边频频点头，他感慨地说，"那年在临江，

140

第一回看见你，听你说了自己的经历，就知道你是个干大事的人。小雨有福啊，上年，我拿小雨的生日时辰找算命先生给她算，先生说小雨称八字骨重五两六，是他算过的少见的有福之人，我问福从哪里来，先生说当然是从她男人那里来。女子嫁个好男人，又旺夫，她会过一辈子好日子，并且越来越好，这不就是女子最大的福吗？他还算出小雨是个大学生，已经订婚，男方是个校长。你看，你不已经是校长了吗？我还是才知道的，先生早知道了。你们说神不神？"

"神！"我俩赶紧附和。

"可是，"我转头看看身边的小雨，真诚地说，"大叔，我可能当不了官，因为我正义感太强，加上天性直率，恐怕不是当官的料，再说，我特别喜欢教学，爱和孩子在一起，这辈子可能就是个教师了，丁雨嫁了我，福从何来？"

"哎——这话我就不愿意听了，当老师有什么不好？一辈子稳当，旧社会那些先生，可受人尊敬了。国家想要好，还能不重视老师？"

我和丁雨瞪大了眼睛，互相对望着，很是吃惊：一个不识字的老人，竟能悟透这样的大道理。

丁雨拿起一个酒杯，自己倒上一杯，端起来说："大，您真英明，今天是小年，我们两个一起祝您老人家福寿无疆！"

"好，好！"老人痛快地喝了。

这是我们爷仨第一次碰杯，我一生第一次感受这别样的温暖，脑海中浮现出一九七七年在林海雪原的小木屋里的情景，恍如隔世，心潮难平，泪水不知不觉流了下来。

"怎么了？"丁雨瞪着大眼睛关切地问。

"想起了那年在小木屋的情景，"我笑笑说，"那时做梦也没有想到现在的情形。"

"徐健啊，"老人放下酒杯，面色微红，话也多了起来，"你聪明、勤快、重情重义，大叔最看中的就是这个。我给你和小雨订了婚，村里见过你的人，没有不夸赞的，都说你才貌好，也知道你在藏南当领导，咱家的亲戚更是美得不得了。"

"大，"丁雨忽然又给我们倒上酒，也给自己倒上一杯酒，转向我调皮地说，"我敬领导一杯酒吧，祝您事业发达，官运亨通！"

"哈哈哈哈……"丁大叔爽朗地笑着说，"小雨每年逢年过节的时候，陪我哈一杯酒，这是她第一次哈两杯，徐健啊，你就痛快干了吧。"

丁雨喝下第二杯后，脸更红了，白皙细嫩的脸庞飞起漫天粉红，看着她粉面桃花，加上一阵阵少女体香萦绕着，我涌起阵阵冲动，恨不得把她揽入怀中，久久亲吻她可爱的脸庞……

我被自己的念头吓了一跳，赶紧定定神，看着幸福的爷俩，回想几年的情景，再看看眼前的温馨场面，果断地下了决心，郑重地说："大叔，我想好了，年前，我要和小雨办一个正规的订婚仪式。您看可以吗？"

丁雨听了我的话，眼泪忽地流了下来。她流着泪笑着说："哥，你终于想通了。你就是属驴的，打着不走，拉着倒退，你非得自己向前走吗？"

看着她梨花带雨的脸，我轻轻抚抚她的后背说："小雨，都是我的错。以后我再也不让你伤心，也不让丁大叔生气了。"

丁雨听我说完话，止住了眼泪，双手抱住我的手臂，轻轻依偎在我身边，再也没有说话。我感觉一阵阵热流通过手臂传到我的心房。我知道，她在用那颗纯美的心向我轻轻地诉说……

"好，好！"丁大叔说，"你得先问问你大，年关临近，你们一大家人，你娘还要忙年哪。"

"没问题！"我说，"我父母见了小雨，亲得不行，他二老恨不得小雨马上过门儿呢。忙年更不愁，我三个嫂子还有月欣，人多着呢。"

"那就好，你怎么安排？"

"我想让小雨明天和我一块儿回家，二十六把亲戚叫来，您坐公共汽车到大场驻地，我和小雨去接您。二十八那天，我再和父亲来，正式下定亲礼，您看怎么样？"

"好！"丁大叔拍拍桌子说，"你这孩子想事就是透亮，就这么办吧，二十八我也把亲戚们叫来。但是，至于你说的彩礼，意思意思就行了，你三个哥哥结婚盖房子，你家日子肯定紧巴，千万不要难为你父母。"

……

那个小年夜饭吃到很晚。休息时，我和丁大叔睡在外间，丁雨睡在里屋。躺下不久，老人很快起了鼾声，我却久久不能入眠。夜，很静，听着里屋丁雨均匀的呼吸声，我想她一定和我一样，在静静地感受着幸福，憧憬着美好的未来。我内心反复想着一些诗句，期盼隔壁丁雨心灵的感应：

云

一朵清秀的云

飘进我的梦境

梦的长河呀

激荡着似水的柔情

天空是湛蓝湛蓝

没有一丝迷蒙

云是洁净洁净

没有半点尘星

我像地上走

又像风中停

我像水里游

又像卧云宫

捧在手上的心啊

追逐着云的踪影

山川啊

不断变换着形体
花草啊
不断改变着姿容
树林啊
不断更替着树种
鸟儿啊
不断调换着歌声

我漫游名山
云雾相伴长空
我飞越沧海
云霓为我披红
我徜徉林间
云层为我铺路
我飞过日月
云海为我接风

都说情深似海
都说海誓山盟
可怎比我的缠绵
怎比云的纯情
可爱的
我知道你是雨的前身
雨的精灵

小雨啊，人说"百年修得同桌坐，千年修得同床眠"，你对我这么好，是我几万年修来的福分……

不知过了多久，我迷迷糊糊进入梦乡，梦见漫山遍野的树木森林都燃起了大火，那火把整个天空都照得通红通红。

二

第二天，吃过早饭，我和丁雨告别丁大叔就要出发了。临行前，老人拿出两瓶酒，挂到丁雨车把上，说那是他给我父亲的心意。

我俩并排骑行在乡间小路上，冬天的原野一片苍茫，我俩迎风前行，丁雨那随风飘动的火红的围巾、飞舞的长发，点缀着原野青青的麦苗、星星点点的残雪。冬天的原野一下变得那样生动，那样温暖。

一路上，丁雨话不多，只是笑眯眯地偶尔转头看我一眼。我也报以会心的微笑。我知道，我们都在静静享受此刻的幸福，补偿半年的思念。

到家之后，妹妹月欣听到声音首先跑出来迎接，她亲热地拉着丁雨进屋，我父母见我们双双来家，更是喜出望外。

午饭时，我和父母说了与丁雨订婚的计划。月欣凑到我面前瞪大了眼，极其夸张地龇牙咧嘴地说："四哥，你这榆木脑袋终于开窍了昂——"

我扬起手，轻轻拍了一下她的头，说："一边去，我和大正商量事呢。"

父亲说："定亲就是个喜庆，过程不复杂，就是和亲家见见面，哈顿喜酒。明天大场集，让你三哥买点酒和鱼肉。二十六那天，把你二姑三姑四姑五姑和姑父都叫来。你大姑和大姑父早走了，你姨路远，也不叫了。还有一件事，二十八，我去丁雨家，要带上定亲彩礼，这个等你二姑来了再说，数目她定。"

吃完饭，月欣去通知三个哥哥和嫂子，小弟自己也学习去了。我拿出一百五十元钱给父亲，做办喜宴和过年之用，就领着丁雨出去散步。

和丁雨第一次并肩走在村里街道上，遇上一些婶子大娘，她们见了我们都问："小四儿，这是你媳妇？"

145

我一一向她们介绍丁雨，老人们品头论足之后，无不啧啧称赞："这闺女真俊，全村没有一个媳妇能比。"

　　丁雨的脸儿羞得通红，我心里无比得意。

　　出了村子，丁雨问我："你们村的黑板报、墙报和标语，是谁写的？字都很漂亮。"

　　"都是村里的民兵写的。"

　　"真厉害！"丁雨惊讶地说，"那水平超过一般高中生。"

　　我告诉她，我们村过去三个民办教师都是老三届的初中毕业生。咱大哥是教师组长，还有一个大叔和一个一支子的哥哥。一九七八年底，胶南全县搞了一次民办教师考试，他们三个都名列前茅，县里选了部分优秀的直接转为公办教师。那个哥哥分到十九中教学，咱大哥，去了大场胶南八中教高中，大叔被组织部调去当秘书，现在是常务副部长了。"文革"时期，他三人能组织一台样板戏，板胡京胡、锣鼓家什儿齐全，培养一些高年级学生做演员，好大一个戏班子，那时周围村的人都来我们村看戏呢。

　　"老三届就是厉害，"丁雨说，"我在山师上学，听教授们说，恢复高考后，一九七七、一九七八级的学生，大多是'文革'前老三届的。"

　　"是啊，六十年代的初高中毕业生，琴棋书画、吹拉弹唱，无一不会，文化水平更是了得，那才是真正的全面发展呢。就说写字吧，因为三个老师字好，受他们影响，村里出去的人能写一手好字的，比比皆是，就连在家当民兵的，那字也不错吧？"

　　"这就是文化传承啊！"丁雨感慨地说。

　　我说："是啊，还有一种更高层次的文化传承呢。你看见了，我们村的街道洁净，村里没有打架的，也没有孩子打闹的，是什么原因？"

　　"是书记抓得好？"

　　"不是。"我和丁雨边走边说，"解放前，我们村只有几户穷人，一般家庭有几十亩地，很多人上过私塾，老人中几乎没有不识字的，不是说知书达理吗，我们村每天天不亮，就有人自动早起扫街。村里的老人最重视学习，自我考上学之后，全村考上学的一年比一年多，今年一下考了八个大中专生。这只是个一百二十多户的小村子啊，如果按人口比例计算恐怕在全县数一数二，而且，现在村里在读初高中生的优秀学生更多。所以人口素质高了，才能有更好的文化传承，这需要几代人。"

说话间，我们登上了西岭南边的小山，我给丁雨介绍说："这个小山也是我们村的，叫'凤凰墩'，是方圆几十里的制高点。"我指着地上裸露的水泥方柱给她看，"那是部队测量的标记，海拔一百五十米，跟你们村前面的塔山一样高。"之后，又带她看了东面的一座大坟。

"怎么这么破？"丁雨指着坟前的石碑说，"上面的字也看不清了。"

"那是'文革'期间被外村的红卫兵砸的。"

"这是谁的坟？怎么葬这么高？"丁雨不解。

"这是我们的十二世祖。"我指着东南方向说，"你看见了吗？三里外是大场，五里外那个很大的村子叫'凤墩'，是我们徐家的发源地。明朝洪武二年，江苏海州有丁、徐、董表兄弟三个移民到这里。徐家落脚在凤墩，是一世祖，到了十二世，一支落户我们村，叫'凤凰庄'，到我这里是二十一世。董家，落户光华公社南面，村名叫'董家村'。丁家，就是你们'丁家大村'了。我们这三个姓，都论'世'，咱俩都是二十一世，论起来，你还是我表妹呢！"

"表哥！"丁雨叫了我一声，然后说，"这些你怎么知道的？"

"家谱上写着呢，我家的都在父亲那里保存着。"

说话间，领丁雨来到一块巨石面前，我指着巨石如刀削斧劈的一面说："你看，这个地方叫'小山门'，上面斑斑点点是不是很像石头敲击的痕迹？我们村的老人们说，下面还有一个大山洞，洞深不见底，三十年代村里老人们怕孩子进去不安全，就撬块巨石封了，背土埋上又栽了树，所以现在看不见山洞。就是这个地方，还有一个美丽的传说呢。"

"哥！"丁雨急切地说，"快给我讲讲。"

"好吧。"我领着丁雨，边往下走，边给她讲那个传说——

古时候，我们村里有户人家，家道并不富裕，但乐善好施，在全村人中威信也很高。有一年，他儿子要娶亲，因为我们村是一个祖宗留下来的，每逢喜事，都要大摆宴席，需要很多盘碗。晚间，当父亲的盘算到谁家借多少盘子、多少碗。睡后做了一个梦，梦见一个貌美无比的仙女，引他到"小石门"前，对他说："我家主人知道你是好人，你家里要办喜事的餐具不够，明天可到这里，敲三下石门，说需要什么，自然就会给你送过来。"那个父亲刚要对仙女说些感谢的话，仙女却转身不见了。他遗憾地醒来，知道原来是一场梦。

第二天，带上篮子，独自一人上山，他决心试试真假。来到"小石门"前，拿起一块石头，在"小石门"上敲了三下，说自己要为儿子办喜事，请神仙借多少多少盘碗，最后，还说了一些感谢的话。刚刚说完，听见下面洞口有响动，他走下去一看，果然有一摞摞的盘碗放在洞口。那些盘碗瓷釉细腻精美，洁白如玉，不像凡间之物。那父亲受宠若惊，小心翼翼地收进篮子，带回了家。

办喜事的时候，那父亲从山上带回来的盘碗，让他家的宴席大为增色。大家都说，平生从没见过这么精美的瓷器，纷纷问主人哪里来的，主人只是微笑着说，是神仙相借，大家自然不信。

事后，那父亲让家人把盘碗洗刷干净，用一对大木盒盛了，放上两瓶好酒，自己担着，又一人上了山。来到洞口前，他仔细地把东西放好，又说了一些感谢的话，刚一转身，所有东西都不见了。

从山上回来后，他找到本家所有长者，说了这件奇事。有一位长者说："咱们徐家明朝洪武二年从江苏海州迁来，一世祖名讳'礼龙'。徐家人天生好礼，这事说明神仙对咱徐家眷顾，以后咱们谁家去借，可千万不要损坏了神仙的器物，还要做到彬彬有礼。"此后，村里谁家办喜事，都备礼到山上相借，大家都以一睹神仙的器物为荣。

就这样过了好多年。有一年，村里又有一户人家办喜事，照例到山上借取餐具。宴席中，他家的一个亲戚是别村的一个大地主，地主看到如此精美的瓷器，忍不住动了不良之心，于是在席散人多杂乱时偷偷把一个盘子揣进怀里。主人不知，喜事过后洗刷清点，发现少了一个，翻天覆地遍寻不到，无奈之下，只好多备礼物，再多说些道歉的话。

那天晚上，村里的人将要睡觉的时候，凤凰墩突然传来神仙的声音，那真真是声如洪钟，家家户户都听得清楚。"贪心贼！"神仙大骂一声，接着点着那家主人的名字说，"那个盘子是被你家有钱的亲戚偷走了。"

第二天，那家主人早早起来，跑到他亲戚家要盘子，赶到一看，大吃一惊，亲戚家一片狼藉。那亲戚跑出来说，昨夜一场大火，烧了不少房子，家里所有的宝贝也没有了，包括那个盘子。他对那亲戚说："这是你罪有应得，咱两家亲戚从此绝交！"说完，从衣服上撕下一块布，头也不回地走了。

从此，无论谁上山，都再也借不到神仙的餐具了。村里长者们说，那是神仙生气走了。

听我讲完故事，丁雨"扑哧"一笑："那神仙也太小气了吧！"之后，她突然歪过头，笑眯眯的，一双美目目不转睛地盯着我说，"哥，是不是你杜撰的？专门往你们徐家脸上贴金。"

"这个真不是我，我想可能是哪位有才的先祖编的故事，到今天就变成传说了。中国百姓的故事传说大多是劝人方儿，不必计较。"我想了想又说，"我们一世祖确实叫'徐礼龙'，跟你们一世祖'丁推'是姑家表兄弟，这个家谱上都有。你们丁家明末清初出了很多名人，像丁维宁、丁耀亢，都是大才子。现在又出了你这么一个大才女……"

不等我说完，丁雨一拳轻轻打在我背上，红着脸说："哥又笑话人，小雨怎么能与列祖列宗相提并论呢。"

看着她略带羞涩的红红的笑脸，我定定神又说："我们徐家也出了一些能人，在第十六代出了一个翰林，叫徐埔。明清两代，徐家许多辈都是太学生，却也没有辱没祖宗，在胶南，徐氏人丁兴旺，知书达理，可是有口皆碑的……"

　　我俩边说边往下走。"啊呀!"丁雨突然脚下一滑,大叫一声,身体往后倒去。我伸手抓住她胳膊一把把她拉回,惯性使她一下撞进我怀里。丁雨闭着眼,微微仰着脸半躺半倚在我胸前,也不作声,脸色越来越红,呼吸渐渐急促,饱满的胸脯一起一伏。我揽住她肩头的手臂埋在她乌黑光滑的长发里,另一只手握住她柔软细嫩的手,一股股电流传遍我的全身,她的体香更是冲得我浑身酥麻、头晕目眩、难以自持……
　　不!我努力定了定神,住了一会儿,扳住她双肩轻轻说:"小雨,我们把最美好的时刻,留在婚礼晚上好吗?"
　　"嗯。"丁雨慢慢睁开眼,乖巧地点点头,脸上挂满了甜蜜的微笑。
　　我拉着她的手,从松树间蜿蜒而下,故作轻松地吹着口哨,与她回到村里。

　　二十六上午,我和丁雨去大场把丁大叔接回家,姑和姑父们也都陆续到了。中午,老人们都在西屋,我们兄妹六个在东间陪着丁雨,三个嫂子在灶间忙活。
　　丁雨几次要下去帮嫂子们,都被她们笑着推上了炕,她只好乖乖地坐在我和月欣中间。按规矩,定亲那天,新媳妇必须坐在炕上门的对面,村里的大姑娘小媳妇都可以来看,因为是寒假,上学的都回来了,所以,来看丁雨的特别多,一拨走了一拨又来。她们站在门口看丁雨,叽叽喳喳地议论着,啧啧称赞,弄得丁雨好不害羞。
　　大哥见状,笑着说:"弟妹漂亮,在村里早已传开,但好多女孩还没见过你,所以她们今天都来一睹芳容。这是她们的权利。"
　　"大哥见笑。"丁雨低着头羞答答地说,"丁雨不过是一只丑小鸭。"
　　"哈哈哈哈……"大哥说,"这么说,你是认识我四弟之后,变成白天鹅的?"
　　"我……"丁雨羞得脸更红了,"大哥,不要笑话人了。"

说话间，酒菜已上齐。大哥举起酒杯说："兄弟姐妹们，今天是个大喜的日子，咱们共同举杯，欢迎丁雨加入徐家，祝愿四弟和弟妹早成大婚！"

小弟徐敏刚上高一，也举着一杯啤酒，和大家一起碰杯干了。大哥放下酒杯感慨地说："四弟苦尽甘来，几年前，咱做梦也想不到，咱家一下出这么多公办教师，加上丁雨，我们家有四位人民教师了。"

西屋传来一阵阵大笑声，一听就知道是二姑和三姑的大嗓门。我和大哥说要和丁雨去给老人们敬酒。大哥手一挥说："必须的，你们去吧。"

我领着丁雨进了西屋，把老人们一个个向丁雨介绍，丁雨一一问好，老人们看着丁雨都点头微笑，嘴里应答着"好、好"，眼神中充满爱怜。五姑把丁雨推到炕沿上挨着母亲坐了。

我端起酒杯刚要敬酒，二姑就发话了，她撩起衣襟擦擦眼角的泪水，笑着说："妹妹们，一九六〇年春天，我就说过，小四儿能成大器，这不叫我说着了？看看丁雨这孩子多好！这是咱兄弟的福，也是咱姊妹的福，咱们谁家有这么俊的媳妇？还是大学生，知书达理的。我有一句话你们听着，这么好的媳妇，咱要下大礼，"接着从怀里掏出一沓十元钞票，塞到我父亲手里，"三妹、四妹、五妹，你们也各出一百，兄弟叫大侄儿、二侄儿、三侄儿每家出一百五，你再凑凑合成一千零一块！"

"二姑，不用您老人们破费，"我赶紧说，"为什么非要一千零一元？"

"小四儿，亏你还当中学校长，这点事儿都不知道？这是说俺的四侄儿媳妇是千里挑一！都是俺这些老东西无能，要不弄一万零一，不更风光？"接着又大笑起来，二姑的哈哈声使整个屋子里充满了温暖。

我忽地流下了眼泪："二姑，一九六〇年，是您五个姑救了我的命，现在我都工作了还要老人们破费，您叫小侄儿怎么报答？"

"去！"二姑佯装生气，"你这孩子，一家人怎么说两家话？"

"各位姑、姑父，"我看看丁雨，举起酒杯说，"我和丁雨祝各位长辈健康长寿！"

丁雨一下站起来，也举着酒杯说："祝各位长辈幸福平安！"

老人们一边喝酒一边笑着说："好孩子，好孩子……"母亲和几个姑姑都流下幸福的眼泪。我暗下决心：有时间一定多去看看他们，以后给他们一个个送终。

敬完酒回去，丁雨附在我耳边悄悄说："二姑真厉害，女中豪杰啊。"

"那是，"我自豪地说，"我奶奶在的时候就叫二姑主事儿，她老人家不但明智，而且仁寿，现在八十岁了，每顿还喝三两酒，声如洪钟。"

腊月二十八上午，我用自行车驮着父亲，去了丁雨家。

丁大叔也是安排了老少两桌，我与丁雨和她的兄弟姐妹在一起，整个中午，丁雨的兄弟们不停地劝酒，她的四个妹妹则一个劲儿地说，"姐夫帅，姐有福"。丁雨大爷家的小妹丁蕾还在上初三，最为活泼，屋里始终洋溢着欢乐幸福的气氛。

席间，丁雨大爷家大哥从老人那里拿来两张大红纸，上面分别写着我和丁雨的生辰。他招呼大家说，看妹妹、妹夫的定亲换帖。丁蕾伸着脑袋看过，向大家做个鬼脸，张大口说："啊？姐夫是属猪的——"她的话引起一片笑声。

下午，我和父亲向众人告别。丁大叔执意要退回八百元彩礼，我父亲坚决不肯，说着"亲家回见"，就跳上我的自行车回家了。

一九八二年春节过后，又一个新的学期开始了。因为过年发了福利，老师们干劲更足了。是啊，我们发一百元钱，老师们像抱一个大金元宝回家。区区一百元，让老师们收获了多少幸福。

开学不久，王助理叫我和李伟去文教组举行入党宣誓仪式。王助理说，这是"文革"后教育上的第一批党员，全公社就两个名额，希望我俩好好珍惜，不辜负党员的称号。

宣过誓后，我安排李伟和丁永富老师去公社苗圃订六百棵杨树苗，周日全校搞植树活动。不一会儿，他俩回来，兴奋地说，管苗圃的正好是咱的学生家长，一谈价格，擀面杖粗的树苗，别人八毛一棵，给咱五毛一棵，这一下省了一百八十元。我交代丁老师，周日上午带上钱去运树苗，从集资款里支出。

星期五，三月十二日，是植树节。我们召开了全校师生纪念植树节和周日植树活动动员大会，会上我讲了植树的重大意义、孙中山先生爱树的故事、邓小平同志建议国务院一九七九年重新设立植树节的决议。又讲了各班分片落实从栽到管、一包到底的措施。

最后说："老师们、同学们，我们搞这个活动就是为了培养栽树的习惯、爱树的美德。前人栽树，后人乘凉，善莫大焉。各班要把每一棵树承包到每一个同学，我们不但要比谁栽得好、活得了，还要比试长得好。大家有没有信心？"

"有！"三百七十多名学生齐声大叫。

"这次植树活动后，下周作文课各班都要以这次活动为内容，写一篇作文，希望同学们积极体验，用心体会。"

周日上午，师生们早早来到学校刨坑运送树苗，十一点，校园四周院墙内，就各有两排小杨树整整齐齐地挺立在那里了。

一周之后，我和高放、安静老师精心筛选学生作文，反复指导，最后选了一批优秀作文讲评，然后投稿到各种报刊。不久，我校有十几篇作文被各种报刊刊登。学生看到自己的作文上报，激动自豪之情溢于言表。到此我们的纪念植树节系列活动，取得了丰硕成果，全校师生只期盼着六百棵小杨树健康成长。

一个月后，我召集各班班主任班长检查成活率，全部成活。我安排各班轮流周日用厕所里的人粪尿给树施一次肥，并讲了技术要领，嘱咐他们天旱时，还要浇水。以后每到课间，学生们都会去看他们自己承包的小树，呵护它，就像呵护自己的弟弟妹妹。

四月底，教育局组织了全县初中各科教学研讨会，在语文教学会上，教研室让我做了作文教学经验交流。我的发言，详细向同行们谈了我的"四步作文教学法"，并把我的一篇关于初中记叙文指导的论文印发给大家。

会后，有的老师对我说："你的作文指导实惠、可操作性强，有利于大面积提高学生作文成绩。你自己辛苦积累的东西，怎么舍得印发给大家？"

我回答说："我的目的不就是交流，希望大家批评指正吗？"

第十一章　风雨之后

　　五一节来临的时候，我与十七中联系，两个学校包场看电影，因为团购电影票便宜。两个学校师生正好填满公社礼堂的八百座位，两校从中间一分为二。

　　下午三点，十七中师生因为离礼堂近，已经全部就座。当我校学生秩序井然排队进礼堂的时候，十七中的学生齐刷刷望着我们学生看，整齐划一的校服，让他们眼神里充满了羡慕。

　　我找到自己的座位，王助理已经在里面坐下了，我看看后面竟然坐着党委宣传委员老许，他周围一片二三十人都有些面熟，估计是党委大院里的，我问王助理，党委院里的人怎么来看电影？他说，下午党委开了一个大会，三点前刚散会，今年换了一个年轻的王书记，他在散会的时候说，学校包场看电影，可能那些人接着就留下来了。我说，可是我们是买了票的，他们没票怎么能看电影呢？何况，全部占了老师的座。王助理说让咱的老师和学生挤挤吧。

　　电影开始了，银幕上打出《牧马人》，礼堂里一片欢腾。我校的老师们安排好学生，才陆续找自己的座位。

　　李伟拿着票走到许委员跟前，说："对不起，这是我的座位，请你让座。"教育上没人不认识老许，李伟故意装作不认识，要赶他走。

　　老许坐在那里不理不睬，继续看着电影。

　　李伟火了，大声说："我让你让座，你听见没有？你耳朵聋了吗？"

这下把老许惹火了，他歪着头，乜斜着眼，傲气十足地说："你咋呼什么？是党委王书记让我们来看电影的，你算什么？你不就是个'臭老九'吗？"那口气异常凶恶。

李伟一个一米八五的大个儿一下子愣在那里，气得浑身发抖。

我的心火"腾"地一下蹿上来，看也没看王助理，"噌"的一下从座位上跳出来，跟李伟说："你上去叫放映员暂停一下，说我要讲几句话。"又对还站在过道里的十几个老师说，"你们去把窗帘拉开！"

电影停下，窗帘也拉开了，射进明亮的阳光。大家都不知道发生了什么事情，四处张望。老许闭着眼睛，仰坐在座上，一副佯佯不睬的神气。

我一看更火了，暗自运气，放开喉咙，如洪钟一般，大声说："请老师和同学们静一静！大家往这边看，这人是党委宣传委员，刚才就是他！无票抢占老师的座位，还辱骂老师，行为极其恶劣！大家认识一下这位宣传委员吧！"

他再也坐不住，满脸通红地站起来，用怨毒的眼神看了看我，拔腿走了，其他人也跟着灰溜溜地往外撤。

"快滚吧！"不知哪位教师领着喊起来，很快，七八百人拍着手一块儿喊："快滚吧！快滚吧！快滚吧！……"如怒涛一般。

看看他们走出去，我示意大家安静下来，朗声说："靠窗的同学拉好窗帘，开始看电影！"

电影结束后，师生有秩序地排着队，走出礼堂，回到学校。路上老师们还在议论着那件事情，有的说"主管教育的宣传委员，对老师这种态度，真是恶劣"；有的老师对我说"你惹麻烦了，听说新来的王书记是官宦家庭，霸道得很"。

我说："没什么，大不了调我走。他若不要爷，自有留爷处。"

晚上，我余怒未消，提笔以通讯形式写了一篇文章，题目是"公社干部无票占座辱骂老师"，寄给《大众日报》编辑部。

文章几天后见报了，还加了编者按，给了我五元稿费，我到供销社买了两条丰收烟，给男教师分发庆贺。大家传看《大众日报》上的文章，无不称快。

吃晚饭时，我一进伙房，看见李伟在帮逢凤忙活。桌上除了平时做的菜，还有一大盆青椒拌猪头肉，竟拌了满满一大洗菜盆。一边还有一箱高粱香白酒。我问李伟："有什么喜事？"

"没有。"李伟笑笑说，"今晚咱'六根筷子'乐乐。"

后面跟着进来的高放他们喊："李伟出血了！"抢着开酒。

大家到齐后，李伟举起酒杯说："老兄作为学校领导，为弟兄们撑腰，我李伟很感动，咱们敬老兄一杯！"

"什么领导不领导的，咱同学六个被分到这个离家五六十里的地方，理应肝胆相照，团结一致。"我假装生气地说，"这点屁事儿，值得小题大做？"

李伟赶紧笑嘻嘻地说："老兄，我说错话了。来来来，为弟兄们的友谊干杯！"

喝了一会儿，丁波说："听说老兄和丁雨订婚了？也不请弟兄们喝喜酒。"

我向他们抱抱拳说："大家原谅。腊月底上，临近年关，时间紧迫，不好意思惊动大家。再说，订婚喝什么喜酒，等我结婚，一定恭请大家。"

"唉！"丁波叹口气说，"丁雨是大本，人也长得漂亮，又是学中文的，婚后有共同语言，老兄有福，真令人羡慕。咱两个班有二十多人结婚了吧，他们大多娶了些农村姑娘，谁能找到丁雨这水平的？"

"你们不急，"我分析说，"你们都还小，将来拿下专科文凭，可能有调走的机会，也可以在民办教师中物色志同道合的，辅导她考上学，不就是双职工了吗？"

高放说："这个办法好，应该给这个发明起个名字，叫'曲线救国运动'如何？"

"弟兄们，咱县去年开始允许初中民办教师考师范，招了两个民师

157

班，我听说以后还要连续几年，你们不可错过机会。"说着我看了看一直坐在一边的逢凤问，"对了，你去年为什么不考？"

逢凤害羞地笑了笑说："唉！我鼓了好大的劲也没敢报，害怕考不好被人家笑话。"

"这就是你的不对了，"我开导她，"你不敢去考，人家才笑话呢。你一九八〇年不就开始复习了吗？再说，你看咱这么多高手在此，谁比你有条件？"

"哎——对了！"李伟一拍大腿，"逢凤，咱俩订婚吧，我辅导你数学，叫高放辅导你语文。"

"真的？"逢凤"嘿嘿"笑着说。

"当然真的，你愿意吗？"李伟依旧笑嘻嘻的。

"哎——"高放慢悠悠地说，"那个，叫我辅导有什么好处？"

李伟拍拍自己胸脯，信誓旦旦地说："将来我们家就是你的家，你随时可以来喝酒，要不让逢凤当咱两个人的媳妇。"

逢凤听了，笑着抽出一根擀面杖在李伟背上一顿打，虽不很用力，但也打得李伟龇牙咧嘴，直打得李伟举双手投降。

"哎，"少言寡语的陈文远突然说，"这两年，逢凤真像咱几个人的媳妇，精心给咱们做饭，任劳任怨。咱们真得全力支持！"

陈文远的话，让大家都止住了笑，逢凤眼里一下泪汪汪的。

周一上午，我正在备课，桌上的电话急促地响起来。我拿起听筒，传来气冲冲的声音："喂，你是徐健吗？我是党委王书记，你立刻到我办公室！"说完，"叭"地挂了。

放下电话，我骑上自行车去了。路上我心想：该来的终究要来，让我接受一场暴风雨的洗礼吧。

找到党委书记办公室，敲门进去。办公桌后面坐着一个比我大不了几岁的青年，穿着整齐的涤卡中山装，分头油光锃亮，正在看东西。

我向前去说："王书记，我是徐健。"

他抬起头来，满脸愠怒，伸手抓起一张《大众日报》，指着上面我写的那篇通讯，威严地说："这篇文章是你写的吧？"

"是的，"我笑了笑，"王书记有何指教？"

"指教？"他声音一下提高了八度，"你干了这种事，还有脸说'指教'？"

听了这话，我火了，但还是努力压制着："王书记说清楚，我干了什么事，怎么就没脸了？你说我写得不对，还是省党报发得不对？"

许是声音太大，我用余光看见，玻璃窗外有人在探头探脑。

住了一会儿，王书记又说："党委给你们教育上调拨优质煤取暖，调拨猪头过年，那些好事你不写，几个领导去看场电影那么点小事，你写到省报上去，这是不负责任的！"

听了他的大声训斥，我更压不住火了："你说的好事似乎与你没有关系吧。他们身为领导，不买票强占老师座位，还辱骂老师，这是小事？我作为一名预备党员，批评党内某些同志不尊师重教的恶劣作风，怎么就是不负责任了？"

可能是我的针锋相对把年轻的书记彻底激怒了，他瞪着眼睛看着我，恶狠狠地说："你的党员是不是不想转正了？"

这话更把我彻底激怒了："就因为这件事吗？你写下来吧！签上你的大名。如果不敢，你就不配做一个公社党委书记！"说完，我转身出门，骑上自行车扬长而去。

第二天，我又接到一个电话，是组织部我大叔打来的。"徐健啊，前几天，《大众日报》有一篇涉及藏南党委的文章，从文风看，是你写的吧？"我大叔语调平缓地问。

我一怔："是我写的。老师，有何指教？王书记告我状了吗？"

"哈哈哈哈，指教没有，状也没告，"我大叔谈笑风生地说，"我只是问问，党委没找你谈话吗？"

"谈了。"接着，我把王书记找我谈话的内容原原本本地向大叔叙述了一遍。

"我知道了。"大叔仍是那样平静温和地说，"你没错。不过你是下级，对上级说话宜缓不宜急。我今天给你打电话，主要是明天我要去藏南党委检查工作，中午想去你那里吃顿饭行吗？"

"求之不得。"我高兴地说，"欢迎老师光临！部长大人随行几位？"

"就一个司机。"大叔说完，就把电话挂了。

周三上午，我自己掏钱买了些鱼肉和酒做了十个菜摆在我办公室，请王助理和五位同学作陪。临近十二点，大叔到了。一一介绍之后，大叔问了王助理一些藏南教育的情况。我端起酒说："欢迎大叔老师部长光临！"

大叔笑着喝了一口，对王助理说："王助理，徐健是我侄子，也是我的学生，他为人疾恶如仇，脾气也比较急，分到这里工作，希望您多多关照。"

王助理赶紧说："徐健很能干，这两年，学校工作有了突破性发展，主要是他的功劳。请部长放心，我们早已是忘年交了。"

大叔还问了我同学的个人问题，王助理说："都是光棍，老师们戏称他们'六根筷子'，对应十九中的'十三棍僧'。"

大叔听了哈哈大笑，然后严肃地说："这是难题啊！尽管中央三令五申，可是社会上尊师重教的风气远没有形成。不尊师，人的素质就低。今上午我还批评党委王书记：人家讲话完了，都说'谢谢大家'，你说'谢谢观众'，难道你是大熊猫？"

听了大叔的话，大家一阵大笑。连一直不吱声的司机，也忍俊不禁。

大叔酒量大，喝了半斤高度白酒仍谈笑风生，没有半点醉意。吃完饭后，他让司机把车开到北面公路上等着，让我陪他走走。

出校门后，大叔对我说："你们党委王书记，学问不大，脾气不小。但他毕竟是党委书记，你不该与他发生那么激烈的冲突。"

"他说话太气人！老师，"我关切地问，"他真的没告我黑状？"

"嘿嘿。"大叔笑笑说，"你别看王书记没有大学问，却深通为官之道。那事儿他不占理，作为一个公社书记，那也是一件小事，他不会说的。他要想报复你的话，只会在暗地里搞些小动作。徐健啊，你从小就性格倔强，正义感强，又有英雄主义情结，高中毕业后，回村还受到了一些不公正对待，更助长了你疾恶如仇的性格，这些都与你的前途不利啊。你们教育局王局长和我很熟，他跟我谈起你的时候，口气颇为赞赏，言下大有提拔之意，你可要努力啊。"

"大叔，我可能不大适合从政。我就愿意教学，只想做一名纯粹的教师，所以，无论工作多忙，我都坚决不放弃班主任和语文教学工作。"

"你有这种想法很好。"大叔肯定地说，"这样你可以进退自如，教学业务是立足之本，你的思想是比较成熟的。为官呢，不学无术的人，永远上不了高位。"

说话间，我们已经走上公路，组织部的黑色轿车，就停在前面。

"徐健，就这样吧。"大叔伸手跟我握了握说，"你是咱村第一个考学出来的，不管干什么都要干好，给村里的后来者做个榜样。"

我赶紧说："大叔放心！"

他说声"再见"，转身大步走向轿车。车子一阵风似的渐渐远去了。

七月初，中考临近，是工作最紧张的一个阶段。一天上午，我刚上完第二节课，王文敬局长再次驾临我校。在文教组，王局长问起学校情况。我简略向他汇报了教育教学情况，重点谈了小粉笔厂、校服运作和栽树的情况。

王局长边听边笑眯眯地点头，听我说完后，哈哈笑着对王助理说："老王，我这弟子是不是一员干将？"

"是是是！"王助理赶紧说，"感谢局领导对藏南教育的大力支持，一九八〇年一下分来六员虎将，短短两年，藏南一举摘掉教育落后的帽子。"

王局长挥挥手转向我说："徐健，你主管学校工作仅一年，就风生水起。你们学校是全县第一个给学生统一做校服的，整齐划一的校服，对学生精神面貌是一个很大的提升。勤工俭学也值得提倡，只要不影响教学，对学校、教师、学生都有好处，何乐而不为？有人往局里写信，举报你过年给老师发钱，简直就是红眼病。"

"老师过奖。"我赶紧谦虚地说，"我的工作还做得不够，还请恩师不吝赐教。"

王局长哈哈大笑着说："赐教没有，今天我来是跟王助理商量，提升你为校长，我回局里后，提请党委通过，暑假前就会下达任命通知。"

"那王校长怎么办？"我急切地问。

"王校长专心治病，她什么时候好了，教育局自有安排。你们带我在学校转转吧。"

我和王助理陪局长先看了小粉笔厂，又看了春天栽的小杨树。

"这些小杨树怎么长得这么好？"王局长颇感兴趣。

我把学生承包、施肥、浇水的情况说了。

"好！"王局长听了，大为赞赏，他转头对王助理说，"老王啊，我们就缺少这样对学校管理用心又有开创精神的人。多少学校栽树，栽了死，死了栽，反复折腾，始终不见效果，真该叫他们来开个现场会。徐健这种做法，既是树木，又是树人啊。现在有些老校长，倚老卖老，工作得过且过，严重落后于形势，情况堪忧啊。"

"王助理，"局长停了停继续说，"县里把胶南师范扩招为四个班，去年开始，又选拔初中优秀民办教师组成两个民师班，这样，从明年开始每年就有三百毕业生。另外，全国高等师范都在扩招，以后将有大批优秀毕业生陆续分配，我们要告诉教育干部，跟上形势，不进则退啊。"

王局长走进我办公室，看了我的学校工作计划、备课手册、学生作业，最后拿起我练字的一摞报纸端详了好久，然后笑着说："徐健，你的毛笔字有进步。老王，徐健在师范书法比赛，粉笔字第一名，钢笔字第二名，毛笔字第三名。我也爱好书法，很喜欢他，他品质好、脑子活，入校时是高分，两年学习，各科成绩均名列前茅，各项技能也都过硬，是七八级学生中的佼佼者。当时我想把他分到一中，他们分配时，我到外地开会去了，谁想被你捡了个大便宜。"

"是金子在哪里都会发光的。"王助理得意地说，"他刚分来时我不知道，把他分到了最偏僻的于家官庄联中，期末考试后，我见他一个教学新手，用一个学期的时间，就把一个语文平均十几分的班级提高到八十几分，就知道他不是一般人物，立刻把他调到驻地联中。王局长你知道，藏南是个教育落后的公社，民师文化水平太差，像他们这些优秀教师，分散到各个学校，在学校整体教学成绩上很难见到效果，于是我把他们全部调到这里，集中突破，七八级分来的六员大将，您的弟子，现在都在这里。"

"啊？"王局长转头问我，"都是谁？"

"老师，全是我们大场的。"我回答，"文科班还有高放，理科班是李伟、丁波、李克、陈文远。"

"都不错。"王局长点点头对我说，"你告诉他们中午我在你们伙房吃饭，我想见见他们。"

"得令！"我转身风一样地出了文教组，找到丁永富老师，从勤工俭学账上支出五十元钱，叫李伟去买酒肉鱼。

中午，大家把做好的十二个菜端到我办公室，请来局长和王助理。

王局长指着桌上的饭菜说："你们平时就吃这样的菜？还有，喝了酒下午怎么上课？"

我赶紧说："老师放心，菜是学校菜园里的，都是您的学生种的，酒肉是我们勤工俭学挣的钱买的，老师就算品尝学生的劳动果实吧！我们的课都在上午上完了，请老师放心。"

李伟他们一起喊："老师请坐！"

"好好！"王局长这才笑着说，"那就少喝一点吧。"

席间，大家都非常高兴。王局长兴致勃勃地说起我们上师范时的一

163

些情景，还问起我们个人问题。

李伟站起来说："报告老师，徐健订婚了，我们五个还是光棍！"

"是吗？"局长关切地问我，"女方叫什么名字？她是干什么的？长得漂亮吗？"

"老师，"我一一回答说，"她叫丁雨，在山师上大二，长得怎样，后年大学生分配，老师就见到了。"

李伟在一边喊："两个字，漂亮。"

局长哈哈笑着说："徐健，一个本科女大学生能爱上你一个中专生，你老实交代，你对人家使用了什么手段？"

我把认识丁雨的过程简略对他说了。

局长说："真是传奇啊，我记住丁雨这名字了。来，我向你表示祝贺！"

我赶紧举起酒杯和老师碰了。

放下酒杯，王局长叹口气说："教师待遇差，社会上还有一些流毒。你们都是优秀青年，咱三届毕业生，年龄大的不少结婚了，大部分只能娶个农村姑娘，我到全县各学校转的时候，看到这些情况，感到非常心酸。"

"老师，"李伟说，"徐健想了一个办法，我们起名叫'曲线救国运动'。"

局长听完他的解释后，哈哈大笑："就是徐健鬼点子多，好！我看值得提倡，两全其美，何乐而不为？"

那天中午，温馨和谐。王局长和蔼可亲，非常关心学生，他是一九八〇年从师范调到教育局，升任主管人事副局长的。因而只教了我们前三届学生。在以后的几十年里，他一直是我们最最尊敬的良师益友。

转眼中考已过，七月下旬，一九八二年中考成绩公布，我校再创佳绩。中专达线六人，重点高中四十二人，比上年翻了一番。胶南一中、光华中学共十四个班，我校一举夺得近一个班的名额，在全县升学率仅次于县城里的胶南四中。我通知丁永富和李伟提出一百五十元钱，置办酒菜，晚上全校教师，举办庆功酒会。

下午，我接到了教育局王局长电话，他听了我中考成绩的汇报后说："徐健，局里决定今年九月份召开全县初中教育教学工作交流会，与会人员主要是国办中学校长、文教助理和联办中学校长。你要做个典型发言，给你十天时间，你先写个稿子送来我看，一是长度要达到两万字左右；二是要全面总结你们的教育教学工作经验，特别是教育学生全面发展的内容，要大写特写，像你们搞的植树节的系列活动就是很好的材料……"

放下电话，我正思考发言的框架，电话铃又响了，我拿起听筒。

"喂，是横河联中吗？"原来是丁雨，她捏着嗓子故意假装，"请给我找一下徐健好吗？"

我笑了笑说："丁雨，你别闹了，我这儿正忙着呢，你放假了？"

"我都回来好几天了。"丁雨笑着说，"人家想你了，我这会儿过去行吗？刚才电话老占线，急死了。"

"好吧，"我说，"你来只待两天，啊——"

"我还没过去，你就说这个，扫不扫兴啊。"她显然不愿意了。

我笑笑说："我真的很忙，古人不是说'两情若是久长时，又岂在朝朝暮暮'吗？"

放下电话不到一个小时，丁雨就风风火火地赶到了。我让她赶紧去伙房帮忙，告诉她晚上全校教师要搞酒会。

晚上六点，我们在临近伙房的教室里摆起了三组桌子，邀请王助理和丁雨参加，二十八人个个喜气洋洋。尤其是丁雨的加入，更让老师们兴奋，学校老师没人不认识她，她坐在逢凤和安静老师中间，亲密得如同姐妹。

一切准备好后，我站起来说："今年我校在上级领导的支持和全校老师的共同努力下，中考取得了创纪录的好成绩，为此我们从勤工俭学收入中提出一百五十元钱办了这个酒会来庆祝一下。我要宣布两件大喜事：第一，教育局王局长来电话说，他要提请教育局党委讨论，把我校评为教育先进单位。第二件事是，刚才我问王局长，他证实逢凤老师考上胶南师范了！"

"哗……"老师们热烈鼓掌，纷纷向逢凤道贺。

我举起酒杯说："老师们，让我们共同举杯，为祝贺我们的两件大喜事干杯！"

"还有一件大事！"李伟突然起哄，"你跟丁雨什么时候结婚，是不是得告诉大家？"

老师们齐声应和。

"两年以后吧。"

"不要敷衍了事，你得告诉具体时间。大家说对不对？"李伟不依不饶。

"对！"老师们嘻嘻哈哈笑着一块儿起哄。

"那……"我看着丁雨征询地问，"一九八四年元旦？"

"嗯。"丁雨脸红红的，笑着点点头。

"乌拉！咱也有媳妇了！"李伟夸张地喊着，站起来和我碰杯。

老师们纷纷和王助理、逢凤、丁雨碰杯，教室里洋溢着欢乐和温馨。看着一起战斗的二十几位同事，我从内心里感激他们。

老师们散了之后，看看时间还早，丁雨提出跟我出去散散步。这可是我跟她第一次晚上单独散步啊，我们出校门顺着往南的生产路走下去。初夏的夜晚，微风吹拂，月光如水，照在路边高高的玉米上，田野安静得只有一些蝉鸣。丁雨悄悄牵住了我的手说："真希望今晚多走一会儿。"

我说："这个好啊，我求之不得。"

那真是个美好的夜晚，我们在那个三华里的生产路上不知走了多少个来回。我们似乎有说不完的话，谁也不愿意回去睡觉，那天晚上，那条生产路似乎就是我们的院子。初夏的深夜，渐渐有点凉，我脱下衬衣披在她身上，看着丁雨月光下如水的面容，我的心醉了……

第二天放假，我叫齐同学和逢凤、丁雨，提议一起去游览名胜琅琊台，上午八点我们就浩浩荡荡地出发了。途中经过琅琊武装部，我们拜访了肖部长，他家在藏南，儿子肖长青考了第二名。

肖部长听了高兴地说："感谢老师们，你们先哈点水，歇息一下，去琅琊台我带路。"

"不敢！"我赶紧说，"哪敢劳您大驾。让部长大人带路，我们什么规格？"

"徐校长见外了不是？跟你们这么多帅哥美女一起，俺老肖求之不得呢。"

在肖部长办公室喝了点水，说了一会儿话，我们再次出发了。肖部长威风凛凛地骑车走在最前面，跟认识的人打着招呼，儿子中考的好消息，让他得了十分精神。

琅琊台距琅琊公社驻地只有十几里路，不一会儿，我们经过一个村子，肖部长说是刘家村，村口矗立着一个巨大的大理石雕像，底座上有三个隶书大字"刘翼明"。

"刘翼明是谁？"丁雨好奇地问。

"他可是这个村的骄傲，明末清初人，琅琊名士，古代教育工作者的杰出代表。"跟丁雨说完后，我建议大家坐在底座四周稍事休息，给大家说说刘翼明的事，大家纷纷赞成。

刘翼明字子羽，号越台。刘翼明才华横溢，文思敏捷，自幼擅书画、工诗文，有"神笔刘子羽"的美称。与当时的名士王偁有诗坛"刘王"之称。刘翼明学识渊博，为人坦诚，视友人如手足。好友王偁（家在今胶南县城，古代属于胶州）被仇家杀害，母弟老幼不能诉讼。胶州知州又收受贿赂，偏袒仇家。于是刘翼明挺身而出，为其申冤，在青州知府衙门前，三天不吃不喝，披发连哭三昼夜。迫使知府将案件调出，移交异地审理，使三年冤情得申，恶人遭到惩处。

以后刘翼明与几位好友长期隐居卧象山中。一生清贫，怀才不遇，五十余年以饮酒作诗为乐，共有四千余首。在《中国人名大辞典》《中国美术家大辞典》等书中均有记载。

刘翼明晚年七十四岁出山，八十二岁卒于利津县训导（从七品，主要负责教育事务）任上。

刘翼明和王偁都是出口成章的人物，他二人常常一人一句，珠联璧合。有一段佳话，至今在当地广为流传。

话说一天，刘翼明和王偁在琅琊台下往他老师家走，看到前面一座建筑。刘翼明说："前面有座房。"王偁马上接着说："不是茅厕是庙堂。"

两个人进去一看，是一座空庙，里边什么神像也没有。刘翼明又说："关公单刀赴会去。"王偁接着说："二郎担山赶太阳。"

出了庙，两个人走在大路上，看见一个妇人脚很大。刘翼明马上来了一句："三寸金莲长。"王偁立即接上："那得横着量！"

那妇人一听生气了，说："你们两个看似读书人，取笑俺妇道人家，这成什么体统？"不由分说，拽着两个人，到知县大堂上去说理。

知县听了大怒，说："好你们两张利嘴。今天，你们就拿本县的名字说事，说好了，本县便放了你们；说不好的话，本县决不轻饶。"

刘翼明说："敢问老爷姓名。"

知县说："我叫胡西坡。"

刘翼明马上来了一句："古有苏东坡。"王偁说："今有胡西坡。"

刘翼明说："这坡比那坡。"王偁说："的确差得多！"

那妇人听了大笑，也就不再生他二人的气。知县也是哭笑不得，无奈之下，只得把他两个放走了。

刘翼明和王偁的故事，引得大家哈哈大笑。说说笑笑中，我们很快到了山脚下。放好自行车，我们沿着蜿蜒的山路，很快登上山顶。几百平方米的平顶中心坐落着一座军用建筑，后面立着雷达天线，路口处，有一个篆刻石碑。我指给大家看，据说是秦始皇三登琅琊台，李斯撰文纪念的。

我仔细辨认碑文，发现文字刻得很拙劣，就问肖部长："看这碑上的石刻较为粗糙简陋，不像真品。"

"这是仿制的，听说真碑被国家运走了，收藏在北京故宫博物院。"

站在高处，肖部长一一向我们介绍：琅琊台海拔一百八十三点四米，南面两公里外那个小岛，叫"斋堂岛"，西南三公里处的那个平顶小山叫"公主顶"，传说秦始皇老婆和女儿不和，始皇就把她们分放两地。秦始皇老婆吃斋，所以那个岛子就叫"斋堂岛"了。东面海那边就是大珠山，大珠山最南端的山峰，叫"帽子峰"，传说三国时的徐庶在那里修仙。东北更远处是小珠山，北面是铁橛山，东南二十公里外海上的岛子就是灵山岛。

看着眼前景象，我们不禁心旷神怡。我跟丁雨说："你看，这琅琊台和对面的帽子峰像两把巨钳，紧紧锁住里面的海湾，看那海湾里，海浪层层推排，像千龙跃进，所以这海湾叫'龙湾'。"

"真美啊！"丁雨迎着海风，张开双臂兴奋地喊叫。

"是美。"肖部长说，"这地方雾大的时候，常出海市蜃楼。对面是亚洲数一数二的深水良港，六七十年代建了军港，你们看那些军舰都是北海舰队的，还有很多都开进山肚子里去了。"

"是啊，"我感慨地说，"解放后中央把胶县、诸城南部割出来，合并为胶南县，古代'胶州八景'，有三景划入胶南。灵山岛是中国北方第一高岛，海拔五百一十三点六米。距岸二十公里，孤岛浮水中。其色四季常青，葱翠欲滴，时与波光相乱。上有居民居住，有鸡犬桑麻，若在世外，今翠色犹在，岛上人家更多。此景名为'灵岛浮翠'；东面的大珠山、小珠山，千岩攒空，两峰耸立，夏秋之际，云雾缭绕。小珠山海拔七百二十五米，千巅攒空，两峰特起，万山俱小。大珠山海拔四百八十六米，南北绵亘几十里，南插入海，势如巨鳌。二山错立，天表云气，出没不绝。夏尤可观，望之累累若珠，故得山名。但因其山高，且

169

属远观之景，故名'双珠嵌云'；北面铁橛山海拔五百九十五点一米，山峰矗立，色黑如铁，故得山名。顶有悬崖如盖，一水从石罅中滴出，时作玉琴声。下积为流，潦暑不溢，大旱不涸。于是得名'铁橛悬泉'。"

"徐校长真博学。"肖部长赞道。

"不敢，我是从一本古代胶州县志上看到的，自明朝以来胶州和诸城的分界是从北面的胶河往南沿宝山、六汪向南直到琅琊的夏河城，我们这些人都是诸城人呢，古代叫诸城南乡。胶南是全国海岸线最长的县，说人杰地灵，一点也不过分。我还听到这样一个传说：清朝乾隆帝巡视山东，见泰山顶上山尖突出，即在山顶建庙镇压。到了咱这一带，见每座山都有多尖突出，需建很多庙才能镇住，考虑太劳民伤财，只好作罢。以后有人就出了个联对的上联，至今无人对出好的下联。"说到这里，我故意停下。

"什么上联？你说来听听。"丁雨着急地催促。

我笑笑："说了你也对不上。"

高放也急了："老兄说出来，大家试试嘛。"

"好吧，"我看看大家，"上联是：大珠山小珠山山山出尖。你们对吧。"

高放说："这个太难对了，大小合为'尖'，山山合为'出'，整个上联又隐喻胶南人才辈出的情形，非常贴切。"

大家想了几个，都觉得差强人意，最后逼我来对。

我说："我对的是'文之人正之人人人从政'，形式上过关了，但有文采、为人正的人不可能人人从政。以后我又对'日照夕月朝夕夕夕多明'，感觉也无法与上联匹配。以后又对'文之人孝之人人人从教'，略好一点。"

说说笑笑中，肖部长又领我们到了东边一处断崖前。展现在我们面前的是一层层的夯土断面，每五六公分有一道黑线。

我对大家说："史载秦始皇发动军队和百姓，背土筑山为台，大家看这琅琊台西面是石山，东面倚山筑台，这上面的一条条黑线应该是当时晚上举行大型庆祝活动留下的痕迹吧。"

大家纷纷点头，沉浸在历史的沧桑中……

十点多回到琅琊武装部，肖部长执意要留我们吃午饭，我以回去有事为由，婉言拒绝了。

回学校后，我让他们明天休息一天，之后就开始做粉笔，筹备新学年校服。

第二天，我带丁雨乘公共汽车去了青岛，逛了栈桥和中山路，给丁雨买了一身衣服。她在汽车上总是抱着我的胳膊，依偎在我身上装睡。我也静静地享受这短暂的幸福，默默地与她心语。

一九八二年秋天开学不久，我接到通知去县城参加两个会议，一个是九月十日的表彰先进单位和优秀教师的会，一个是全县初中教育教学经验交流大会。

九月十日是孔子诞辰，国家已有人提出设立教师节，胶南教育局就在这天召开表彰大会，会上我上台领了两次奖：一是我校被评为先进单位；二是我和李伟被评为优秀教师。我们藏南的十几位教师一起上台，从领导手中接过证书，看着上面县政府的大印，我们都很激动。

中午，在招待所食堂吃饭时，胶南师范教导主任王伟业老师找到我。上师范时王老师教我们古代文学，见到老师，我自然很高兴。

互致问候以后，王老师问我："徐健，你明天还有会，下午你还回去吗？"

我略一思考说："老师，局里已经安排了食宿，今天下午没有安排，我想去母校拜访老师们，两年多没见，怪想的。"

"好啊。"王老师说，"吃完饭后，我和你一起回学校，你找没有课的老师说说话，最后两节课，给你的学弟学妹做个报告。这是上午开会时校长和我商量的。"

"这个……"我犹豫着说，"老师，您看我一点准备也没有。"

王老师哈哈笑着说："你徐健还用准备？你在七八级文科班是最有文采的学生之一，现在又干了校长，这点事难不着你。你就谈谈工作两年的体会和收获，鼓励鼓励他们。"

下午，我见到了几个恩师，第三节课所有学生和老师都集中到了学校礼堂。王主任把我领到主席台上，看着下面黑压压坐了一大片人，后面是老师和四个民师班，前面是八个应届学生班，也看到了逢凤和我的学生。看着他们一张张青春飞扬的脸，想起两年前的学校生活、工作后的酸甜苦辣，我心潮起伏。

校长向大家介绍了我的情况，掌声中，我站起来向大家鞠了一躬，坐下后，校长说了几句话，就把麦克风推到我的面前。

我努力压住心头的涌动，亮开嗓音说："敬爱的老师、亲爱的同学们：两年前，我从这里走向社会，成为一名光荣的人民教师，今天，再次见到恩师，心情非常激动。我想向大家汇报我两年来的体会和收获，谈谈我当上教师以后的心路历程，题目是'我的初恋'。"

礼堂里静极了，我开始有条不紊的讲述。讲到于家官庄联中那个冬天的黎明学生和家长为我送行的情景，我再次流下了眼泪，台下也传来好多女生的抽泣声；讲到我个人和学校取得一些成绩的时候，又常常被掌声打断……

最后，我用洪亮的声音说："现在全社会尊师重教的风气还没有完全形成，也有一些公办教师改行进了行政和商业系统，但我既然走上了这条路就决不改变，在此我面对我们亲爱的老师宣誓，我要终生做一名平凡的人民教师，无怨无悔，永不回头！"我掷地有声的话语，被麦克风放大，在学校礼堂回荡。会场爆发出雷鸣般的掌声。

散会后，校长握着我的手，频频称赞我的发言好，又要留我在学校吃饭，我说有事就告辞了。

随后我又跟等在一边的逢凤和横河联中的学生简单说了几句话，就与他们告别了。

出了校门，我只顾低头赶路，突然发现前面一个女孩，定定地站

172

着，挡住了我的去路。她一身蓝色衣服，长发飘飘，瞪着一双美丽的大眼睛盯着我说："徐健，好啊，不认人了？"

我定了定神，心中闪电一般，认出她是我上高中时的同桌，"李青！"我惊奇地问，"你怎么在这里？"

"我在上师范啊，"她笑笑说，"刚才听你报告的时候，我一下子认不出你了，上高中时你比我还矮半头，现在这么高了。"

"是啊，"我也感叹说，"你也变了，变得比上高中时更漂亮了。"

李青脸上飞起一团红晕，她用纤纤手指戳了我的肩膀一下说："你上高中两年，没跟我说一句话，在班里也很少言语，没想到现在你这么能说，许多小女生都被你说哭了。哎，同桌，我请你去对面饭店吃顿饭吧，我还有些话要对你说。"

"走吧，"我赶紧说，"我请你。"

进了饭店，漂亮的李青引来很多目光。我们找一个角落坐下，叫了两碗肉丝面、两碟小咸菜，慢慢吃起来。

李青说："高中毕业后，我当了民办教师，今年考上师范。对了，我妹妹李媛你见过的，她去年高中毕业也考到师范，刚才还嚷着要跟我一块儿来见你。哎，我问你，上高中时有一次，我没去上学，班主任指着我的位置问你'那里是谁'，你说'不知道'，把班主任气得吹胡子瞪眼，真有那事儿吗？"

"何止吹胡子瞪眼，老师当时气得用黑板擦敲着桌子大声质问：'同桌的名字你不知道？'"

李青"嘿嘿"地笑了，过了一会儿，她又问我："你当时到底是怎么想的？"

"唉，"我叹口气说，"我们村是一姓村，我打小就生活在纯净的环境里，从来不和女孩说话，加上我又老不长个儿，毕业前招飞体检我才一米五三，差两公分，全校男生就我自己第一关就被淘汰了。还有，我家里穷，你不记得了，你们都穿塑料凉鞋，只有我自己穿着父亲用废弃的小推车外胎钉的呱嗒儿，那时除了腼腆还有自卑。你父亲是公社干部，你又长得那么漂亮，男生说你在全班是最漂亮的，我看你一眼背影都心慌，说你的名字也不好意思。"

"是啊，"她赞同地说，"我也是天生怕羞，去年正月你到你二姑家走亲戚，你二姑不是领你去过我家吗？那是你二姑和我妈商量着给我和你说媒，碰巧我不在家，你见到了李媛，我妈和李媛都看上你了。后来我妈多次问我，我一直害羞说自己还小，气得我妈说要把李媛嫁给你。我妹妹生性活泼，当即跟我说'姐姐不嫁，我愿意嫁给徐健'。"

"李青，"我思忖着说，"谢谢你跟我说了这些。我记得你比我大两个月，咱都二十三岁了，你也该考虑个人问题了。缘分哪，就是人生轨迹的巧合，去年正月，我知道你家跟我二姑邻居几十年了，你妈和我二姑也非常好，当时我就是想去看看你，回二姑家后，她老人家才说起给咱俩介绍对象的事，当时我正和一个女孩悬而未决，就和二姑说了实情。"

然后，我把高中毕业以后的遭遇和跟丁雨认识直到订婚的过程和李青说了一遍。

李青听了我的讲述，眼睛红红的，动情地说："你们也真不容易，想不到你这么重情重义。你二姑今年正月跟我妈说了你已经订婚，我今天来见你，就是想证实一下。徐健啊，你再也不是上高中时那个不言不语的小男孩了。"

"惭愧惭愧。"我赶紧说，"现在事业单位，严重缺乏女性，祝你和李媛早日名花有主。"

吃完饭后我和李青在校门口告别，没想到她竟然大方地向我伸出了手，我握了她纤柔的手。这是除丁雨之外，我第一次和同龄女孩握手，感觉心里暖暖的。

暮色中李青走回学校。望着她渐渐远去的倩影，我心头涌起一种别样的滋味。心里一个声音在说：别了，李青，我的同桌，祝你一生幸福。

第二天，全县两百多教育上的领导和校长共聚一堂，局长做了简短的报告后，就开始了典型发言。

我在发言中，全面总结了我校工作经验和成绩，最后谈了教育评价问题，我说："各位领导，教育评价问题，一直是摆在我们面前的重大课题，当前教育系统有重过程和重结果两种方式，我们的评价是重结果。如果结果好，那么过程一定是科学合理的；如果一个教师教书育人成绩不好，即使他加班加点，再怎么努力备课、上课、批作业，那也只能是浪费了学校资源，破坏了家人的亲情。这样的老师我们不但不表扬，还要不留情面地坚决予以批评。怎样评价一个教师呢？我认为能讲述知识的老师是平庸的老师；能简述事理、总结方法的老师，是良好的老师；能引导学生行路、启迪学生思想、塑造学生健全人格的老师，是伟大的老师！唐代文学家韩愈说'师者，所以传道授业解惑也'。我理解那就是传道授业解惑的主要内容！"

我发言结束后会场响起热烈的掌声，从掌声里，我听出了教育系统领导对一个小小联中校长的肯定和认同。

第十二章　人生变故

　　时间在忙忙碌碌中过得真快，一晃一年多就过去了，转眼到了一九八四年暑假，一学年工作结束后，我校中考再创佳绩，又一次突破纪录。一个小小的联中连续两年，考进光华中学五十多人，占去了光华中学收生六分之一的名额。我们参加的青岛师专函授学习也毕业了。青岛师专和胶南教育局，在胶南师范为我们举办了毕业典礼。一九八一年开学时，中文、数学两个专业各九十八人，毕业合影时，中文剩下四十人，数学只剩下二十六人。

　　我们学校六名公办教师还有五名民办教师全部毕业，占了全县的六分之一。下午回到学校后，我跟同事们说："咱'六根筷子'和五位民师老大哥，经过三年多的努力，全部获得高师函授毕业证。听说国家正酝酿职称评定计划，胶南县也要选拔一批年龄较大的、优秀的民办教师直接转为公办教师。这两件事，学历是第一要素。咱们今晚是不是该庆祝一下？"

　　大家听了，纷纷掏钱，置酒买菜，在教室里拼成一个大桌。三年多的函授学习大家吃尽了苦头，函授、面授、交作业、考试，每到寒暑假骑自行车带着铺盖、书籍到外县上课，寒假里在一些学校教室里打地铺，手脚都冻肿了，工作学习两头忙。现在终于坚持下来，解脱了，大家都特别兴奋。

　　魏栋老师说："我作为一个教物理的老民师，报了高等数学专业，几次要打退堂鼓，都是徐老弟鼓励我坚持下来。尤其是去年大包干以后，家里那么多农活，又要教学、干活，还要学习。我一个三十好几的人，压力太大。现在挺过来了，尤其听了刚才说的好消息，觉得生活有盼头了。"他说着，眼里闪着泪光。

那一夜，我们喝得非常豪放。

吃完饭后，才八点多，看时间还早，我回到办公室，打开电灯，想自己静静地看一会儿书。

刚刚坐下，魏栋老师就敲门进来了。他黑黑的脸庞因为喝了酒，成了黑红色。

我赶紧起身搬椅子让他坐下，给他倒上一杯水。

"魏老师，今天晚上怎么不快回家与嫂夫人相会?"我跟他开着玩笑说，"平时，您可是每次放学就急急火火地往家跑呢……"

"今天晚上喝得兴奋，一时不想回家。"他打断我的话，脸上挂着一如既往的真诚的笑，"想跟老弟说会儿话，不会打扰你吧?"

"看老兄说的，我们这样的小光棍儿，没有什么打扰不打扰的。"我看着魏老师，真诚地说，"老兄，看你整天忙忙碌碌的，我来学校这么长时间了，咱们还真没有坐下来好好说说话呢。听说你和嫂子拉扯着两个孩子，家里还有五六亩责任田，真够你累的。对了，老师们说你是青岛市里人，论年龄，你应该在'文革'前就高中毕业了，为什么来到横河村? 你家里还有什么人? 看你的物理教学水平很高，平时来找你下象棋的，没有一个是你的对手，这说明你的智商是很高的。一九七七年恢复高考，为什么没有参加考试?"

听了我的话，魏老师脸上渐渐没有了笑容，面沉似水。不一会儿，两眼泪汪汪的。他仰头望着办公室的墙壁，缓缓地说："老弟，那都是过去的事儿了。"然后转头向我苦笑了一下，"那些事实在不堪回首，今晚高兴，不妨跟你说说我的经历吧。"于是，魏老师开始了他漫长的回忆。

五十年代，魏栋家住青岛市南区。母亲是青岛医学院附属医院的妇产科主任，这个医院前身是山大医院，解放后山大医院部分迁至济南，剩下的改名为"青医附院"。魏栋父亲是四方机车厂的高级工程师。他们夫妻都是高级知识分子。魏栋一九五〇年出生，一九五三年又有了一个弟弟。一九五七年他上了小学，开始了唱着"让我们荡起双桨"的幸福甜美的少年生活。

一九五八年，魏栋父亲在工作时与领导发生了激烈的矛盾。魏栋的父亲是一位正直严谨的高级工程师，对一些不讲科学的做法是坚决反对的，并且出言不留情面。结果被打成右派，发配到外省的偏远农场劳动改造。从此，魏栋与弟弟就再也没有见到父亲，还好，因为有母亲的工资收入，一家三口勉强过得去。

一九六二年，熬过了三年自然灾害，魏栋上初中了，家里的生活渐渐好了起来。在炎热的夏季，魏栋和弟弟几乎天天泡在海水浴场游泳。因此，哥儿俩练就了一身的好水性。在学习上，因为有母亲的督促，他们的理科成绩都是出类拔萃的。魏栋在上初二时，还夺得青岛市少年象棋比赛冠军。可是二人的文科却很差，成绩一直上不去。

一九六六年"文化大革命"开始后，又一次重大灾难降临这个家庭。魏栋父亲因为是右派，又有不屈的性格，首先受到红卫兵的冲击，受尽折磨凌辱。不久，一个正直的高级知识分子，不堪忍受这一切，痛苦地自我了断了生命。

父亲去世的噩耗刚刚传到这个家庭，母亲又因为出身地主，被遣返回娘家的老家。于是，魏栋和弟弟魏梁就随母亲到了母亲的故乡——胶南县藏南公社驻地横河村，开始了人生更艰难的历程。

那时，魏栋的姥爷姥姥都已去世，魏栋刚刚高中毕业，魏梁才上初二，就被迫失学。他们背负着"右派子女"和"地主崽子"的双重罪名，开始了在横河村被监督劳动的生活。他们没有上山下乡的知青资格，只能在姥爷村里被改造劳动。

一九七七年恢复高考，魏栋去书记家开介绍信报名。书记不但不给开，还把他冷嘲热讽一顿，教育他要好好改造劳动。本来已经高中毕业十一年了，在繁重得透不过气来的生活折磨中，时间已经把记忆消磨得差不多了，再加上本来就文科不好，所以魏栋自此就打消了参加高考的念头，彻底放弃了人生唯一的梦想。

一九七八年，魏栋已经二十八岁了，魏梁也二十五岁了。虽然他们都已经到了男大当婚的年龄，可因为出身的问题，加上兄弟两个长相又不出众，因为少年发育期，正遇上三年自然灾害，营养跟不上，身形比较瘦小，自然，村里没有一个给他们提亲的。

在这个家庭看不到一点亮光的时候，一九七八年深秋，村里发生了一件惊天动地的大事。

一天，横河村的一个生产队乘木船到陡崖子水库库北收地瓜。全队大多数青壮年男女，中午带饭劳作一天，傍晚把地瓜全部装船，又上去了五六十人。队长觉得船已超载，想分两趟运，结果谁也不愿意在那夜晚等，就都挤上了船。船吃水很深，在离岸的时候还算平稳，到了水库中心，水流加强，突然又来了一阵风，船一下子就翻了。

魏栋和弟弟魏梁是另一个生产队的，下午干活收工，刚刚回家。天已经黑下来了，突然听到水库里翻船的消息，两人拔腿就往岸边跑。隐隐约约看见水库中心，离岸一千多米的水面上漂着倒扣的木船。哥俩毫不犹豫地跳进水中，向水库中心游去。

深秋的水很冷。他俩游向木船的时候，看见几个青壮年男人往南岸游，朝他俩喊，快去船那边救人。他俩游到船边，看见许多青壮年妇女把着倒扣的木船在哭喊。于是，他俩连续游了五六个来回，救出了十几个人，直至最后累得虚脱了。

夜，渐渐深了。民兵连长调来村里所有的船，叫来许多会游泳的民兵，持手电在水面反复搜索。水库南岸，大队调来了全村所有的汽灯挂成一排，照得岸边如同白昼，也照着空荡清冷的水面，照着岸上打捞上来的一排排尸体，照着哭天喊地、痛不欲生的人们。有一对夫妻是抱在一起淹死的，让人看了尤其不忍。他们当中，女人没有会游泳的，男人有些会的，只有个别游到了岸边。另外一些因为天黑，游错了方向，在水中时间过长，最后力竭而死。那些不会游泳的男人女人，除了魏栋兄弟救出来的十几个，其余的都遇难了。

魏栋哥俩躺了很久才缓过劲来。在一片悲惨的恸哭声中，哥俩默默地、悄无声息地回了家。

几天后，县委、公社党委对魏栋、魏梁进行了口头表扬，县广播站把消息传遍了全县。很快，被魏梁救出的一个识字班的姑娘与父母一起，到魏梁家感谢，并表示一定要嫁给魏梁；被魏栋救的一个女人中，有一个已经死了丈夫，自己带着一个孩子过日子，也要求嫁给魏栋。哥俩自然没的说，在自己家的小屋，在母亲的主持下，办了二人的订婚仪式。

也就在这年冬天，魏栋的父亲和母亲都平反了。魏栋母亲就拿平反后补发的工资，给两个儿子各盖了四间大瓦房，一起办了喜事。魏栋婚后很快又生了一个孩子。魏栋母亲因为已过退休年龄，也就不再回原单位，跟大儿子魏栋一起生活了。

一九七九年春天，横河村书记的儿媳妇在藏南公社医院生孩子难产，几位医生在束手无策的情况下，有人忽然想起了魏栋的母亲，就火速把老人家接到医院。在老人的指导下，手术很顺利，母子平安。这件事迅速传遍了藏南公社。附近村里许多的媳妇怀孕后都不去医院，而找魏栋母亲看。老人家也乐得做些善事。

夏天，村书记突然把魏栋叫到自己家里，好酒好菜伺候着。席间，书记说了很多对魏栋母亲感谢的话，并且表扬魏栋这两年给很多学生义务辅导物理和数学，有几个因此考上重点大学。最后书记告诉魏栋，经过几个月的努力，县教育局和公社文教组已经同意让他到横河联中，当民办教师……

"以后的事你都知道了。"魏老师淡淡地朝我笑笑说，"我觉得当民办教师，每月有八元钱工资，再加上大包干，日子会越过越好的，本来，我早已对人生没有了奢望，是你又点燃了我人生的梦想之灯，我竟然取得专科学历……"

"老兄，"我打断他的话，"您会用您的人品和才智造福社会，也会点亮许多孩子的心智之灯，这不是我们人生的梦想吗?"

"正是此意。"魏老师立刻肯定地点点头说，"我比你虚长几岁，第一次遇上真正理解我的人。一开始函授学习，我也为难发愁过，是你几句话点醒我这梦中人，人活着不能光想到自己啊。"

送走魏老师，回到宿舍。那一夜，我久久不能入睡。想想自己以前总觉得命运不公，有时自怨自艾，无法自拔。比比魏老师，真觉得自己可笑。命运是无法知晓的，唯有自强不息，才能活得精彩，魏老师的经历，更坚定了我的信念……

艰难困苦只能磨损人的肉体，而高贵的灵魂却是越磨越闪光！我这样想着，看看一旁呼呼大睡的李伟，渐渐进入了梦乡。

第十三章　新的起点

第二天我们正在商量做粉笔，电话铃响了，我拿起电话一听，是王局长。他一开言就呵呵笑着说："徐健，给你道喜了啊。"

"老师，您的话太突然。"

"啊，是这样，前天师范本科毕业生分配，我见到丁雨了。小姑娘真不错，不但长得好，还是重点大学毕业生。一开始人事科把她分到一中，她直接闯进我的办公室，坚决要求到农村去，还说为了让你也扎根农村，叫我也把你调到光华中学去。怎么，她没跟你说？"

"老师，"我急忙说，"她这不是胡闹吗？"

"人家哪里胡闹了？"老师哈哈笑着说，"人家这是有礼有节，出手不凡。也是事有凑巧，你们学校王校长不是好了吗？局里研究恢复她的工作，至于你，党委研究决定把你推上一个更大的平台，让你施展身手。你明天去光华中学，直接找刘思政校长报到，我已经电话通知他了。"

王局长挂了电话后，我愣了好一会儿才缓过神来。

我对一直站在一边的李伟说："王助理肯定知道了，咱弟兄们辛苦一年，现在勤工俭学账上还有五千多元，今晚咱得好好宰他一顿。"

下午，我往各村打电话，叫民办老师们六点前来学校集合，我和王校长商量让丁永富老师提出二百元钱，我们'六根筷子'分工置办，帮炊事员做饭。

晚上六点，老师们到齐，在教室里摆下三桌大餐。晚宴开始，王助理宣布了我调走的消息。那一夜的晚宴上，我除了一些讲感情的话，什么也没说。老师们都有些恋恋不舍，有的老师还喝醉了。散席后，我在办公室收拾书籍，王校长进来，拿出二百元钱，说是跟老师们商量给我的，我推辞不要。

王校长有点生气了："这是你的劳动所得，就算是老师们的一点心意，你也得收下。"

看看拗不过她，我只好收下。简单把学校工作向她做了交接。

第二天早晨，一觉醒来，天已大亮。我赶紧收拾行李，准备悄悄离去，忙乱中，把李伟惊醒了。

他睁开眼睛，不解地问："老兄，何必着急？"

我笑笑说："徐志摩的诗不是说嘛，'悄悄的我走了，正如我悄悄的来'。"

"酸！"李伟爬起来，出去把高放、丁波、李克、陈文远都叫来了。

夏日天长，太阳出来了，时间却还早。校园里静悄悄的，我推着自行车走，他们在后面相送，出了校门口，我让他们回去。

李伟说："老兄，你这突然一走，我怎么觉得一下子空了。"

"快别这么说，光华中学离咱这里就十几里路，再说回老家也经过那里，欢迎弟兄们常去玩。山不转水转，咱们还都年轻，说不上什么时候，又转到一起了。还有，听说国家又要启动第二批本科函授计划，北师大、华师大都在山东招生，山师招生更多，咱要再努力，早日拿下本科学历。"

跟他们一一握手后，我飞身上车向南而去。走了一会儿，回头望望北面的藏马山和藏南驻地，心里说：藏南，再见了。

太阳升高的时候，我骑车进了光华镇（一九八三年底，胶南已把公社改为乡镇）驻地，光华镇是一九四八年藏马县县城，以后藏马县撤县与诸胶县合并为胶南县，县城迁至王哥庄，因而光华镇是胶南最大的镇，镇上有十几万居民。至今，镇里的人家家里来了亲戚，总把一句话挂在嘴上："你们乡下人……"二〇四国道从东西大街穿过，街道两边，有很多旅馆、商店、饭馆。我找到一家小饭店，买了早餐，慢慢吃饱喝足，看看时间八点多了，骑上自行车直奔镇西边的光华中学。路上，我在脑海里搜索着要去见的那位刘校长的信息。据说他毕业于山东大学数学系，六十年代初分配到光华中学教学，以后提拔为教导主任、校长，他可是真正的行家里手，他的铁腕治校在全县是出名的，维护教师权益和学校秩序向来铁面无私。一次，有个学生辱骂老师，之后那学生当局长的父亲又到学校威胁老师，刘校长当即开除了那个学生，那学生的父亲找了好多县里的领导说情，最后刘校长火了，对来说情的领导说：你回去告诉那个家长，叫他好好教育自己和孩子吧，他找天王老子来也没用！刘校长教学业务更是了得，有个数学教师所教两个班级数学成绩一直不好，刘校长找那教师谈话，那教师说自己教的两个班的学生数学思维不好。刘校长说，那你别教了，我来替你上课，你全程听课，并且还要备课，批改作业。就这样，一个学期下来期末统考，那两个班数学成绩级部第一。这些在胶南教育界，都被传为佳话。以后就要跟这令人敬畏的校长工作了，这样想着，一抬头，已经到了学校北大门。

进了学校，在教学楼旁边的一排平房里，找到校长办公室。我支好自行车轻轻走过去。办公室的门开着，里面一个四十多岁的中年男子正在擦桌子。他中等身材，身着浅灰色中山装，微胖，面色红润，神态安详。

我轻声问："您好，您是刘校长吗？"

"啊，对，我是刘思政。"他抬起头端详了我片刻，微笑着说，"你是徐健吧？"

我点头应答后，他和我握着手说："快请坐，来这么早，吃早饭了吗？"

我说："吃过了，校长您不是也很早吗？"

他呵呵笑着说："昨天王局长给我打电话，说你来任教导主任，今天来报到。我就'黎明即起洒扫庭除'了。"

184

"徐主任，对你，我们可是久闻大名了。"他泡上两杯茶，一杯递给我，自己端了一杯；坐在我对面沙发上，"这两年，你们学校每年考来一个班左右，光华中学每届只有六个班哪，咱县西南区十个乡镇、六七十个中学，平均每个学校才考四五个嘛。你们真是奇迹！"

"刘校长过奖，过去的事就不提了。我现在只想知道学校安排我什么工作，说实话，我从初中调到高中，心里没底，想早点做些准备。"

"是这样，"刘校长略一思考说，"光华中学是市重点高中，正局级单位，你是局里任命的教导主任，自然要分管一些学校工作，这个等开学前校委会研究再定。现在的严重问题是，国家突然把高中学制由两年改为三年，学校两个级部成为三个级部，高三因为有复习生加入，又扩为八个班，教师缺口太大。今年分配和调来一些教师后，师资仍然紧张，我初步设想，让你再教高三两个班语文怎么样？"

看着他征询的眼神，我笑笑说："校长，作为教导主任，教学是本分，我从初三一下跳到高三，也无非是多钻研教材，多向老教师求教，这事应该不难。"

"那就好，徐主任果然敢于担当。"刘校长赞许地点点头。

"刘校长，我有两个要求：第一，我请求再担任一个班的班主任，最好是高三（1）班。"

"为什么？"校长插嘴问。

"我知道班长是肖长青，学习委员是丁文雅，是我初三的班长和学习委员，旧将用起来顺手。"

"你教过他们初三？他们两个经常考级部一、二名。这两个孩子我都知道，素质很高，原来是你的高足。"校长惊讶地说。

"我最大的优势是做班主任工作，请校长放心，如果明年成绩不好，我辞去教导主任，专心做一名教师。"

"真有气魄！我听说在藏南镇，大家私下称你'拼命三郎'——哎，你第二个要求呢？

"第二是把教导主任室安排与高三语文组相邻，便于业务交流。还有，请学校尽早给我安排宿舍，我想提前回学校，到老师中去，了解些情况。"

"好，"刘校长说，"你的宿舍已经安排了，其他教师两人一间，你自己一间，因为当领导，独自一间方便工作。"

谈完工作后，我跟刘校长说了我和丁雨的关系。刘校长说局里通知，新分配来的大学生今天报到。我说希望安排她从高一教起。刘校长说，新教师一般都那样安排。

正说着，丁雨来了。我把她引见给校长，就算是报到了。

刘校长派人叫来分管后勤的丁主任，丁主任问了我们的情况，带我们去了宿舍，交接好钥匙。

我和丁雨先把行李放在我宿舍，一切收拾好后，丁雨神秘地说："哥，你知道你是怎么调到这里来的吗?"

"你的英雄事迹，王局长电话里早告诉我了，"我看看她，笑着说，"小雨，半年没见，你又漂亮了一分。为了你的英雄行为，我请你到我家多住几天。"

"万岁!"丁雨像个孩子似的跳了起来，又要搂我脖子。

我努力推开她和她说，从横河联中走的时候，王校长分给我二百元钱，加上订婚后攒的，我手里一共四百多。

"小雨啊，我们元旦结婚，怕是连最基本的家具也买不上啊。"

丁雨歪着头说："你算算需要多少钱。"

"我数数啊，双人床、大衣橱、写字台、餐桌、沙发、茶几、煤气灶、锅碗盆瓢，这些就需要一千元，另外咱俩都没有手表，这也是必需的，又得二百多，还有结婚时招待费用至少还得三百元。收录机、电视机连想也别想了。三个哥哥在咱俩订婚时出了那么多钱，再说他们也不富裕，咱没法再要他们的钱。父母现在需要养老了，哥哥们拿粮食，咱以后还要拿点钱回家，更不用说问他们要钱了。"我转头看着她说，"小雨啊，是我没本事，让你跟着受穷，我心痛啊。好在这么大一个学校，咱可以借点。"

"哥，"丁雨看着我，眼眶里涌出了泪水，"你这么说，我真要哭了，你的小雨不是不懂事的人，你工作四年自己连块手表都没有，你那身军服也是'永久'牌的吧，自己什么也不买，却老是给我买这买那。你放心，订婚时的一千元彩礼，我父亲一分没动，他老人家从东北回来时带回一些木料卖了三千多块钱呢，说都给咱结婚用。我父亲五十出头，现在大包干了，稍微干干，自己照顾自己几年还是没问题的。"

　　"老人的钱，咱一分都不要。"我看着丁雨商量，"在这样的大学校，开学以后，咱最需要的是手表，要不先去县城买手表？"

　　丁雨欣然同意，我们去汽车站坐上公共汽车，就去了县城。在商店里各种手表琳琅满目，再也不是前几年，买块好牌子手表，那得有关系。我和丁雨转了一圈，商量好了，花了二百二十元买了两块"钻石"牌机械手表。戴上新手表，我们兴奋得像要飞起来了。

　　中午在县城找个小饭店，吃了饭。下午回到光华镇车站，我们骑自行车一路说说笑笑，回了我老家。

　　父母见我和丁雨双双回家，分外高兴。月欣也放假在家，她在青岛师专毕业后，分到胶南一中教学了，她俩同学见面，更是有说不完的话。

　　我们三个人，还一块儿去我姨家住了三天，我姨家在日照两城镇东海边一个渔村。丁雨自小没接触过大海，见了海异常高兴，她很快与我的表弟表妹混熟了，我们天天在海里捉鱼、钓虾、抓螃蟹、扒蛤蜊，度过了一段快乐的时光。

　　开学前五天，我把丁雨送回家，自己回到学校，开始走访教师，主要想摸摸学校的基本情况。正值暑假，青年教师大部分已经回家了，老教师结婚成家的，都住在学校。经过几天的走访交流，我找刘校长做了汇报。

　　第一，人员结构。学校共有教职员工九十八人，其中校级领导和后勤人员十二人，一线教师八十六人。一线教师中约三分之一是五六十年代毕业的大学生，都五十岁上下。这些老教师功底扎实，经验丰富，但大多在"文革"中受过折磨，且因年龄、精力的问题，教学成绩很少有突出的。其余三分之二多，全是一九八〇年以后分配的，最大的才二十五六岁。虽然年轻教师知识储备和教学经验不如老教师，但他们能闯能干，在学校担任班主任和教学工作成绩突出的，几乎全部在他们之中。

针对教师结构情况，我建议发挥老教师传帮带作用，大胆起用年轻教师，尤其是一九八〇、一九八一年分配的教师，他们是学校的中坚力量。学校可以进行新老教师结对子活动，刚分配来的八名教师可以举行正规的拜师仪式。

第二，学校管理。在学校管理方面，老师们意见最大的是后勤服务不力。比如一个班主任看到教室里日光灯坏了，得先拿下旧灯管，找后勤主任开批条，再找仓库管理员换新的，拿着新灯管再找电工，终于找到电工，还得好声好气好脸色求。如果不顺利，换一个灯管，不知要跑多少趟。班主任既是教学骨干，也是管理学生的骨干，他们的工作是教师中最忙的。

我建议要确立后勤员工为一线教师服务的意识，建立合理高效的服务渠道。学校可以在后勤主任办公室门口设立服务箱，班主任发现班里有需要更换的设备，别的老师发现办公室里或者任何地方的问题，只需写一个纸条放进去，每天由后勤主任统一安排，限期完成。学校的会计和出纳，主要管理教师工资和学校账目，工作量不大，他们是不是可以把工资送到教师办公室，或者，事先点好装袋，在每周全校例会上发放。后勤服务的效率高了，老师们就能腾出时间，专心教学。

在学校管理方面，老师们意见比较集中的，还有工作评价问题。学校逐渐出现重过程不重结果的倾向，比如，表扬哪个老师加班多，表扬哪个老师备课写得多，表扬哪个老师批作业评语多，哪个班主任查看学生上操、午晚休次数多，等等。虽然我不知道这是哪些老师，但我知道这些老师的工作成绩不一定是好的，甚至可能是差的，教学工作要注重科学，而不是死缠烂打。班主任工作，更要通过学生良好的自主管理来取得好的效果，好的班主任甚至不大去班级，而班级秩序井然。听说有的高中学校，硬性要求班主任在班里备课，在学生宿舍里睡觉。那样还要班级干部干什么，真想不明白，现在有些领导是什么教育理念。

第三，班主任工作。这里面的问题较多。首先是粗暴对待学生，封建家长式作风严重；其次是向学生灌输不科学的价值观，甚至封建观念，什么"吃得苦中苦，方为人上人"，什么"要夹着尾巴做人"，这样，如何培养学生健全的人格；再次是个别班主任使用阴暗的管理方式，在每个小组、每个宿舍暗中安插耳目，专向老师打小报告，这样做的老师，还自以为荣，炫耀自己会培养学生"特务"，这样的班主任也许能管好班级，但他的班一定是死气沉沉，人人自危，他也一定会培养出大量的阴谋家；还有许多班主任，做了学生的丫头，比如教室地上有废纸、痰，他不是去追问学生、教育学生而是自己去拾了废纸擦痰迹，他一厢情愿地认为这样可以感化学生，殊不知，对那些有不良习惯的学生，效果往往适得其反；有不少班主任施行保姆式教育，事事看管学生，这样培养出来的学生，怎么能有独立能力？这些学生以后怎么上大学，怎么工作？为此，我建议学校可以制定一个班主任工作规则，来统一教师思想，规范教师行为。我考虑了五条，不一定成熟：一是要用典型事例来对学生进行理想、励志教育，不要空喊口号，空讲道理，不要做"婆婆嘴"；二是要通过正常渠道获取信息，用阳光方式处理班级事务，不要使用阴暗手段，不要有"特务"心；三是要对班级制定科学的管理规则，班主任不要事事亲力亲为，不要长"丫头腿"；四是对班级纪律管理，要运用班长、班委、小组长体系实行学生自主管理，培养学生自立能力，班主任不要事事看管学生，不要有"保姆情"；五是要引导学生树立正确的人生观、价值观，尊重学生人格，培养学生个性，要做学生的良师益友，不要粗暴对待学生，给学生灌输正确的价值观，坚决不当"封建家长"。再建议每学期召开一次班主任工作经验交流会，只准讲案例分析，不准讲长篇大论的空洞理论。

第四，教学工作。最主要的问题是，部分教师不研究先进的教学理论、方法，墨守成规。各科争夺时间，大量强压作业，采取死缠烂打的方式，搞恶性竞争。建议学校给教师规定作业上限，引导教师科学备课，精选练习。青岛二中有位物理教师，把教师教学分为"教过了、教对了、教会了"三个层次。我们要发动全校教师，根据各科特点，研究怎么"教会"学生。我根据我校学生情况，考虑了"低、细、透、实"四字教学原则，即降低起点、细化过程、透彻讲解、注重落实。

　　我的汇报一直持续了两个多小时，刘校长始终表情严肃，认真倾听，一言不发。有时，他还记着些什么。

　　我说完后，刘校长沉思了一会儿说："徐主任，前几天王局长给我打电话说你是不可多得的开创型人才，今天你的一番话，证明果然不虚。你用几天休息时间，就把我校情况摸得一清二楚，真是行家里手。你的建议，我原则上同意，这些建议也使我对学校管理的思路更加完整清晰。你的工作作风，可以用'严谨、细致、沉稳、踏实'八个字来概括，非常鲜明地体现了毛泽东'实事求是'的思想。现在，我心里有底了，我想让你全面主抓高三工作，你觉得怎么样？当然了，还有主抓教学的副校长给你敲敲边鼓。"

　　我说："感谢校长信任，以后请校长多多指教。"

　　"哈哈哈哈。"刘校长笑了，"以后同事，不要这么客气！今晚我让家人做几个菜，找齐学校干部，大家见见面。"

　　下午我去镇供销社买了两瓶高档白酒，傍晚时候去了刘校长家。一进屋，刘校长和夫人迎接。

　　刘校长介绍："这是我夫人欧阳素云，英语教师。"

　　欧阳老师握着我的手说："欢迎徐主任来家做客。"

　　我见她身体略胖，着装高雅，面露微笑，和蔼可亲，就真诚地说："欧阳老师气质不凡，肯定出身名门。"

　　"哈哈哈哈。"刘校长自豪地说，"徐主任好眼光，我岳父是山大著名教授。你也不差。"说着他转了话题，"夫人，徐主任媳妇丁雨今年山师毕业，一看是个好女孩，也分到我们学校来了。"

"是吗？开学好好认识认识。"欧阳老师笑着说。

这时，从另一个房间里出来四个小姑娘，大的二十岁左右，小的不满十岁，她们一块儿喊着："老师好！"

校长说这是他的四个女儿。

"你们好！"我顺手把酒递给校长，对他说，"刘校长您真有福，家有五朵金花相伴，美啊——"

听着我故意拉着长音的话，欧阳老师和四个女儿真的笑成了五朵花。

刘校长一边说"你买东西干什么"，一边把我让进了客厅。

坐下喝水的时候，刘校长问我："你和丁雨什么时候结婚？"

"我们计划今年元旦。"

校长说："学校家属区全部是带院儿的平房，有三个大间的、三个中间的、两个大间的，你是学校领导，给你三个中间的吧。"

我说："不用，我住两间的。没钱买多少家具，住房子多了，也是浪费。"

"结婚困难另说，学校规矩不能破。"刘校长说，"元旦前，你提醒我一下，我让后勤给你把房子提前收拾好。"

我赶紧说："谢谢校长。"

"谢什么，"刘校长大手一挥，"咱学校地处农村，校院大，土地有的是。我多次向上级申请给教师建家属楼，一直没有下文，要是住上楼房，条件就好了。"

说话间，其他四位学校领导一起来了。他们一进门就大呼小叫，刘校长一家出去迎接，院子里热闹非凡。

一会儿，刘校长领他们进屋，向我一一介绍：管后勤的董升启副校长，抓教学的许全礼副校长，后勤丁功勋主任，校办工厂李富春厂长。我跟他们一一握手。

大家落座后，刘校长说："各位，今年咱的教导主任调到三中去干副校长，大家心里可能担心局里调来的教导主任不能胜任。今天上午，我听了徐主任在休息时间走访教师摸底调查汇报后，彻底放心了。徐主任在横河联中当校长创造的奇迹，全县闻名，绝对不是凭空而起，相信有徐主任的加入，我们光华中学会更上一层楼！"

"校长过奖。"我冲他们抱抱拳说，"徐健希望各位多多关照，在工作上给予支持和教导！"

"哎，哎——"董副校长大手一挥，粗声大嗓地说，"徐健你不必客气，我听说你是大场镇的，二十一世，我和丁主任也是二十一世的，咱们六百年前就是表兄弟，许副校长、李厂长也都是本地人。在座的只有刘校长是外地人，他是济南人，以后你再要客气，就跟他客气好了！"

董副校长的话，引得大家一阵大笑。我一下子放松下来，没有了刚才的拘束感。

刘校长佯装严肃地说："老董，不准拉帮结派！"

那晚上，喝了七瓶高度白酒，却都没醉，只有许副校长脸有些红，他屡屡成为众矢之的，盛半两的酒杯刘校长喝了三杯，许副校长喝了十杯，其他人都喝了二十多杯。董副校长仍然不推辞，来者不拒。听老师们说，他为人豪爽，酒量很大。他是五十年代初中毕业接班，没教几天学，提了学校团委书记，后升任副校长的。

饭后，我怕董副校长醉了，送他到家门口。他搂着我的肩膀说："老弟什么时候有空，到我家哈酒，给你老哥个面子。"

我说："开学以后吧，这阵子太忙，等有时间一定登门拜访。"

"一言为定！"他拉着我的手说，"你老哥我没文化，特别敬重你们这些有才的人。你来学校这么长的时间，也不来家坐坐，今天第一次见面，就感觉你是条大鱼，光华中学这个小水湾是养不住你的。"

在回宿舍的路上，回顾刚才的话，我惊异他的直率，第一次见面就说得这么深入。

第二天，是教师返校的日子，校长召开了校务会。会上，许副校长谈了本学期教学工作的想法，董副校长讲了后勤工作的想法。

刘校长讲了开学后立即要办的几件事：一是制定班主任工作条例、教师工作评价标准，安排我起草，全体教师讨论通过；二是转变后勤工作作风，树立为一线教师服务的意识，由丁主任起草后勤管理办法，全体教职员工讨论；三是校办工厂加大工作力度制订创收计划，由李厂长起草，全体工人献计献策，讨论通过。

下午，全校教职员工大会。新分来和新调来的教师坐在第一排。我和其他学校领导坐在主席台上，许多已经认识的老师和我师范的同学，都向我微微点头示意，不认识的指点点地说着什么。人员到齐后，刘校长先逐个介绍了新分配来的八名大学生和新调来的教师，最后向大家介绍我："老师们，这是教育局党委给我们调来的徐健主任。"

我站起来向台下的老师们鞠了一躬，老师们报以热烈的掌声。

刘校长说："徐主任以前任藏南镇驻地联中校长，短短两年时间，取得了骄人的成绩，我们光华中学一千多学生中，有他的学生一百多人。徐主任来我校工作，相信会给我校工作提供强大的助力。"

接下来，他先总结了上学年的工作，又讲了新学年面临的困难："国家把高中学制延长为三年，今年就没有了高中毕业生，增加一个级部后，教师有缺口，明年的高考竞争也会更加激烈。希望老师们，都要勇挑重担。像徐主任，学校安排他全面负责教导处工作，分管高三工作，又让他兼高三两个班的语文教学，他还主动请缨担任一个班的班主任工作，这是多么大的工作量啊！我尤其希望青年教师都能主动请战，全校上下，团结一心共渡时艰，为夺取明年高考胜利而奋斗。"之后，他又讲了学校存在的问题，这部分讲得很长，也很严肃，讲得有条不紊。他最后面色沉重地说："学校存在这么多问题，首先是我的责任，同时我们每一位教职员工，都要认真思考，为学校献计献策。开学后，我们要制定后勤工作管理条例，转变后勤工作作风，强化为一线教学服务的意识；制定教师工作评价标准，优化教学过程；制定班主任工作条例，统一班主任思想，规范班主任行为。"刘校长铿锵有力的声音在礼堂回响,"教师,是学校教育的主体,我们每一位教师都要加强修养,力争成为启发学生思想、塑造学生健全人格、引领学生走好人生道路的伟大教师。"

最后,他宣读了学校领导干部分管的工作、每个教师担负的教学任务。结束时,他又提高声音说:"同志们,今年我们要加大作风建设力度,在全校上下形成严谨、细致、沉稳、务实的工作作风,为学校可持续发展,为取得更大成绩而努力!"刘校长的讲话让大家很振奋,话音刚落,会场响起热烈的掌声。全校会议结束,一线教师又留下听许副校长宣读本学期工作计划。

教师会后,又开班主任会,我结合实例讲了班主任"五'要'五'不要'"工作条例。许副校长没走,坐在一边听着记录着。我讲得很简短,最后总结说:"班主任工作是教师工作中最重要的一环,拜托老师们按照校长说的伟大教师的标准严格要求自己,用爱心和智慧做学生的良师益友。"

第十四章　渐入佳境

一

晚上，丁雨到我宿舍吃饭时关切地说："你这么大的工作量，别累着啊。"

我对她笑笑说："我需要不停工作，要不晚上睡不着。"

"为什么？"丁雨歪着头问。

"不是因为想你吗？"我开玩笑说，"天天看着美味，却吃不到，谁受得了？"

没想到丁雨一点也没笑，她幽幽地说："还有四个多月啊。"

八月十七日，全校教师调整了办公室后，各就各位，做开学前的准备工作，我刚刚排完学校的课程表，高三语文备课组长、胶南师范七七级文科班的我的师兄陈有才给我送来了教材、教参、备课手册和其他办公用品。他大我两岁，上师范时是学校名人，擅长吹拉弹唱，说话很幽默。

见他把东西放好，我对他说："谢谢师兄，以后还得请师兄多指教。"

"多余，"他笑着说，"以后咱们在一起工作，你这么虚套，谁受得了？明天，周六晚上，我请咱师范的同学一聚，这不都回来了吗，我们也认识一下弟妹，你一定叫上丁雨啊。"话音刚落，他转身走了。

上任班主任李老师又给我来交接班级，送来了我所接的高三（1）班所有材料，他把学生高二历次考试成绩表、学生档案和班干部、班级基本情况向我一一做了介绍，重点谈了班长肖长青、团支书李志超、学习委员丁文雅的情况，我翻看成绩表发现他们三人果然经常是级部前三名。

"李老师，你把班级抓得不错啊。"

"哪里，主要是三个班委得力。"李老师谦虚地说。

"肖长青和丁文雅是我的学生。"

"是吗？"李老师说，"难怪，名师出高徒。"

"李老师过奖。"我翻着档案问，"我记得光华中学这几年的招生计划数是三百一十二人，每班应该是五十二人，咱班怎么七十六人？"

"啊，"他挠着后脑勺说，"正取生是五十二，其他都是走关系送进来的。那些学生最不好管，徐主任注意刘锐，这个学生最麻烦，听说他舅是县委干部，他表哥是县城黑社会小头头。"

"谢谢李老师！"送走李老师后，我看着档案，陷入沉思。

上午第四节，许副校长召开了新教师拜师会，刘校长也出席了。会议开始前，八名新教师分别坐到八位老教师身边，丁雨被安排做我的徒弟。许副校长笑眯眯地看着我说："徐主任，给你安排的徒弟怎么样？"

"您真是老奸巨猾。"我也笑着回敬他，"这是给我施加压力啊。"

会议开得很简短，老教师代表发言后，丁雨代表新教师发了言，刘校长和许副校长做了几点指示，最后每对师徒照合影，我师兄陈有才兼学校宣传和摄影，他给我俩照相时一个劲儿地说："近点，再近点！嗯，这会儿，像结婚照了。"大家都知道了我和丁雨的关系，无不会心地笑了。

繁忙的一上午很快过去。午饭铃声过了好一会儿，我匆匆回到宿舍，远远看见丁雨端着两份饭。

"师父——"她学猪八戒的声音粗声粗气地说,"师父吃饭吧。"

我敞开宿舍门,与她一起吃饭。

丁雨说:"上午,学校出纳给我送去了一个半月的工资,这是为什么呢?"

"傻丫头,"我笑了,"这是惯例,参加工作,都从七月中间算起。哎,明天学生报到,后天就上课了,第一节课很重要,你想怎么上?"

"我正发愁呢,我们办公室有两位,一个说讲课文,一个说先讲讲怎么学语文,我也觉得应该先画个大框子,可想了半天也没头绪。"说到这里,她嬉皮笑脸起来,"嘿嘿,这不,贿赂师父来了嘛!"

我用一根手指,轻轻点着她的头说:"这点贿赂算啥?古人说,'待要会,跟着师父睡。'"

"哪个古人说的?你讲出处,我查查。"

"是民间俗语,我拿来跟你开玩笑的。丁雨,你堂堂山师高才生,给我一个中师生当徒弟,不委屈?"

"哪能呢,"丁雨认真地说,"我觉得语文这门学科,有思想和阅历更重要。"

"这话说到点子上了,"我朝她伸出大拇指,"雨妹聪明。"

接着我给她讲了怎么学语文,叫她自己备课,上课前,再拿给我看看。

"是,师父——"丁雨又学猪八戒。

我告诫她说:"你来吃饭,我不关门,小心隔墙有耳,这个学校里,我有一百多个学生,都是在横河联中教的。在外头你千万注意,咱俩在一起怎么都好说,一旦有外人……"

"那我们该怎么称呼?"丁雨笑着问。

我想了想说:"在学生面前咱称'丁老师''徐老师',在大人面前,咱互相直呼姓名,怎么样?"

"非常赞同!"丁雨高兴地说。

最后我告诉她,下午下班前来我办公室,有事。

下午除了处理一些事务，我用全部时间研究、记忆学生档案。在我班里还发现我的两个学生，一个是丁思萍，一个是刘杰。上初中时，丁思萍好问。刘杰是十七中的老师的孩子，很聪明，比较活泼，但像我小时候一样，不通人情。

　　下班前，丁雨进了我办公室，轻声问："有什么事吗？"

　　我说："今晚陈有才老师邀请我们吃饭。"

　　"那我们得去买点礼物。"丁雨说。

　　"对啊。"我收拾好办公桌说，"我叫你来，就是要带你先去买点东西。"

　　下了楼，我用自行车载丁雨去供销社买了礼物。路上我告诉丁雨："陈有才是我师范上届同学，比我大两岁，他是去年结婚的，媳妇齐爱云是青岛师专毕业的。今晚特邀胶南师范的同学一聚，我同学都想认识认识你。"

　　到陈有才家里，同学都到了，我向丁雨一一介绍。丁雨跟大家见面之后，就跑去厨房跟齐老师忙去了。

　　我们同学七个，陈有才最大，在师兄家里，分外痛快。最亲近的"臭老九"，在一起乐乐，我们称之为"土蛋酒"，这种酒最狂放，一晚上把齐老师和丁雨笑坏了，我们喝多了。

　　八月十九日，星期天，上午八点，全校学生都已返校，校园里顿时热闹起来。学生到校在宿舍放下东西后，都到教室里等待。我在办公室忙了一会儿，估计学生差不多到齐了，就开门，想去班里，恰好看见刘杰从对面走来。

　　我喊了一声："刘杰！"

　　刘杰突然看见我，惊喜地喊；"老师！你怎么在这儿？"

　　"你别管，麻烦你去教室，叫肖长青、李志超、丁文雅到我办公室来。"我指了指后面教导主任室的牌子说，"别告诉肖长青、丁文雅说我叫的，就说新班主任找他们，啊——"

"好咧——"刘杰带着满脸的疑惑,笑着转身跑回教室。

我看着他的背影心想:长高一头了,还那么调皮。

不一会儿,三个班委在门外喊"报告",随着我说"进来",他们一同进了我办公室。

"老师?!"肖长青和丁文雅同时惊奇地喊。

"你们先坐下,"我指了指对面的沙发说,"暑假教育局调我来干教导主任,今年抓高三工作,校长又安排我做你们的班主任,教(1)(2)班语文,咱们又成为师生了。李志超,他俩上初三时是我的学生。"

三人看着我很激动,尤其是丁文雅,脸红红的。两年时间她变化不小,个儿长了半头,人也更漂亮了,她身穿绿底小方格衬衣、蓝色吊带裤,非常清秀可人。

我看着肖长青问:"全班同学到齐了吗?"

"报告老师!一个不少。"他站起来郑重其事地回答。

"嚯!肖长青,你现在身高超过一米八五了吧?"

"报告老师,一米八七。"

他的一本正经,把我们逗笑了。

"你坐下,"我笑了笑布置任务,"一会儿,咱们一块儿去教室,我先跟同学们见个面,然后肖长青安排打扫教室、宿舍和卫生区的卫生。李志超注意观察同学们的表现,做好质量把关。丁文雅安排各科课代表收交暑假作业,与任课老师接头,领发教材。"

布置完后,四个人并肩走向最西边的高三(1)班教室。进了教室,等他三个坐下,我大步跨上讲台,自我介绍:"同学们,我叫徐健,是你们高三的班主任。"说着,回身拿起粉笔随手一挥,在黑板上写下两个大大的行书字。

"哗……"教室里响起一片掌声,学生们被我潇洒的行书折服了。

我双手往下按了按,扫视了全班每一个学生的脸,大家都在期待着。丁思萍坐在第二排,张大了嘴巴,向我使眼色。她上初中时就活泼、调皮，并且特别好问，经常问一些稀奇古怪的问题。这时她的小脑瓜一定在想，老师怎么突然又来教高中了？

看着一张张青春的脸，我笑笑继续说："同学们，让我先来认识一下大家。"

我顺着前排左边点起了名："王菁菁！"

"到！"她随着应答声站起来。

我对她笑笑，说："请坐。"

"刘晓菲！"

"到！"

……

我把全班点名一遍，学生们都张大了嘴巴，他们一定不明白，新来的老师是怎么认识他们的。

点完名后，我继续说："同学们，今后一年，我们就要风雨同舟了，这算见过面认识一下。下面，肖长青安排打扫卫生。"

我班打扫卫生的工作迅速展开，我到宿舍、卫生区转了一遍，看见学生们都很卖力。

很快，我班最早完成任务，通过团委验收，最早回教室上起了自习。

我回到办公室，丁思萍帮着丁文雅抱着暑假作业进来。

"老师，"丁思萍张大口夸张地说，"又当您的学生了，真幸福啊！"

"是吗？"我看着她俩，"那你当语文副课代表，帮帮丁文雅如何？"

"老师万岁！"丁思萍高兴得跳起来说，"求之不得。"

丁文雅笑着，乖巧地点点头。

"不要高兴太早。"我停顿一下，"一个初中老师，来教你们高三语文，你们不担心？"

"不担心！"丁思萍嘴快，"您是多么神奇的人！刚才打扫卫生时我跟同学说起你，大家说，您一出手就把他们给镇了，他们可崇拜您了。"

"是吗？"我用食指点点她的小脑瓜说，"你在拍老师马屁吧？"

丁文雅脑子反应很快，她马上细声细气地插言："老师，思萍不算拍马屁。拍马屁是故意夸大其词，以获取利益，达到不可告人的目的。思萍至少没有想获取什么利益。"

"丁文雅有进步！"我赞许地说，"你比上初中时更沉稳、更智慧了……"

丁思萍马上打断我的话："老师这是不是拍丁文雅马屁？"

我俩被她逗笑了。我指着她说："看把你急的，老师正想拍你的马屁，就被你打断了。"

下午，我召开了一个班委扩大会，连六个小组长都召集到我的办公室，开门见山地说："你们九个人，是咱们班的骨干，我是这样分工的：班长肖长青主要负责班级纪律和日常事务；团支书李志超兼体育委员、生活委员和男生宿舍舍长，负责上操秩序和宿舍纪律，掌握全班同学思想动态；学习委员丁文雅兼宣传委员、文艺委员和女生宿舍舍长，安排板报墙报和文艺活动，管理好女生宿舍；各小组长负责本小组纪律并执行班委安排的任务。大家要各负其责，组长有解决不了的问题交给班委，班委有解决不了的问题交给我。大家清楚了吗？"

"清楚了！"九人齐声回答。

周一下午第四节课是班会。上课前我正在办公室思考第一个班会要讲的内容，门口刘志低头喊报告，看他老实的样子，我笑笑说："刘志，快进来，你有什么事？"

他依旧低着头犹犹豫豫地说："老师，刚才……我发现放在桌洞里的四十元菜票不见了。"

"什么？四十元，你一学期生活费，怎么放在教室里？"

"老师，"他声音更低了，"以前没发生过这种事，我……就大意了。"

"刘志，不要难过，老师来想办法。"我拍拍他肩膀，"你先回去，叫肖长青、李志超快点过来。"

刘志低着头刚回去，肖长青和李志超就跑来了。

我跟他们说了刘志丢菜票的事，他俩很吃惊。我问："今天，班里去过别人吗？"

"没有，"李志超说，"教室钥匙我俩拿着，下午我先来的，门锁得好好的。"

"上午谁走得最晚？"我又问。

"丁文雅。"他俩同时回答。

"啊，是这样，"肖长青说，"她学习最刻苦，嫌排队打饭浪费时间，总是放学走得最晚的。"

"志超，你快去把她叫来。"我吩咐道。

丁文雅来了之后，说是她走得最晚，因为刚打扫了卫生，这两天每次走，还特意检查后窗，都关得好好的。

"你真负责，"我果断地说，"这事咱不查了。"

"老师，那组织全班捐款吧。"李志超出主意。

"不，我来处理。"我向他们摆手说，"你们回教室，马上开班会。"

我随着上课铃声进了教室，随手关好教室的门，站在讲台说："同学们，这是我们进入高三第一个班会，上课。"

"起立——"随着肖长青一声断喝，全体"唰"地立正站好，"敬礼！"随着他的吼声，全班又一起向我行了鞠躬礼。

我刚还完礼，全班一起吼道："努力学习，奋发图强。杀进城市去，管着城市人！"吼完，肖长青又喝了一声："坐下！"全班齐刷刷坐下了，精神饱满地看着我。

"同学们，"望着七十六个少年，我开始了班会，"班会之前，我先讲一件丢人的事，这事既丢我的脸，又丢我们全班的脸。今天，刘志同学放在桌洞里的四十元饭票被盗了。四十元哪，是他半年的生活费，刘志家在农村，经济拮据，四十元对他家来说，是一大笔血汗钱！今天，刘志在咱班丢了钱，首先是我的责任，"说着，我走到刘志桌前，拿出四十元钱放在他面前，"刘志同学，你先拿着。"

202

"这……怎么能要老师的钱？老师……我真的不能要！"刘志慌忙站起来说。

"必须拿着，你回家也不要跟父母说。如果你考上大学，参加工作，拿了工资，再来还我。"我双手按住他两肩说，"你记住了吗？"

"记住了，老师！"他深深向我鞠了一躬，泪流满面。好多学生也流泪了。

我示意他坐下，回到讲台严肃地说："你们有的已经年满十八岁了，精彩的人生刚刚开始，我希望你们几十年后还都是堂堂正正的人！是谁偷的老师不查，我知道，如果查出来，会毁掉那个同学的一生；如果查不出，会让全班同学互相猜忌，人人自危。老师不是警察，更不是特务，老师就是你们的老师！老师希望，我们的高三（1）班永远充满阳光，让每一个同学都觉得我们是一个温暖的大家庭！我也郑重地告诉那位同学，这四十元饭票，会成为压在你心头的巨石！你还是自己搬开吧。我办公室的门白天都是开着的，我不在的时候，你自己送过去。我不想知道你是谁，其他同学也不要对外说，我也不想让这种事再次发生，所以我想，咱们搞一个班级小银行，大家可以把多余的钱，交给李志超，李志超统一交给我保管，如有需要再找李志超支取。"

"李志超。"

"到！"

"你把存入和支出的每一笔钱记好，谁的谁签字。下课后你到我办公室拿两个本子，复制两本账，你我各保存一本，防止丢失。"

"是！"

李志超坐下后，我说："今天班会的第一个议题是班级管理。总的来说就是班长管理组长，组长管理组员，目的是让同学们自主管理，人人自立。大家不要指望我时时看着管着你，你要自己管自己，管不了就让组长管，组长管不了你，让班委管你，班委管不了你，我来管你。同学们，我希望我们在教室、在宿舍、在上操的时候不管我在与不在，我们班都是最好的，那样我们才是一个光荣的班级、一个让人羡慕的班

203

级、一个我们毕业后一生都为之自豪的班级！同学们，你们能做到吗？"

"能！"七十六人一声大喊，如雷一般。

"好，再说第二个议题，我给同学们讲讲'立德、立言、立功'。《左传》记载这是春秋时鲁国大夫叔孙豹提出的，'立德'，就是树立道德；'立功'，是为国为民建立功绩；'立言'就是提出真知灼见，此三者合称为'三不朽'。我们要努力学习，但学习的目的是什么？不是为了高高在上，有同学在国旗下的讲话里说'吃得苦中苦，方为人上人'，这是封建思想。众生平等，不管你在什么位置上，都要平等待人。比如肖长青，你如果将来做了国企老总，就要为国效力，而不是中饱私囊。李志超，假设你以后做了市长，就要为民服务，做个好官，而不是骑在人民头上想，啊！我管着你们了。所以咱班这样的口号就不要喊了。丁文雅，你如果将来做了教授，就要用爱心和智慧多为国家培养人才，而不是沽名钓誉，只想索取，不思奉献。刘杰，你将来成了大款的话，坐上豪华轿车，也要诚信待人，做个儒商。《易经》有言'厚德载物'，'德不配位，必遭灾殃'，是说你的品德如果不能和你的高位相配，一定遭殃。我希望同学们不但要学习好，更要身心健康，要成为闪耀着人性光辉的人。在毕业十年、二十年、三十年，以至更久远咱们再相会的时候，每个同学都是无愧于自己、无愧于他人、无愧于社会、无愧于国家的堂堂正正的人！你们能做到吗？"

"能！"我听到吼声坚定有力。

最后，我说我写了一首班歌，找音乐老师谱上曲子，以后每次班会我们先唱班歌，于是我教大家唱："藏马山下，黄海之滨，有我们一群高中学子……"

开完班会，我一出教室，看见刘校长在前头，走到我办公室门口停下了。我知道他有话说，就开门把他让了进去。

"徐主任，"他坐下说，"刚才我在门口，全程听了你的班会，感慨颇多，你让我又一次深切感到，做一个好老师光有爱心是远远不够的，还得有学识修养和智慧。你的班会，堪称经典，咱可不可以搞班会公开课?"

"不可，"我肯定地说，"我觉得班会是一个小环境，就像一个家长和家人开家庭会，外人是不能加入的。别的老师来听班会，一定变味，那还不像在做戏?"

"是啊，我思考再三没有进去。你对偷盗事件处理得很到位，你觉得那个学生会自己送来吗?"

"可能会，这个班以前没出过这类事，今天可能是看换了新班主任，一时动了坏心思。"说着话，我找把椅子站上去，把门上窗打开推上去支好，看看校长说，"再给他留一条路吧。"

校长会意地笑着说："你点子真多。"

第二天上午，我开门一进办公室，就看见一个白色纸包。打开一看，正是四十元饭票，我心里一块石头落了地。

第一节是我们班的语文课，上课后我首先说："同学们，告诉大家一个好消息，刘志同学的饭票一元不少地飞进我的办公室里了!"把饭票送到刘志桌上，我返回讲台继续说，"同学们，我一般不主张上课鼓掌，但这次我提议大家用掌声来祝贺那位同学，他跨过了人生一个重大的坎!"说着，我带头鼓起了掌。

在热烈的掌声中，我看见一个男生，脸红红的，微微低着头。我心想，看来以后要多关心他了。

说完饭票的事，我开始讲课："同学们，第一节课，我要讲的内容是——怎样才能学好语文。"这堂课，我在与学生互动过程中阐述了学好语文的必备条件：

一、深厚的基础知识（古现代汉语和其他语文基础知识）；

二、科学的学习方法（适合自己的学习方法）；

三、丰富的人生阅历（直接的和间接的，比如阅读是间接的）；

四、良好的思维习惯（多使用发散、逆向等思维方式并形成习惯）；

五、优秀的道德品质（品行端正）。

课上我列下学好高中语文必备的工具书、适合高中阶段阅读的报刊和其他书目，结合大量实例讲了有阅历、有思想、有道德的重要。

最后我总结说："宋朝大诗人陆游在《剑南诗稿》中有句名言'汝欲果学诗，功夫在诗外'。这话不是说写诗不需要知识和技法，而是说阅历、思想、人品更重要，这就是大语文观。"

一堂课，学生们听得都很认真，尽管我有言在先，下课时学生们还是报以热烈的掌声。

吃晚饭的时候，我问丁雨今天讲课效果如何。

"效果好极了，"丁雨兴奋地说，"在我下课的时候，学生还鼓了掌呢。多亏你给我提供的思路和那么多材料，那些如果东西没有长期的积累和思考，你是不可能想到的。谢谢昂——"

"见外，我是你师父嘛。来，祝贺小雨首次表演成功！"说着，我举起馒头和丁雨一碰，相视而笑。

"老师，您住在这里啊！"门是开着的，我一看是丁文雅和丁思萍在外面喊。

我说："是你俩啊，吃饭了吗？进来坐坐吧。"

两人进屋，才看见坐在里面的丁雨。丁文雅惊讶地喊："丁雨姐姐，您怎么也在这里？"

我接着向丁雨介绍了她俩，然后说："看你大惊小怪的，她今年山师大毕业，分来当老师了。以后见了应该叫老师。"

"是，老师！"丁思萍突然附在丁雨耳边，小声问，"姐姐，您两年不见成了老师，什么时候成为我们师母？"

她的话引得丁雨笑了："你这小嘴儿真快，看看人家文雅多稳重。"

"丁思萍！"我假装生气了，"就你事儿多，还不快去上晚自习。"

"老师再见！"她俩牵手往外走，丁思萍边走边回头做个鬼脸，故意低声对我说，"老师小心慢用，别噎着昂——"

她话里有话，引得丁雨"咯咯"大笑着说："我差点噎着，娘哎，这小姑娘太可爱了。"

我说："她善解人意又调皮，特别爱问问题，我经常被她刁钻古怪的问题难住。"

"是吗，被难住怎么办？"丁雨歪着头问。

"有时，我会说'这个不考'，有的问题我觉得有用就干脆说，'我回去查查'。"

丁雨点点头说："也只好如此。"

"有一次，她说很讨厌'唯女子与小人为难养也'那句话。问我为什么把女子与小人相提并论。

"我说：'古代轻视妇女，认为女人下贱。'

"她又问：'养是什么意思？'

"我说：'是相处、相交的意思。'

"她再问：'这话是谁说的？'

"我说：'大概是孔子说的？'

"她还问：'大概是什么意思？'

"我说：'大概就是老师也不确定的意思。'我有点生气，觉得她问完了。没想到她却一本正经地又问：'老师，您也有不确定的事情？'

"我气得无奈地说：'老师也不是万事通！要不你找个万事通老师吧。'

"她却一脸委屈地说：'老师为什么要生气？'……"

丁雨早已哈哈大笑。

"你别说，我到县图书馆查了很多古籍，终于查出来，那话是告子说的，孔子引用过。老子和孟子也引用过。现在很多专家说是孔子说的，谬矣。小雨，你要善待这样的学生，我觉得他们将来很可能是研究型人才。"

"真难为你了。"丁雨说，"我今天早上早自习，就遇上一个女生，她读到李逵要杀进东京夺了鸟位，问我'鸟'是什么意思？"

我说："课文下面不是注释'骂人的话'了吗？"

她又问："'鸟'怎么是骂人的话呢？"

"嘿嘿嘿嘿，"我笑着说，"你就该告诉她，'自己查字典'！"

"对啊！"丁雨一把从我床头桌上抓起一本《现代汉语词典》就查，查完后她脸红了，照我背上就是两拳，"徐健！你真坏。"

"哎，"我正色说，"教你一招，你反说我坏。语文没有没用的知识。古人不是说'开卷有益'吗？昨天我研究一份语文试卷，有一道题说，一个山西人到山东人家做客，出了个上联'孔子仁关公义人伦道德'，叫你作为山东人对出下联。你对对试试？"

丁雨歪着头想了一会儿说："我对'孟良崮吕梁顶英雄辈出'。"

我说："不错，你得知道《吕梁英雄传》，才能对出吧？不过你对得不严。我对'泰山日壶口烟自然美景'。"

"对得好，"丁雨伸伸大拇指，说，"我对'大同煤胜利油祖国能源'。"

"这个对子可得满分，我再对'杏花村孔府家人间佳酿'。"

"服了，服了，"丁雨说，"我没有了。"

我看着她说："你阅历没我丰富，自然对不过我。这就是大语文观，有阅历、有思想、有品德。'汝欲果学诗，功夫在诗外'，你顿悟了吗？"说完，我拿筷子轻轻敲了她脑袋一下。

"哎——师父，我可当不了和尚。"丁雨笑着说。

我看着丁雨认真地说："'唯女子与小人为难养也'这句话今人没有理解错。我说了你可别不高兴，你知道下一句是什么吗？"

"下一句是'近之则不逊，远之则怨'。"丁雨接上说。

"你想想你们女士中，这样的人是不是很多啊？古人虽然说得有些绝对，但没有欺骗我们。然而……"我忽然想起另一个名句，"'女子无才便是德。'这句话今人大多就谬解了。那个'无'应该读为去声，是动词，'不愿意承认'的意思。这句话正确的意思是，有才华的女子，不显露自己的才干，甚至自谦自己无才，这是一个女子最大的才德。你想想秦国，著名的才女芈月，从不显山露水，却深得秦王敬重，她为秦国强大立下了汗马功劳。还有'人不为己，天诛地灭'，那个

208

'为'应该读为阳平，是'修为''修养'的意思，可今人又是怎么理解的呢？还比如'量小非君子，无毒不丈夫'……"

"这个我知道，那个'毒'是假借字。应该是'度'，指人的度量。"

"小雨可教。"我笑着拍拍她的肩，感觉她的肩是那样柔软。

周六上午，丁雨的父亲、大爷突然来了。我把他们领到宿舍，与丁雨打饭跟他们一块儿吃了。丁雨大爷说："徐健啊，丁雨妹妹丁蕾在一中学习越来越差，她刚上高中是二十多名，现在四十多名了，你能不能把她转到光华中学来？有你俩看管照顾，会好点吧，我也放心些。"

我问："大爷，丁蕾愿意吗？"

老人说："她暑假就让我跟你俩说，我觉得你们刚来，怕给你们带来麻烦。"

我说："明天我和丁雨去一中看看，能不能转来，一中校长说了算。他放的话，光华中学这边，我和刘校长说说，应该没问题。关键是如果来了之后，最重要的还是丁蕾妹妹自己，自己不学，在哪里也没办法。"

"来这里不学，你俩就狠狠揍她。"两个老人一块儿说。

我笑笑说："她那么可爱，您舍得？"

送走老人后，我就找校长说了这事。刘校长说："没有希望考本科的学生，一中应该愿意转。如果能转来，就放在你班里吧。"

周日，我与丁雨一同去了一中，找到校长，自我介绍说明来意之后，校长领我们到了办公室，看了成绩表后说："徐主任，听说过你的大名，你一去光华中学就来挖一中墙角？"

我说："丁蕾学习不好，为的是到光华中学找她姐姐，校长大人大量，照顾照顾。"

校长说："好吧，为了兄弟单位的友谊，给你转了。但是你得保证不要说是从一中转学的，不要损害一中声誉。"

我们赶紧说："一定，一定！"

校长叫来有关人员，很快办好手续。丁蕾收拾好东西，跟我们坐公共汽车到光华中学，一路上她兴奋地说个不停。我问她为什么高中两年学习成绩下降，她说不出所以然。我告诉她一开始就不该报一中，一中生源好，但许多老师为了进县城就走关系去一中。光华中学老师都是没有关系的农民子弟，有真才实学，又踏实肯干，学生也是农民孩子，比一中学生也更努力。所以丁蕾到了光华中学的环境中会更适应，只要好好学习，还是有希望的。姐妹俩听了我的分析，都赞同。

到了光华中学，办理好入校手续，我把丁蕾领到班里，介绍给全班同学，把丁文雅同位崔小鹏调给男生同桌，让丁蕾和丁文雅同桌。自此，我班就有了丁氏三姐妹。

二

开学第二周的一个下午，我在办公室备课，忽然听见东面高三语文组一片大乱，声音很大，还夹杂着粗鲁的骂人声。这太不好了，两边都是教室，让学生听见，成何体统。我刚想起身去看看，牛德村老师就怒气冲冲地闯进来了。

"徐主任，我受不了了。"他呼呼地喘着大气说。

"牛老师，您先坐。"我把他让到沙发上坐下，给他倒上一杯水，把门关上。回头搬把椅子在他对面坐下，"消消气，什么事情慢慢说。"

在牛老师的叙述中，我知道了事情的原委。

高三语文组办公室，有牛老师、陈有才和一位老教师苏仁。牛老师是工农兵大学生，已经三十多岁了，陈老师是我师兄，也接近三十岁，苏仁五十六岁。那个苏老师不但倚老卖老，人品也不好，这在全校是出了名的。在教学上，他从来不会做题，就让牛老师和陈老师给他讲；从来不打扫卫生，还把擦鼻涕、包痰的卫生纸扔得满地都是；并且还是个老色鬼。

他教（7）（8）两个文科班语文，任（8）班班主任。叫自己班学生到办公室谈话，从来不叫男生，对付男生，他只用偷窥和培养学生"特务"两种手段。叫女生谈话时，总是搬一把椅子，让女生坐在他面前，他把女生的裙子掀上去，一边拍着人家的大腿，一边谈话，他高兴了就领着学生回自己的家。别的老师只能低头备课，假装看不见。苏老师的妻子五十三岁了，工作单位离我校三公里，对此事一无所知。

今天下午第一节课，苏仁上课去了，教高二的一位老教师来借苏老师的教学参考，就自己在办公桌上找，找到了以后就跟牛老师说了一声。牛老师正在批阅作文，也就有口无心地答应下来。谁知苏老师在课堂上翻译文言文卡住了，回办公室找教参，却怎么也找不到，正着急上火的时候，高二那位老教师送回来了。苏老师就质问他为什么不告知一声，他说已经知会牛老师了。

苏老师一听，看看还在埋头批改作业的牛老师，以为牛老师故意不告诉他，于是暴跳如雷，恶语相加，大骂不止。哪知牛老师人如其姓，也是个有脾气的人。本来平时就对苏老师有气，现在因为这点误会又受人辱骂，自然受不了，于是拔出拳头要揍他。苏老师年高，自知不是对手，就闭了嘴。牛老师也就顶着一头怒火进了我的办公室。

听完事情的经过，我朝他笑笑说："苏老师的事情我也略知一二，估计校长们也知道。您今天下午先回家休息，此事学校想办法妥善处理，您看好吗？"

送走牛老师，我接着就下楼去了校长室。听完我的汇报，刘校长问我怎么办。

"既然牛、苏二位老师撕破了脸，在一起工作会很别扭。苏老师是五十年代初胶县师范毕业的老中师生，知识老化，再加上自己不努力，全靠牛老师和陈老师两位帮衬着。这样的老师教高中语文是不合格的，许副校长还安排他教高三，一开始我就很不理解。现在出了这事，咱们正好可以借机行事，我建议把苏老师与教高二的赵远志老师调换。赵老师是山师大的高才生，又有两年多的工作经验，相信他一定比苏老师强得多。如果这样，我们对高三语文教学就更有把握了。"说完，我看着刘校长，等待下文。

刘校长沉思片刻，抬头看着我说："我原则上同意你的方案，此事要尽快处理。你先回去忙吧，一切由我和许副校长安排。"说完他就拿起电话，叫许副校长。

我退出校长办公室，回到自己屋子，继续办公。

晚上我在办公室值班，忽然（8）班班长气喘吁吁地报告，进了我办公室。（学校的教学楼只能容纳理科班，文科班在下面平房里）他急三火燎地说："老师，我们班出事了！"

我让他不要着急，慢慢说了事情的原委：上晚自习时，班里坐在后面靠窗的两个男同学忽然打架，动用了砖头，一个同学失了手，砖头打破玻璃窗，飞出窗外，正好打在趴在窗上观察班级情况的苏老师脸上。苏老师的脸被打破，有体育委员把苏老师送医院了。

"苏老师伤重吗？那两个同学受伤没有？"我焦急地问。

"苏老师伤倒不重，只是眼镜被打破了，脸上出了血，那两个同学一点没伤着。"

"那两个同学平时表现怎样？你知道他们有什么矛盾吗？他们经常打架吗？"

"那两个同学从来不打架，高二时还是三好学生，学习也是名列前茅，不知今晚是发了什么神经。"班长一脸不解。

"你去班里叫那两个同学过来，然后要维持好班级纪律，叫大家不要议论这事，要以学习为重，快去吧！"

看班长急急火火地回去，我脑海里立刻闪出一个念头：两个男生打架，为什么事先把砖头拿到教室里？怎么那么巧，就打到苏老师脸上，这会不会是他俩做的一个局？如果真是那样，他俩承认了，麻烦可就大了。我几乎可以断定事情就是这样：苏老师刚接高三班主任，那些阴暗的管理手段、那样低劣的教学水平、那种猥亵女生的嘴脸，一定会惹恼一些男生，这肯定是两个疾恶如仇的家伙。我该怎样保护这两个优秀的学生呢？

我正思考着，两个男生就喊着"报告"进来，规规矩矩地站在我面前。我抬头一看，是两个高大帅气的小伙儿，一个有一米八五的个头，另一个也接近一米八。问了他们的姓名，高个儿叫赵刚，矮一点的叫刘强。

叫他们关上办公室的门，我严肃地问："你们说说今晚上的事情吧，谁先说？"

"老师，我先说吧。我和刘强以前已经同桌了两年，是要好的哥们儿。进入高三，我们同时爱上班里的女同学张丽，并且各不相让，从此就产生了矛盾。昨天，我听说刘强在背后跟别的同学说要收拾我，今天晚自习课上，我就问他，他竟然理直气壮。我一下子就火了，心想，我弄死你。于是，拿出事先准备好的砖头，他看见就拼命抢夺，我一失手，砖头就飞出了我右后方的玻璃窗，砸到了苏老师。"

我看了看他，心想：理由编得不错。接着又问刘强："你说是这么回事吗？"

刘强沉痛地说："老师，我错了。事情的经过就是这样。我知道误伤苏老师比我们打架本身更严重。所以，我也没必要再隐瞒什么了。"

我看着刘强想：这家伙比赵刚更有心机一点。然后，突然提高了声音："你们保证说的全是实话吗？无论何时何地都这么说吗？要知道，如果要是你们故意设局致使苏老师受伤，是什么性质吗？后果至少是开除学籍！这一生，档案里就会有很大的污点。"

我故意敲山震虎，把他俩打架伤苏老师是"误伤"的事情坐实。

他们自然明白得很，一个劲儿地哀求："老师，我们错了，保证以后再也不敢了。我们说的如果有半点虚假，任由学校处置。"

我看到他们"心有灵犀"，就说："刘强你到班里去，叫上张丽一块儿回来。"

看着刘强出去，我想：张丽是我在藏南教过的学生，刚开学就找我哭诉过，班主任苏老师骚扰她，还要领她回家谈话。她坚决不去，正怕班主任报复，怎么会跟你们谈恋爱呢？如果你们没有把局做圆满，这会儿就给你一个机会吧。

一会儿，刘强领着张丽进来。张丽一进来，就回身把办公室门关好，回过头假模假样地问："老师，您找我有什么事？"

"什么事？"我心里暗笑，嘴上严肃地问，"什么事你不知道吗？他俩说上了高三就跟你谈恋爱了，是这么回事吗？"

"什么谈恋爱，就是走得近一些，被同学传得沸沸扬扬。我承认我喜欢他俩，但是我们从没有越轨的行为，我能跟两个同学谈恋爱？您如果非要说我们谈恋爱，我也没有办法。"张丽满脸写着委屈。

听了张丽的话，我心说：张丽啊，两年不见，你成熟多了，这话真像阿庆嫂，说得滴水不漏。想到这里，我故意严肃地说："张丽，你没有让我失望。如果你把这事择得一干二净，他俩这一生麻烦就大了。男女生之间有点想法不要紧，但到了高中阶段应该专心学习。今晚出了这么大的事，幸亏是误伤，这事应该让你惊醒了吧？今后你知道该怎么做了吗？"说完，我亲切地看着她。

"老师，我知道了。这件事除了今晚跟您说的话，我绝不乱说。今后我一定专心学习，不辜负您的期望。"

从张丽的眼神里，我看出她的感谢和决心。于是，站起来轻轻拍拍她的肩说："但愿你能记住今晚的承诺，不要让我失望，好了，你回去上课吧。"张丽深深地向我鞠了一躬，说声"谢谢老师"，就转身出去，带上门走了。

目送张丽走后，我看看面前站着的赵刚和刘强，语重心长地说："你们啊，真是少年不知世事艰。人生的路还很长啊，今天的事，你们太过鲁莽草率，等待明天的处理吧。现在要想想，怎么写出检讨书和保证书。"说完，我把他俩领到西头我们班门口西面的楼道头上，让他俩面壁思过。

回到办公室，我立刻拿起内部电话，拨通了刘校长家，跟刘校长详细汇报了今晚上事情的经过，最后和盘托出我的处理意见：要苏老师在家休息一周，伤口痊愈后再上课。明天立即调赵远志老师来顶替苏老师，以免耽误高三工作。另外，对那两个学生，要给予警告处分，并要写出深刻的检讨书和保证书，如果以后表现好，在毕业前撤销，不放入档案。

刘校长非常赞同我的意见，答应明天立刻办理。

放下电话，我把赵刚和刘强叫回办公室，跟他们说了刚才已跟校长汇报情况，明天要做出处理决定。因为他们是误伤老师，处理不会太重，嘱咐他们好好学习，不要有负担，但是检讨书和保证书是一定要写好的，明天下午放学前交到我办公室。

说话间，第二节晚自习已经下课，我正要领两个学生回教室，刘校长从家里打来电话。大意是刚刚和董副校长到苏老师家里看望了他，叫他在家休息一周，等创伤痊愈后，接任赵远志老师的一切工作。同时让我今晚和明天临时兼任高三（8）班班主任，明天上课后由我跟赵老师谈话交接，让他接任苏老师的一切工作。放下电话后我想：跟高手合作，就是默契，这是何等的心知肚明啊。

我领着赵刚和刘强到了高三（8）班，第三节晚自习已经上课。我在班里宣布：今晚和明天我临时代理他们的班主任，明天有赵远志老师来接替苏老师的一切工作。并要求他们今晚自习、晚休和明天的一切活动照常，所有同学都要严守纪律，不要乱议论，不要节外生枝。

我在班上讲完这些话，分明看见所有同学面露喜色。当我在班里巡视走动的时候，班里的初中我教过的几个学生，激动得脸都红了。张丽看我走到她身边，抬起头，满含感激地看着我，眼里盈满了泪水。我知道，她放下了多重的心理负担。

晚上十点二十熄灯铃响后，我收拾好办公桌，去高三各班宿舍巡视了一遍。高三的班主任们纷纷问我今晚发生了什么事，我只是告诉他们说，明天课间操就知道了。查完宿舍回到自己宿舍，已经快十一点了。丁雨看我回来，给我倒上一盆热水，让我泡泡脚。然后问我为什么回来这么晚。我把今晚的事情简单地跟她说了。

"啊呀！"她吃惊地用手拍打着自己的胸脯说，"我们上高中时，就听到那个苏老师的一些传闻，真可怕。幸亏当时没遇上他当班主任。"

"我的小雨还怕他？"我跟她开了句玩笑，转而严肃地思考着说，"这是一个严峻的问题啊，教师玩弄女生，虽然是极个别现象，可影响极为恶劣，给女学生造成的心理阴影恐怕是一生难以消除的。教育内部的这个毒瘤，什么时候才能割除呢？"

第二天早操，我一到操场先找到（8）班班长，问了班里的情况。班长告诉我说："老师，您放心吧！同学们知道这是非常时期，大家出奇地安静，秩序非常好，只是听到赵老师要来教我们，心里的激动有点压抑不住。"

早操后，赵刚和刘强找到我，送上他们的检讨书和保证书。我略略看了，见他们的检讨，写得很细致深刻，也很一致。保证书首先写的是保证没有撒谎，然后保证了今后遵守纪律和学习的目标。看后我满意地跟他们说写得不错。今天上午课间操，学校要宣布对他们的处理决定，让他们放下包袱，好好学习，争取毕业前撤销处分，并嘱咐他们此事不要跟任何人说。

"谢谢老师。"他俩同时向我深鞠一躬，眼睛里含着泪水。

我拍拍他俩的背，鼓励说："没有事了，今后加油吧。"

早自习，我巡视了（1）（2）（7）（8）班，告诉（7）（8）班同学，今天我给他们代课，并告诉了他们上课的内容，让他们提前预习。

上午上课前，我又找到赵远志老师告诉他学校的决定，让他今天搬到高三语文组备课，明天上课，赵老师欣然答应。然后，我又到高二语文组安排了给苏老师代课的事宜。

上午第二节课，是（8）班的语文课，上课时，我先讲了课间操学校要宣布对赵刚、刘强给予警告处分的决定，然后让班长把二人的检讨书和保证书贴到班级宣传栏，最后鼓励大家说："同学们，中学阶段是人生最重要的成长时期，而高三又是我们向大学冲刺的关键阶段。我们跌一跤并不可怕，关键是我们要有勇气爬起来，凭借坚韧不拔的意志，更加勇猛地向前冲！我相信赵刚和刘强两位同学。同时，这件事到此为止。赵老师今天下午第四节课就会来跟大家见面，他是山师大品学兼优的高才生，相信你们会团结一致，跟你们的老师在明年的高考中共创辉煌！"我的话刚完，教室里爆发出热烈的掌声。

我制止住他们，开始了讲课，那一节课，效果出奇地好。

因为出人意料的苏仁事件，高三清除了害群之马，老师们无不拍手称快，大家更加团结一心，秩序井然。从这个学期开始，光华中学进一步迅速走向科学管理之路，学校制度建设走向正轨，学校文化积淀日渐深厚，在以后的十几年里从光华中学成长调到全县各中学担任校长、副校长的有几十位之多。教育界称光华中学为胶南的"干部学院"，刘校长的名字在胶南也家喻户晓，几年以后，他调任胶南教育局长，升任胶南县委书记、青岛市委副书记。真正验证了"一个好校长，就是一所好学校"那句话。

第十五章　人生大事

忙忙碌碌中，很快进行了期中考试。成绩表印发后，各种数据显示我班又有进步。各科平均分最高，进入级部前一百名的，又增加了两人。

我召开了高三教学质量分析会后，又要求各班任课教师开班级分析会，主要内容是研究本科目标学生。一九八三年高考平均每班考上五个本科，这届学生，学校下达的目标总数是四十八个，每班平均八个。刘校长和许副校长研究各班情况，给我班下达了十名目标任务，找我说明时，我主动要求增加两个：一是为了减轻落后班级压力；二是考虑自己是教导主任，要为校领导分担任务。我的做法刘校长很赞许，但我担心我班任课教师有意见。

果然，我们班教师集合开会时，大家议论纷纷。他们说高一升高二分科分班时，学生都是平均分配的，经过我们一年多的努力，（1）班领先了，可以多分一点，但分得太多，是落后班级的两倍。我极力安抚大家，说咱班完成任务没问题。我给他们分析了几个优势：一是班级进入前五十名的已经有十二个；二是（1）班中游学生潜力很大，三十名的学生在落后的班里是二十名之前；三是班委会强大，班级管理好，班里内耗少，学生团结努力；四是任课教师都是青年，有魄力，干劲大，又很团结，各科发展均衡，门门学科成绩第一。我们有这四个优势，何愁完不成任务？

我分析了情况后，老师们再没说什么。我们商定了二十个本科目标生名单、二十个专科目标生名单。要求所有教师紧紧抓住这四十个学生，强化优势学科，提升弱势学科。最后讨论的焦点，集中到两个学生身上。一个是丁文雅，她一直是级部前三名，这次考试下降到级部四十九名。各科老师均反映她考试没有大的失误，是所有学科成绩全部下滑。我说她恋爱了，男生是肖长青。

　　政治老师李雯雯问我有什么证据，我说从她和肖长青一起走路的距离和看肖长青的眼神判定的。李雯雯说，有一次上晚自习下班后走晚了一点，从办公室出来，高三一层楼都熄灯了，下楼梯的时候，听到咱班里有动静，就悄悄过去看，是肖长青和丁文雅在拥抱接吻。我说这就对了，这个年龄一旦有了身体接触，就无法自拔。老师们说，肖长青为什么不受影响？我说，《诗经》云："士之耽兮，犹可说也；女之耽兮，不可说也。"意思是，男子陷入爱情，还可以摆脱；女子陷入爱情，无法摆脱。最后我要求老师们保密，这个问题我来解决，另外还有崔小鹏和刘晓菲也有苗头，请老师们注意观察，一定要遏制蔓延之势。高三临近毕业，学生压力又大，很容易发生恋情。

　　还有一个焦点集中在崔小鹏身上。大多数老师不同意我把他列为本科目标生。升高三时，他是倒数第二名，这次考试虽然上升了十几名但仍然在六十名之外。数学老师说，总分一百二，他才考了五十多分，要考本科怎么也得一百一十分才不至于拉分，咱班前三十名数学基本过百，为什么非要抓他？难度太大。我说要用发展的眼光看他，崔小鹏父亲是大型企业的工程师，母亲也是六十年代的重点大学毕业生，崔小鹏的智商很高，一上高三，我就多次找他谈话，现在他学习很努力了。大家知道一列火车一旦启动，就会进入加速度阶段。比如他的数学，升高三才考了二十多分，一般情况下这样的学生数学思维是很差的，即使再上一遍高中，恐怕也是白搭，而他在短短半学期就提高了三十分，这说明他的数学思维很好，只是基础差点。照这样的上升速度，我想他很快会提高到前三十名，成为我们班非正取生的榜样，我敢和老师们打赌。

我们的分析会开得很好，老师们都增强了信心，表示要大干一场。结束时数学老师提出他的学科仍感时间不足。

我说："我们语文学习全靠长时间积累，高三阶段主要是点拨学生，让他们总结顿悟。这样，我从语文每周拿出一节课给数学吧。"

晚饭后，我先把丁文雅叫到办公室，开始了漫长而艰难的谈话。我清楚地知道十八九岁的少男少女，一旦发生身体接触，那种快乐幸福感会让他们无法自拔，这种情况下要想分开他们，或者让他们控制住自己何等艰难，就连我自己，始终不敢与丁雨接吻，更不敢品尝爱情的禁果。看着眼前乖乖地站在那里的丁文雅，我在思考着策略。

"老师，"丁文雅说话了，"您找我来，又不说话，到底有什么事儿？"

我说："叫你来是想问问，这次考试你的成绩为什么大幅度下降。"

丁文雅脸有点红，低下头说："老师，我也不知道，反正没有考好。"

"你抬起头，看着我说话。"我盯着她的眼睛，"跟老师说实话吧。"

她被我盯得白皙的小脸更红了，吞吞吐吐地说："不知为什么……最近老睡不好觉，上课走神……"

"不知为什么？"我突然提高声音，把她吓得浑身一哆嗦。

"对不起，"我缓缓口气说，"丁文雅，你上初中就做我的课代表，我对你就像自己的亲妹妹一样，你的心思我能不明白吗？以前，你虽然话不多，但总是微笑着，阳光、明智，最近你变得混沌了，迷茫得连老师都不敢正眼看，从你看肖长青的眼神我就明白了，你们在恋爱。因为我工作太忙，忽略了你们，以至于造成现在这个局面。"

"老师……虽然同学们都说您眼睛很毒，似乎能看透一切事情，但也不能凭这点就说我们在恋爱吧？"丁文雅小声反驳。

正说着，丁雨进来了，她每次备好课都要拿来叫我看看，我示意她先坐下。

"丁文雅，既然你不承认，我就实说了，你们的事情，同学都知道吧？任课老师也知道，我这当班主任的能不知道？我今天叫你来，是想看看你的态度，说出心里话，来解决问题的！"

　　丁文雅又低下头，站在那里，一动不动，再也不说话。

　　沉默中，丁雨站起来，把备课手册放在我桌上说："我先回去了。"说完她拉起丁文雅的手微笑着亲切地说，"文雅妹妹，你出来一下，姐跟你说句话。"

　　不一会儿，丁文雅回到屋里，看着我说："老师，我和肖长青是在恋爱，是我错了。老师千万不要交给学校处理，我们一定改。"

　　"这个你放心，我也不会告诉你们家长。"我站起来说，"你先等等，我马上回来。"

　　说着，我出了办公室，到教室把肖长青叫来。

　　"肖长青，丁文雅已经承认你们的事了，"我把门关上，回身盯着肖长青说，"对这事，你是什么态度？"

　　"老师，我们没有什么，"肖长青嬉皮笑脸地说，"只是因为班里工作接触多点……"

　　"胡扯！"我生气地一拍桌子，"你太让我失望了，到什么时候了还跟我打马虎眼，本来是明白人，怎么一到这事就犯浑？凭你的水平，能骗得了我？"

　　他苦笑了一下，说："骗不了。"

　　"知道骗不了还硬扛？"我加重语气说，"如果我把你爸爸叫来，看他不扒你的皮！我要的不是你这种'死猪不怕开水烫'的态度，我既不告诉学校，也不叫来家长，不是庇护你们，是想我自己把这件事处理好，保护你们的自尊，帮你们卸掉包袱，轻装前进！还有你，丁文雅，你父亲是一位德高望重的老教师，他要知道你现在的样子，叫他情何以堪？"

　　丁文雅低下头流泪了。

　　肖长青也终于低下头认真地说："老师，对不起，让您生气了，我错了。我一定改，考大学之前，再不接触。"

"你俩确定吗？"

两人同时点点头，说："确定。"

"确定不了！"我语重心长地说，"别看我比你们只大四五岁，你们的心思老师看得透，老师的心你们却不懂啊！"

接下来，我让他们坐下，讲了我和丁雨的经历后，对肖长青说："爱一个人就要让她好，这是爱的最高境界，不是言情小说里的说辞。你肖长青没看见丁文雅迅速下滑？你不是读过《诗经·氓》了吗？'士之耽兮，犹可说也；女之耽兮，不可说也。'这里的道理你不知道吗？你这样会毁掉她一生的！肖长青，真正的男人要有责任心。"看着他俩渐渐入境，我继续说，"我和丁雨快要结婚了，我们认识六年了，但至今没有亲密的身体接触，我们都在用钢铁般的意志控制着自己，我们还知道一个道理，你们观察过春天的芍药花吗？那些最早开放的都不美，只有那些酝酿已久、应时开放的，才是最健康美丽的。你们现在还小，一旦沾染爱情，就会像吸毒一样难以摆脱。肖长青，你看看丁文雅现在的状态，这样下去，恐怕连个专科也考不上，你想明年是这个结局吗？你俩知道老师多么痛心吗？我非常相信我的判断，如果正常发展，十年、二十年以后，你们应该是国家的栋梁。"

"老师，我懂了。"肖长青看着我诚恳地说，"高考之前，我一定全心全意学习，干好工作。另外，咱班还有一对同学，虽然没有达到我们的程度，但也有了苗头，我一定给他们做个榜样。"

"是崔小鹏和刘晓菲吗？"我笑着问。

肖长青说："老师，您从来不让学生打小报告，这种事李志超也不会向您汇报，您是怎么知道的？我服了。回去，我写个保证书送来。"

"不用，"我笑笑说，"这点信任和自信，我还是有的，你回去上自习吧。崔小鹏和刘晓菲的事你和李志超做做工作，这种事，你们同学更容易沟通。"

"好的。"肖长青答应一声走了。

看着渐渐平静下来的丁文雅，我缓缓地说："丁文雅，你是个非常内秀的女孩，加上女孩本来就成熟早，今晚你不把内心的话吐干净，你是不会放下的，我也不会放你回去。"

丁文雅苦笑了一下："唉！老师，我投降了。"她眼睛像是望着远方，幽幽地说，"是这样的，上初三时，我当了您的课代表，您的气质、性格、学问、人品都深深吸引着我，您的才华和风采更让人着迷，我对您很快产生了朦胧的感情，每当晚上梦到你，醒来时觉得很甜蜜。可是，每次去办公室交作业，想靠近您一点的时候，您就命我站到您办公桌一边。有一次我梦到您站在云端里，渐渐远去，就哭醒了，想想您有了漂亮的丁雨姐，我伤心地哭了半个晚上，从那以后，也就好了。可不久，又对一个男生有了类似的感觉……"

"刘杰！"我脱口而出。

"是。"她看了我一眼，继续说，"他初三就是瘦高个儿，也有才，语文特别棒，可是那个家伙至今只知道学习，跟女生连话都不说。高二分科后，我们四个初中同学被分到（1）班，我和肖长青当了班委，他高中两年个子长高了一头，也懂事，只是嬉皮笑脸不像您，但他关键时刻也是很果断勇敢的。因为班里的事，我俩接触多起来，似乎自然而然就越来越近了，不知为什么，到了高三，本该好好学习考大学了，反而越陷越深，无法自拔，现在想想，可能是受了您和丁雨姐的刺激吧。"

"还有毕业和考学的双重压力。"我说，"所以，高三恋爱的就多。丁文雅，谢谢你跟老师说了这么多，你喜欢任何一个异性都不是错，中学生正值青春期，没有暗恋的人，反而不正常，关键是能不能控制自己。你还记得在横河联中时，你上一届我的课代表吗？"

"记得。"丁文雅笑笑说，"当时，于倩是全校最漂亮的女孩儿，没有人不认识她，老师和她也有故事？"

"她外向、活泼，做我课代表时，敢公然命令我六年不准结婚。"

"为什么是六年呢？……啊，明白了，她是让你等她大学毕业。老师，您很有女孩缘啊。"丁文雅竟开起了玩笑。

我认真地说："丁文雅，什么叫'释然'？就是放下了，一切都了然了，你现在'释然'了吗？"

丁文雅笑了笑，平静地说："老师，您的苦心我怎能体会不到？放心吧，丁文雅不会让您失望的。"那语气像一个中年人。

学校熄灯铃后，我回到宿舍，校园静了下来。躺在床上，我感觉身心俱疲，很快就沉沉地睡去。

第二天中午，吃饭的时候，我想起昨晚的事，问丁雨："昨晚，你跟丁文雅说了什么，让她一回去就转变了态度？"

"很简单，"丁雨笑着说，"我和她说：'文雅，我把徐健让给你吧。'她一听，羞红了脸说：'丁老师您说什么呢。'我握着她的手说：'徐健不明白，我还不明白？你们上初中时，我就清楚你，还有那个于倩对徐健的心思。现在，你把对他的心思转移到肖长青的身上了是不是？这不是什么坏事，可早恋一定不好。你知道徐健，他是个不达目的誓不罢休的家伙，这事除了跟家长说，就得和他说。你愿意跟谁说？'她说：'当然跟老师说了。'我说：'那你还犹豫什么？'说完我就走了。"

"唉！"我长长叹了口气说，"还是女人最懂女人心哪。"

"是，女人在这方面是敏锐的。"丁雨说，"在横河联中，于倩和丁文雅一进你办公室就红脸，那不是因为看见我俩在一起红的。"

"精辟！丁雨啊，你已不是六年前那个坐在小木屋炕上的小女孩儿了。"

"马屁，"丁雨白了我一眼，"你和六年前一样吗？"

"不过，我不明白，"我一本正经地说，"初中女孩儿是最青春萌动的时候，我能感觉很多女生总想往我身上靠近，那就是暗恋的征兆，可是你怎么就只看出于倩和丁文雅呢？"

"我的师父这么笨吗？"丁雨歪着脑袋，瞪大一双美目，直勾勾地盯着我，"在你的办公室，我还见过别的女孩儿吗？"

我笑了，自嘲道："对！是我老年痴呆了。"

"瞎说！"她又白了我一眼，神情幽然，"到了八十岁，咱俩一块儿痴呆吧，现在咱们是两个爱情的呆子。"

看着丁雨如水的面容，我知道她内心的煎熬。可她知道吗，一个身体强健、精力充沛的青年，天天看着一个快要做自己媳妇的如花似玉的少女，内心的冲动，像地下的岩浆翻腾，只能从旁开一个小孔，把能量转化到疯狂的工作中去。

"小雨，"我收回心思，看着她说，"咱们领结婚证吧？元旦快来了，领了证，咱回家办婚礼。"

"一切听师父的，"丁雨大大咧咧地说，"你不是说，'待要会，跟着师父睡'吗？我巴不得呢。"

这家伙火辣辣的话，让我一阵冲动，我尽量平静地说："那好，这个礼拜天，咱去镇照相馆照结婚照，取出照片后就去民政局领结婚证。"

周日，我们去镇照相馆照了结婚照。回来后，在我宿舍里两人喝了一点酒，悄悄地庆贺了一下。

第二天，周一下午第四节班会，我总结了我班期中考试的情况，分析了高考形势。为了鼓励学生，我说我预测明年全班至少考二十个本科、二十个专科。之后重点表扬了崔小鹏。

我说："我表扬他，因为他是全班进步最大的同学。我非常注重发展，不看起点，只看终点。如果把高三看作一场马拉松，赛程才过四分之一。同学们，我上学时，搞过长跑，开始时我总喜欢跑在后头，积蓄力量、充分热身之后，再一个个超越，直到最后一百米，拼尽所有力气，把前面剩下的一两个搞定，最后，我是冠军！你们看过马拉松吗？最后的冠军，一般不是开始跑在最前面的。何况，人生是多么长的马拉松啊！我敢说，高考时，一定会有很多后来的同学超越，很多年后，还会有很多同学继续超越前面的同学。二十年后，我们班现在二十名以后的同学，一定会出现专家、教授；同样，现在前十名的同学，如果不努力，照样会有人沉沦!"

最后，我又讲起了《一个青年的故事》。我把我的经历添油加醋编成长篇故事，每个班会讲一段。直讲得学生热血沸腾，学生攥紧了拳头。

下课后，我跟学生一起走下教学楼。

丁思萍挤到我一边，问："老师，您讲的故事中的青年，是不是您自己呢?"

我笑着说："你说呢? 故事里的事，是也不是。"

"故事里的事，不是也是。"她快速接上。

"对，是与不是，不必计较，"我问她，"你们愿意听吗?"

"当然愿意!"她歪着对我头说，"您讲的故事青春、励志，很激励人的。"

"那就好，只要你们听了，受到启发教育，我的目的就达到了。"

丁思萍这种时候真成了小乖乖，她点点头，认真地说："嗯，我们愿意被您这样教育。"

我看见丁文雅和丁蕾在后面捂着嘴笑。

周三我和丁雨找刘校长请了假，从照相馆取了照片，坐车到县民政局办了结婚证。

出了民政局，丁雨问我："结婚证为什么要办两本?"

"夫妻一人一本各自保存嘛，"我开玩笑说，"防止对方跑了。"

丁雨一下把两本结婚证抢去，笑着说："嘿嘿，这回你跑不了了。"

我说："刘本周讲话——好办法!"

丁雨问："刘本周是谁?"

我给他讲了那次去家访的故事后说："你比刘本周他儿媳还有办法。"

为此，我又挨了丁雨一顿捶。

去商店买了几斤喜糖后，我跟丁雨商量去给王局长送点，丁雨欣然同意。进了教育局，到二楼看到王局长办公室开着门，我悄悄伸头看看，王局长正在看文件，就轻轻跟丁雨说："你喊'报告'。"

"报告。"丁雨怯生生地喊了一声。

"进来！"王局长条件反射地应了一声后，一愣，抬头看见我俩，哈哈大笑，"徐健，你开老师玩笑！"

我走向前去，拿出一包糖，放到王局长办公桌上，说："不敢。老师，我们领结婚证了，是来给您送喜糖的。"

"好，好，祝贺你们！"王局长站起来，指着沙发说，"快坐下，坐下。"

我们坐下后，王局长说："徐健，我看了教研室上报的期中考试成绩汇总表，光华中学高三上升势头强劲，你的（1）班更好。这届学生高一入学时，光华中学不如一中，现在情况反过来了，你主抓高三功不可没啊。"

我笑笑："老师，我们是来给您送喜糖的！"

"啊，对，对！"他剥开一块糖放到嘴里，拍拍自己的脑袋说，"徐健，你瘦了，我听刘校长说过你的情况，不要太拼命。丁雨，你得好好保护他。"

"是！师爷爷。"丁雨俏皮地回答。

"嗯？"王局长不解，"这话从何说起？"

丁雨说："他是我师父，您不就是我师爷爷吗？"

"啊，是这样。"我把光华中学拜师活动的事，跟王局长说了。

"这个主意好！"王局长指着我说，"这又是你徐健的点子吧？光华中学教师断代是全县的典型，这个办法，强化了新老教师的联系，不过徐健你还不算老教师。"

"那还不是许副校长安排的，"我笑着说，"是他使的坏。"

"使坏？"他用手指点着自己的太阳穴，"啊，对，够坏！不过，坏得好。"他笑了。

走的时候，王局长问我什么时候举行仪式，我回答说，元旦。王局长又问房子安排好了没有。

我说："谢谢老师操心，一切没问题。只希望老师到光华中学时去学生家做客。"

跟王局长握手告别后，我抓着丁雨的手向汽车站大步走去，心里筹划着美好的未来。

"哥，你把我的手攥痛了。"丁雨小声小气地说。

第二天早晨醒来，我突然觉得左耳有些异样，时不时嗡嗡地响。当时我没当回事，早上去打饭的时候，经过伙房一边的排气筒，耳朵里骤然响起了轰隆隆的雷声。

吃完早饭，我悄悄找到刘校长说明情况，刘校长准假让我快到镇医院看看。在医院经过各种检测，几个医生一致诊断，可能是急性神经性耳鸣。我问医生这病会有什么后果，医生说半年内治不好，极有可能导致耳聋。

我让医生开了药，继续回学校上课，可吃了三天药后，却没有半点效果。晚上我和丁雨一起在我宿舍吃饭时，丁雨忽然停下盯着我问："哥，你怎么了，怎么脸色这么差？精神头也不济了。"

我说："小雨，有件事我必须告诉你了，这几天，我左耳突然打雷，晚上觉都睡不着，去医院看了，大夫说是急性神经性耳鸣，半年内治不好的话，可能耳聋。我的右耳小时候得急性脑炎已经毁了，如果这次左耳再毁掉，那我就是废人了，咱俩的婚事得重新考虑了。"

丁雨听了这话，呆了一会儿，这次她没有捶我，她突然捂着脸坐到床边嘤嘤地哭，任我怎么哄都不理我。在我实在没有招的时候，她却突然照我当胸一拳，接着就跑出去了。

不一会儿，丁雨回来了，她脸上早已没有泪痕，平淡而坚决地拉起我说："走，去青医附院！我跟校长请假了，走吧。"

在去青岛的路上，丁雨一直眼泪汪汪的，我看着心痛，又不敢惹她。我不知道是哪句话惹恼她的。

在青医附院，检查结果就是急性神经性耳鸣，医生说这病好治。开了药我们就高高兴兴回家了。

回校后，我边吃药边上课，丁雨在那些日子里和我除了上课，形影不离，老师们都开着我们的玩笑。我只好苦笑，不好说什么。

一个月的吃药期，我的病时好时坏，说好一周的疗程，按说吃一周药就该好的，可是药一停，病就犯。

那些日子，丁雨再没有了笑声，无论我怎么逗她，她都暖暖地看我一眼，却没一点笑容。我试探着问她："为什么不说话？"她总是一句话回过来："你没良心！"说完之后就不再说。之后默默地干着一切，打水打饭洗衣服。我实在不忍心这样，就问她："往下怎么办？"她说："我正联系济南的同学，等电话呢。"

济南的电话终于来了，丁雨和我一同上了去济南的火车。

火车上，丁雨说："济南的齐鲁医院耳鼻喉科在山东乃至全国都是一流的，咱去济南看完再说。"到了齐鲁医院，并没有重新检查，医生开了十几元钱的药就让我们走了。我将信将疑地回了家。

回校后，我继续边吃药边上课，三天耳朵见好，四天雷声全无，又吃了两天药，按医嘱巩固一下。病好后我身心轻松，吃饭时跟丁雨开着玩笑说："小雨，这样咱们的婚礼可以如期举行了。"

丁雨白了我一眼，幽幽地说："唉，没想到这么点破事你就说出那样的话……"

元旦终于临近了，二十八日，刘校长给了我们十天假期，让我们成家。我和校长说了自己的困难，经他批准，我去学校财务处借了一千五百元钱，买了家具和生活用品，把我们三间小屋收拾好，我们一起把宿舍的被褥都拿过来合并，铺到了床上，只等着回来就可以过日子。两人铺好以后，丁雨趁我不注意，一下把我推倒，我仰面躺在床上，她趁势扑到我身上，长发盖在我的脸上，光滑细嫩的脸接着贴在我额上，鼓鼓的胸压在我胸膛上。虽然隔着厚厚的衣服，我仍感觉小腹间一股热流直冲上来。

我还是努力把她推到一边，定定神说："小雨，我们煎熬得太久，但也不差这一天。我知道，你对我好，我不是在坚守什么，我只是想不让你受半点委屈。你不知道，我们同学中有和女民办教师订婚的，也有和女学生私定终身的。女方考上师范后，男的每周去县城找女的，在旅馆开房过夜。还有更可怕的，女的考上师范后，解除关系退婚了，男的拿出女方的内衣去师范闹。小雨啊，我只是想在结婚之前，永远给你选择的权利，不想用那种手段把你捆住。我只是觉得，上天怎么会把这么好的礼物送给我，我一直感到受之有愧。"

丁雨仰面躺在床上，泪水盈眶，她喃喃地说："哥，我丁雨在还是一个山林里的小女孩时，怎么幻想，都不会想到遇上你。那年在小木屋看见你之后，觉得你才是上天给我扔下的一个大馅饼呢。那时，林场的中学生都野得很，可我看不上那些野男孩子。后来见了你，魂就跟着你走了，你回东北给我辅导之后，我就下定决心，如果不嫁给你，我这辈子就死了。那些想法，我也告诉了父亲，父亲他老人家好像什么都看透了，非常赞同我，我们就不顾一切地回到老家。"

我翻过身来，伏在她身上，轻轻抚摸着她的脸，给她擦去泪水，缓缓地说："明天开始，我们一块儿走完一生吧，不管穷富，不管病老，我们一定走得幸福。"

之后我俩锁了门，各自回了父母家，我准备明天元旦去迎娶丁雨。

下午一回家，就看到一片忙碌景象。早些日子，我放家里三百元钱，三个哥哥买好一切东西，母亲和嫂子们忙着做新被褥、做菜，哥哥们则给我布置新房。

晚上我在铺着新红席、新被褥的新房睡，父亲说，那叫暖房。是够暖的，外间的锅灶一天没大停火，我睡在炕上很热，梦中又一次见到大火。

第二天早饭时，我跟父亲说昨晚梦到大火。

父亲说："那是好兆头，以后的日子红红火火。"

我说："什么呀，还不是炕太热，把我烙的。"

父亲笑而不答。

刚吃完早饭，大街上传来汽车喇叭声，我知道是二姑家三表哥到了。三表哥在光华镇青岛汽车改装厂当试车司机，他是来帮我接新娘的。光华镇青岛汽车改装厂是乡镇企业，他们开来大货车头和底盘，加上车厢座位，就成了大客车，而且是青岛市计划经济下指定客车厂。客车不愁销路，厂里工人也牛得很，他们虽然是县合同工，光年底奖金就两千多，仅此一项，就是我们教师年薪的三四倍。

不过，我表哥还是很谦虚的，他进门先问了我父母："大舅、大妗子好！"然后，笑嘻嘻地说，"我跟四表弟去接新媳妇。"

我父亲说："外甥，咱的规矩是天傍黑时新媳妇进门，你们好好吃了晌午饭再走。"

午饭后，我表哥开着崭新的大客车，我坐在右边前排，在鞭炮声中，威风八面地开向了丁家大村，到了丁雨家门口。

停车之后，很多男女老少围过来议论："迎亲有几辆自行车就不错了，你看人家丁家女婿开来一辆大客儿，真气派！"

"表哥，"我说，"你先坐在车上，我去看看。"

进了丁雨家，看见丁大叔由几个长辈陪着正在喝茶，老人们都咧着嘴笑。

里屋，女眷们在帮丁雨打扮。

我问好之后，丁大叔说："徐健啊，你弄这么个大客儿，得多少钱哪？"

我说："大叔，我表哥是汽车厂试车司机，他以试车名义出来接丁雨，不用花钱的。"

丁大叔听了，跳下炕穿上鞋跑出去，拉着我表哥手往屋里走，说："是亲戚，疏淡，疏淡了！快来家哈茶。"

一会儿，丁雨在四个妹妹簇拥之下出来了。她红袄套红方格裉子，红色碎花裤，肩挂红围巾，脸也羞得红红的。四个妹妹也打扮齐整，笑嘻嘻地围着。

亲戚们把丁雨的嫁妆——两个大红木箱子、两床新被褥等搬上车。

丁雨大娘说："小雨，快哭，快哭啊！"

丁大叔手一挥说："哎，大嫂！新社会了，哭什么？天不早了，该走了。小雨，记住到婆家要听话。"他又指着丁雨四个妹妹说，"你们当送客儿（伴娘），也要守规矩，特别是小蕾，别像在家里咋咋呼呼的，叫人笑话。"

我向丁雨长辈鞠躬后，把丁雨抱上车，坐在前排，丁雨四个妹妹坐在后面，在隆重的鞭炮声中上路了。

路上，我捏捏丁雨的胳膊说："你的送亲团队很威武啊。"

没等丁雨说话，丁蕾从后面伸过头来说："姐夫，你们徐家有这么多美女吗？"

丁雨说："小蕾，今晚你看看就知道了，别老是自高自大。"

我说："丁蕾，元旦学校只有两天假，你不好好学习，赶什么热闹？"

"扫兴！"丁蕾白了我一眼说，"姐夫，今天你也管得太宽了！回学校再管我吧，嘿嘿。"

后面一个妹妹说："姐夫，丁蕾开学没完成作业的话，您就罚她站，或者打她屁股！"这话引起后面一片混乱。

天，一直阴着。这会儿，下起了小雨。

我附在丁雨耳旁说："小雨，你看，老天又下小雨了。"

此时，车正经过一座大桥，丁雨一边往车外抛着硬币，一边说："老天爷，保佑我们幸福。"

车进了村，到家门口时，鞭炮齐鸣，有很多人纷纷地把嫁妆搬进新房。

我轻轻对丁雨说："到家了。"抱起她，踏着从家里铺出来的红席，一直走进院子，到堂屋的香案前面，把她放在红席上，站好。我父母坐在香案两边，院子里挤满了人，孩子们等着抛喜糖，小雨还在慢慢下着。

"一拜天地！"大哥喊起来了。

我俩对着香案鞠躬。

"二拜高堂！"大哥又喊。

我俩又对着坐在香案边的父母鞠躬。

"夫妻对拜！"

我和丁雨相对鞠躬。刚互相看了一眼，大哥就喊："新郎把新娘送入洞房！"

我赶紧抱起丁雨，进了新房。

外面，抢喜烟、喜糖，一片混乱。雨越下越大，不一会儿，变成了大雪，外人们很快散去。

在新房里，我和丁雨一人一边坐在炕上。丁雨四个妹妹和我四个妹妹一起拥了进来，挤得满屋都是美女。她们嘻嘻哈哈闹个不停，我实在招架不住，赶紧对我妹妹说："月欣，你们快去三哥家吃饭吧。"

八姐妹走后，因为雨后大雪，再也没人来闹。窗台上一对红蜡烛，静静地照着我俩。

不一会儿，三姑端着一个木传盘进来，传盘上有两碗面条，面条里有剥了皮的鸡蛋，三姑笑嘻嘻地说："来，快吃上炕面。"

吃完面后，我到灶间看母亲和五姑正在忙碌，就问："娘，下一步还有什么讲究？"

母亲说："外头雪越下越大，看样子没有来闹洞房的了。你长辈在西屋哈酒，你姑姨家的表兄弟都在你大哥家，你四个妹妹，在你三哥家陪送客儿，你去看看吧。"

我回到新房，给丁雨倒上一杯水，说："我出去敬个酒，很快回来，你是新娘，今晚坐在炕上不能下地的。"我吓唬她，"如果你要撒尿，还得我抱你去。"

丁雨"扑哧"一笑说："我没有那么多事，你去忙吧。"

我先到西屋给长辈敬了酒，然后去我大哥家。村子里很静，雪静静地下着，已经没过脚踝。我踏着雪到了大哥家，进门一看，三个哥哥，陪着六七个表兄弟，正喝得热火朝天。见我进去，都喊："敬酒，敬酒！"

我敬酒之后，三表哥率先端起酒杯说："四表弟，来，祝你百年好合，白头到老，早生贵子。干了！"他的脸已经通红通红的了。

"三表兄哈了几杯了？"我问。

"二十八杯了！"众表兄弟一齐说。

"三表兄海量！"我拿起酒杯看看，"天哪，这是七钱杯啊！"

"没有事儿，"三表哥抹抹嘴说，"高兴！四表弟妹一看就贤惠，人又漂亮，表弟好福气。"

我说："大家到光华中学去我家哈酒啊——"

敬了一杯酒，我又出去，到了三哥家。一进大门，就听见堂屋像百鸟进林，热闹非凡。推门进去一看，三嫂站在炕前倒酒倒水，东边坐着月欣、月萍、月华、月季，西边坐着丁蕾四个姐妹。八个妹妹莺声燕语地喊我敬酒，有的叫"四哥"，有的喊"姐夫"。我看她们个个面色粉红，艳若桃花。

敬完酒后，我跟三嫂说："你们九朵金花喝着，我回去了。"

丁蕾说："姐夫，这么急着入洞房？我们跟你一起再去看看我姐吧。"

我说："外面雪很大，雪下面有水，你们就别去了，在三嫂这里吃饱喝足后休息。"

"姐夫，请教你一个问题，"丁蕾笑嘻嘻地说，"我姐出生下小雨，出嫁下小雨，现在又下雪，这是老天叫您白头到老，您说，怎么好事全是您的？"

我说："小蕾，那是你姐为人好，你也好好做人，将来也会有很多好事的。"

"嗯。"她乖乖地答应着，小脑瓜不知道想什么去了。

回到家里，我走进新房，见丁雨安安静静地独自坐着看一对红烛。

"闷吗？"我上了炕，凑到丁雨跟前，关切地问她。

"没有，"丁雨笑了笑，精神饱满地说，"我在和红烛说话呢。"

真是的，我仔细看了看，烛光下的她脸儿绯红，目光闪闪发亮，禁不住小声赞美："小雨，今晚你特别漂亮，神采飞扬，真是艳若桃李，我都快等不及了。"

"哥，你这么说，羞死人了。怎么没有闹新房的？"

"啊，"我想了想说，"街上雪水很深，他们怕来弄脏了新房吧，还有，你是大学生，弟弟们可能不大好意思。要不的话，他们闹起来可不得了，我比较近的，就有几十个弟弟呢。"

正说着话，门"吱"地响了，三姑又端上一个木传盘，上有四个菜、两杯红酒。老人把酒杯、竹筷递给我俩说："四侄儿、侄儿媳妇，你们拜天地下雨是福，现在下雪更是福，那叫白头到老。来吧，先哈了交杯酒。"

"三姑，哈交杯酒是什么意思？怎么哈法？"我故意问。

"嗨，这孩子！"她拿我俩的胳膊交叉过来把酒放在我们手上，说，"一块儿哈，哈吧。"

看着我俩喝了酒，又吃了些菜，三姑笑眯眯地说："交杯酒，过去叫'合卺酒'，哈了以后就可以圆房了。"她突然捏着我的腮帮，笑嘻嘻地说，"四侄儿，你该知道什么是'圆房'吧？"

丁雨羞得把头藏在三姑背后："您老人家别说了，徐健逗您呢，他坏！"

"臭小子！"三姑照我屁股就是一大巴掌，笑呵呵地出去，把门带上了。

我看看还在害羞的丁雨，跟她商量说："小雨，你看现在才九点多，我背你出去看雪吧？咱头上落了雪，就真是白头到老了。"

"好啊。"丁雨点点头。

我下炕，帮她穿好衣服，给她围了围巾，背着她出去了。

走到灶间，母亲说："别出大门，啊——"

"知道。"我答应着，到了天井里转悠。丁雨伏在我背上，紧紧搂着我的脖子小声说："真幸福。"

回到屋里，我们就关上了房门。丁雨羞答答地铺开被褥，放好枕头，脱了衣服。我笑着看她："小雨，我听说，新婚之夜，谁先躺下谁晚死，你先躺下吧。"

她附在我耳边，颤颤地说："哥，你数一二三，咱一块儿躺下。"

"好，"我数，"一二三！"

我俩往下躺的时候，头"砰"地撞在一起。丁雨刚笑出一声，赶紧用被子捂住了嘴。经她一笑，我俩都放松了些。我一下把她搂在怀里，两人融化在了一起。

窗外，大雪在静静地飘洒；屋内，我俩在静静地交流。村里一切都归于平静，西屋老人们也早已停了说话。我们享受着人生最美的一夜，相拥进入梦乡。

第二天早晨，我睁开眼，屋外人声鼎沸，我赶紧爬起来，拉拉丁雨，喊："快起来，都八点了。"

丁雨睁开眼，羞涩地说："呀！怎么睡这么久。"

我火速穿上衣服，出去打来洗脸水。丁雨叠好被子，洗了脸。我见她扭扭捏捏的，脸通红。轻轻问她："你怎么了？"

"我要上厕所。"丁雨小声说。

"哎呀！"我拍了自己脑袋一巴掌。跑到天井西南角看厕所里没人，回来领她。丁雨进去之后我在外面给她站岗。

吃过早饭，太阳升得更高了，阳光明亮，大地银装素裹。

我牵着丁雨的手，给她四个妹妹一人一条毛巾、一块香皂、一包喜糖做谢礼。四个妹妹笑嘻嘻地接了，一起莺声燕语地说："姐姐、姐夫，恭喜恭喜，早生贵子！"喊叫着，上了我表哥的大客车。

村里老太太、小媳妇们指指点点地说："四个当送客儿的小嫚儿真俊，像四朵花似的。"

十点多，横河联中我那五位同学，还有师范同桌李军、后位唐宏伟，骑自行车来到我家。在院子里，我一个个给父母做了介绍。见过老人之后，李伟率先闯进新房，他一上炕就和高放左右夹击，把丁雨挤在中间，丁雨没法，只得坐到旮旯里一叠被子上，手里攥着一个笤帚，随时准备着。

大家被他们三个逗得哈哈大笑。

中午，他们哪里也不去，非要在我新房里喝喜酒不可。席间，我大哥和我妹妹来敬酒。我跟同学介绍之后，唐宏伟说："大哥，你们一家四个中学教师，真厉害！"

大哥举起一大杯即墨老酒说："唉，'臭老九'有什么厉害？今天加上我弟妹和我妹妹，咱们正好是九个'臭老九'。我出个上联：九个老九在老九家喝老酒，喜酒！感谢四弟同学光临，来我徐家庆贺。干杯！"

……

下午，我把同学一直送到村前。临行时，唐宏伟拿出一个红包塞给我："他们六个同学凑了一百二十元，我放上了三百元，知道你家困难，你先用着，回学校不能影响过日子。"

我说："老同学，你的太多，我用不了。"

"算我借给你还不行吗？"他有点生气地说，"先拿着，十年以后，宽裕了再还我！"说着，他们骑上自行车飞驰而去。

在村口，我目送七位同学在皑皑白雪的大道上远去，心里生出无限感激。

结婚第四天，还是我三表哥开着大客车，把我和丁雨的自行车，把我们的新被褥、丁雨的嫁妆，全部搬上大客车，拉到光华中学，搬进了我们的新家。

我和丁雨送走表哥后，就去镇上电器商店花三百元买了一台收录机，那是家里花费最大的物件。

我摆弄收录机的时候，丁雨出去一趟，回来时她手里拿着一张纸条，丁雨让我看看，就把它撕了。我一看是我向学校借钱时给财务留下的借据，问她哪来这么多钱。

丁雨说："咱定亲的钱，父亲一直放在银行里，我们结婚前，他一下取出两千，放在我的箱子里，做嫁妆的。刚才我去财务室还了你的借款，咱还有五百元压箱底的。"

我拉过丁雨紧紧拥抱着她说："不是说不用老人的钱吗？"

丁雨抬头看着我说："哥啊，我父亲就我这么一个女儿，他能看着咱俩过穷日子？再说了，父亲才五十岁出头，大包干后分了二亩地，稍微干干就能自足，他还有两千多元呢，我出嫁那天，他要全部给咱，以后买电视机，我坚决不要，他才收起来。"

"那好吧，"我拿出剩下的一百二十元说，"你拿出二十元做咱一个月生活费，剩下一百，你也压箱，我们下一个目标是买电视机！"

午饭后，我师兄陈有才来了。他一进门就嚷着"恭喜恭喜"。我们赶紧让他吃喜糖喜烟，他拿出一个红包说："这是咱师范同学给你的贺礼，师弟什么时候请我们喝喜酒？"

我说："我们假期到五日，要不明天晚上？"

"好啊，"师兄朝丁雨抱抱拳，"弟妹，早生贵子啊——"说完，转身走了。

第二天下午，我们拿师兄送来的贺礼钱买了酒菜，和丁雨忙活一下午，做了丰盛的一桌。晚上我们八位同学，一直热闹到十点多。

此后几天，我和丁雨一直腻在家里，吃了饭就亲热，过着甜蜜的日子。四日是周末，光华镇大集，吃过早饭，我和丁雨想去赶大集，丁大叔来了。老人看了我们的三间房很高兴，我们一起到大集上买了鱼肉，做了丰盛的午餐，我跟丁大叔喝着酒说："您快别种地了，来这里住着，西间挺宽敞。"

丁大叔说："我这年龄，就整天蹲着不干活，光吃闲饭，那还不憋死？等什么时候不能动了再说吧。"吃了午饭，丁大叔要走。我和丁雨好说歹说都不行，老人步行着走了。我和丁雨说："我去送送。"就推出自行车，赶出去载上丁大叔送他，到半程时他就让我回来了。

望着老人远去的背影，我想：他一生没过几天好日子，将来有了条件，一定让老人过一个幸福的晚年……

第十六章　争创辉煌

一月六日，我和丁雨又重新投入工作。很快，期末考试结束了，成绩统计出来后，看到我班高分段人数又有提升，据刘校长说，高分人数和一中比较，超过的更多了。可喜的是，丁文雅重新夺回第一名，崔小鹏跃升至三十名，丁蕾也上升到三十二名。我和丁雨分析说，我班的高分段，绝对超过一中任何一个班级，丁蕾现在的成绩，在原来的班级，应该是二十多名，她进步不小。过两天是小年，你叫她晚上来家吃饺子，再好好鼓励鼓励她。

二月一日，腊月二十三，小年。高一、高二都放假了，学校通知高三上课到腊月二十九。下午，我和丁雨包了饺子，晚饭时，我把丁蕾叫来一起吃了小年的年夜饭，我们一同鼓励丁蕾好好努力，再进一步，可以考上本科。丁蕾说，到光华中学后，感觉和同学特别融洽，心情舒畅，班里积极向上的风气浓厚，大家都觉得学习很轻松。

吃完饭，丁蕾上晚自习去了，我跟丁雨说得去宿舍、教室看看。我知道这是学生第一次在外过小年晚上，他们是最希望看见老师的。

出了家门，抬眼望去，教学楼四楼高三一层灯火通明，虽然还没响晚自习第一节课的铃声，但学生大都早已去教室了。家属院和外面镇上，鞭炮震天响。我先去了高三男生宿舍区，看见男生宿舍全都亮着灯。我先进了（6）班男生宿舍，看见有几个男生在喝酒，我说快上课了，叫他们赶紧去上晚自习。一路过去，到我班宿舍时，上课铃响了，我进去一看，在前面空地上，有三个男生也在喝酒，地上放个小木箱，上面摆着四个菜，都是残羹冷炙了，旁边两个酒瓶都已经空了，木箱上面碗里还有些残酒。看我进去，三个男生吓得赶紧站起来，低着头。

我说："好啊，还是学生就学会喝酒了……"

我的话还没说完，里面床上传来醉声醉气的声音："哼！你不就是徐健吗？你……你有什么了不起？"

我问那三个男生："那是谁喝醉了？"

"刘锐。"一个男生嗫嚅着说，"老师，他……还没太醉。"

男生宿舍原来是四间平房的教室，现在里面摆放了二十八个双层床，住着我班五十六个男生。

我从窄窄的过道里侧着身子进去，看见刘锐仰面躺在床上，我过去晃晃他说："刘锐，你起来喝点水，醒醒酒跟他们三个去上晚自习。"

刘锐突然坐起来，照我脸上就是一拳。我一点防备也没有，他的拳头打在我前额上，我眉骨处皮肤裂开，鲜血瞬间流下来，流进我的眼里。我本能地往后一闪，后脑又撞在双层床的三角铁上。我头"轰"的一声，火蹿上来，接着上前双手卡住他的脖子，把他按倒在床上，右膝盖顺势压住他小腹，他蹬了几下腿，再也动弹不得。不一会儿，我看他翻开了白眼，心想：不好！别把他掐死。我刚刚放开手，往后退去。他又猛然坐起，一拳直向我面门捣来。我一下怒火直冲脑门，一歪头让过他的拳头，右臂抡开迎面一掌打在他脸上。

"啪！"他嘴里、鼻孔里顿时迸出了鲜血，应声躺下了。他的血和我的血溅得我满身都是，我胸前白衬衣上更是鲜艳。我从里面退出来，三个男生站在那里吓得发抖。我说："你们三个，过去给他擦擦脸，看住他，我回来之前不准出去。"说完，我转身像风一样地去了教学楼。

推开我班教室门，明亮的灯光下，学生被突然惊动，齐刷刷抬起头。"啊？"有的失声叫了起来。

我指着肖长青和李志超说："你俩出来。"往外走时，我看见前面的女生吓得发抖，我的心"呼"的一下沉下来清醒了，接着强作平静说："同学们，我刚才上楼不小心摔倒了，没事，你们继续上晚自习。"说完，我带他俩出教室，下了教学楼。

李志超慌慌地问："老师，出什么事了？"

"刚才，我被刘锐打了。"我看看他俩说，"刘锐他们在宿舍喝酒，你们不知道？"

"知道，"肖长青小声说，"今晚小年，每个班都有喝酒的。快上课时，我叫他们走，刘锐还骂了我。老师知道，刘锐痞里痞气的，还自吹会气功，我没敢惹他，想明天告诉您，没想到这个时候您来了。"

"肖长青，你们都很负责，先不说那些。你俩现在快骑自行车到刘锐家把他家长叫来。他家是琅琊镇刘家村的，他父亲叫刘启，你们到村里打听一下，找到家长后就说刘锐在学校病了，叫他们快来。路上互相照顾，注意安全。"我一一嘱咐。

肖长青说："那村我知道，离学校不到十里路，我们很快就回来。"说完他俩骑上自行车走了。

这时，晚上值班巡视的孙老师走过来，问发生了什么情况。我把刚才的事跟他说了，然后问他："孙老师，你宿舍有没有白衬衣？我想先借你一件穿着，过去洗洗脸，别这样回家把老婆吓着。"

到孙老师宿舍，他拿出衬衣让我换了，找出卫生纸给我擦了伤口，血不流了，我把换下的衬衣泡在脸盆里。孙老师说："你先洗洗衣服，我去你班宿舍看着，家长来了以后，我回来叫你。"

我仔细地洗着衬衣，想着刘锐为什么会这样。

记得有一次上操时，刘锐跑到我跟前说："老师，我会气功，你伸开手试试。"

我伸出右手，他装腔作势地用一根手指，从我手掌上方隔空划过去，问我："你是不是感觉有一道冷气？"

我收回手掌，严肃地说："刘锐，你跟老师开这玩笑有意思吗？好好学习才是正道。"

后来，因为他违反纪律，我找他谈了几次话都不见效。联想到前任班主任李老师说的情况，觉得这个学生确实棘手。

我刚洗完衣服，晾在孙老师宿舍的铁丝上，他就快步回来说："刘锐家来人了，是他大哥还有一个叔伯哥哥，他那叔伯哥哥是刚从部队转业的，你小心。"

我笑笑说："又不是打架，没事。你怎么知道得这么详细？孙老师，谢谢你。"说着我朝我班宿舍走去。

孙老师说："我们邻村，以前就认识。我还是跟你一块儿去看看吧。"

到了宿舍门口，孙老师给我们做了介绍，我跟他们握手之后，领他们进了宿舍。三个男生还站在那里。我让他们把事情经过讲了一遍，刘锐两个哥哥径直进去，把刘锐拉起来又打又骂。

我说："二位把他带回家教育，我们还要上晚自习。"

目送他们哥仨走后，我带着肖长青、李志超和另外三个男生回到教室。路上，他们议论，刘锐哥哥真不像话，连老师的伤也不看看。

进了教室，我尽量平静地巡视了一圈，第二节晚自习下课铃声响了。

我回到办公室，丁文雅、丁思萍和丁蕾跟着轻声报告进来。丁蕾凑上前来问："老师，您眉心肿了，脑后也有一个大包，您说自己碰了，怎么会前后都碰？"

"没什么，"我笑笑说，"刚才刘锐喝醉了，打了我一拳，我往后一闪，又被双层床碰了一下。"

"啊？怎么会这样！"三个女孩儿听了，顿时泪汪汪的。

"你看，没事，这点小伤几天就好了，"我跟他们开玩笑说，"也就是丁氏三姐妹最关心我，谢谢你们为我难过，昂——"

她们"扑哧"一声笑了，丁文雅嗔怪地说："老师，什么时候了还开玩笑。"

丁思萍说："对呀，老师能在这时候还开玩笑，真是大师！一般人遇上这种事，还不气死？"

我故意慢吞吞地说："丁思萍啊，你才是大师哪，不出三句话，必然拍马屁，真是高手。"

听了我的话，她们都笑了，丁文雅捂着嘴笑，丁思萍拍着她俩的后背笑。

"你拍我干什么？"丁文雅忽然反应过来，笑着跑了。

丁蕾和丁思萍也笑着说："老师再见。"转身跑回了教室。

看着她们的背影，我心情一下好起来，感觉心里暖暖的。

第三节晚自习上课铃响后，我又去了教室，先平静地把刚才的事讲了，然后说："这件事到此为止，大家不要议论，更不要对外说，你们传出去对老师和刘锐都不好，人家认为刘锐打了老师，还是老师把刘锐揍了？咱们一个班就是一个大家庭，家丑不可外扬。"看着学生们频频点头，我挥挥手说，"好了，大家继续上晚自习吧。"说完，我在讲台上，备起课来，一直到放学。下晚自习后，看所有学生都睡下，我才往家走去。

回到家后，丁雨还坐在床上看书。见我进屋，她关心地问："怎么这么久才回来？小年晚上也不好好休息。"

"正是过节才容易出事，好多男生在宿舍喝酒，都被我赶到教室去了。"我边脱衣服边说，"他们毕竟还是些孩子，今天恐怕是他们生来第一次在外面过小年，他们能不想家？所以，我一直陪他们上完自习，让他们感受一点点温暖，最后看他们睡下，我才回来。"

丁雨转过头来看着我，动情地说："哥啊，与你在一起真好，你是一个有爱、懂爱、会爱的人，哎——你的额头怎么肿了？"

我拍拍她说："刚才走夜路，不小心撞墙了，没事。"

"我看看！"她伸过头来看着我说，"怎么那么不小心，以后出去别忘了带手电筒。"

我把她按下，顺手关了台灯，安慰她说："一点小伤，没事的，你睡吧，我也累了。"

黑暗中，我摸摸后脑，鼓起的大包比鸡蛋还大，隐隐作痛。我假装睡着，内心却在翻腾，越想越后怕，晚饭时要是喝了酒，不注意把刘锐掐死……我不敢再想下去。

第二天早上，丁雨发现了我脑袋后的大包，追问我是怎么回事，我把昨夜的事跟她说了，她急得带着哭音说："昨天晚上，为什么不告诉我？"

我笑笑说："要是昨天晚上告诉了你，你还能睡着觉？"

"你呀……"她拿毛巾用热水泡了，拧干后按在我脑袋后面。

我一边享受着热敷，一边说："丁雨啊，这不大管用，还不如用你的红酥手揉揉，再给我黄滕酒一口口……"

"啪"她拿手巾打了我头顶一下，"你照照镜子看看，都什么样子了，还开玩笑。"

早饭时，刘锐来到我家，拿出一百元钱，放在我的茶几上说："老师，这是我父亲叫我拿来给您治伤的。"说完后就跪在水泥地上不起来了。

我一言不发，继续吃饭。丁雨一遍遍给我使眼色，我也不理她。

吃完饭后，我站起来说："刘锐，我这点小伤用不着治，你把钱收起来回家吧，我要去上班。"

刘锐无奈，站起来低着头走了。

我在去教学楼的路上，遇上了几位教师，他们问我怎么了，我继续编话说："昨天晚上，巡视时不小心撞墙了。"

"是鬼打墙吗？你怎么前后都撞？"他们开我玩笑。

中午吃午饭时，刘锐又不知从哪里冒出来，到我家跪下。我指着还放在茶几上的一百元钱说："刘锐，把你的钱拿走，我吃完饭后要午睡。"他一动不动地跪在那里。

我问："刘锐，你要干什么？"

"老师，我要上学。"他低着头回答。

"那我问你几个问题，你如实回答。第一，是谁叫你来的？"

"我大哥。"

"他为什么不来？"

"我大哥说，昨晚他一气之下，忘了看看您的伤势，他没脸再来见您。"

"第二，你舅舅是干什么的？你是怎么来的光华中学？"

"我舅是县委干部，他找局长送我来的。"

"那让你舅再把你送到一中上学不行吗？你为什么非要回来？"

"老师，我回来听同学说起您昨天晚自习说的话，仔细想想，怕再难遇上您这样的好老师了，我要跟着您上学。这事您要是告诉了校长，他非开除我不可。"

"不错，算你明白。"我敲山震虎地说，"刘校长为人疾恶如仇，天王老子都不怕，他要开除你，县委书记也说不了情，他山大的同班同学是省委组织部长，他怕谁？还有一点你可能不知道，如果给你开除学籍，这个处分会在你档案里一辈子，因为高中学籍是省教育厅管的，要在那里备案。"

刘锐听了，赶紧说："我谢谢老师没告诉校长。"

"还有，假期你在县城干什么？"

"我舅家表哥无业，整天在社会上玩，是个小头头，我跟着他干了一些坏事，但是我从没干过大事。"

"你抬起头来。"我盯着他的眼睛说，"你表哥叫李铁文吧？"

刘锐看着我，疑惑地问："老师怎么知道？"

我蔑视地看着他说："我大叔是组织部常务副部长，表兄是公安局长，李铁文那点事，我想知道还不简单？我还知道你舅是工会主席。我问你，只是想看看你的态度。你起来，坐到沙发上去，再办两件事，我就让你进教室上学。"

他一下坐到沙发上，瞪大眼睛急切地问："老师，什么事？"

我说："你先把钱收起来，要不免谈。"

刘锐着急地说:"老师,您就留下吧,要不我会一辈子心不安的。"

我看看他说:"你这话说得像个好学生了,不过,我确实不需要。你要不收起来,就走吧,我再也没你这个学生。"

刘锐没法,无奈地把钱收了。

看他收好钱,我严肃地说:"刘锐,你得写个保证书。一、保证不再去县城胡闹;二、保证不再违反班级纪律,服从班干部管理;三、高考前还有三次考试,你保证每次提高十名,你现在是七十名,高考前到四十名之前。你不笨,只要努力,一定能做到,我不会看错人的,就看你有没有这个决心,如果做不到,你自己离开学校,让你舅给你另找地方上学。我不愿意开除你,就你辱骂殴打老师,走遍天下也是开除学籍,我不想让你一辈子在档案里留个大污点。"

刘锐听了我的话,哭出声来,他边擦着眼泪边说:"老师,我知道您是为我好。我写,我一定努力做个好学生!"

我拿出一张卫生纸让他擦了眼泪,给他钢笔和两张白纸说:"你一式两份,一份我留着,一份贴在教室墙上,让同学们监督。"

刘锐写好后,站起来双手递给我。

我接过保证书,说:"你去吃饭吧,下午上课前,你到我办公室门前等我。"

"是,老师再见。"刘锐深深向我鞠了一躬,出去了。

丁雨从屋里端着饭出来说:"师父啊,刚才你导演了一场人生活剧啊,我都快顾不上做饭了,看你如何施展手段。我想想啊,你这叫恩威并施、敲山震虎、真真假假,还有紧箍咒。"

"雨儿可教!"我说,"你说哪是真哪是假?"

"你说你大叔是部长当然是真,说你表兄是公安局长可能是假。不过表哥这样的亲戚,无从查起,你真是滴水不漏。"

我边吃饭边说:"小雨,你不要干班主任,高中班主任太难干,没有十八般武艺是干不好的。你想,高中学生年龄大的有二十多岁的,你一个女孩子,那些男生会怕你?"

吃完午饭，丁雨收拾了碗筷，忽然从后面搂住我的脖子，鼓鼓的胸脯压着我的后背，学着阿Q跟吴妈说话的口气，说："师父，我要和你睡觉。"

我被她逗得意兴大发，反手一把将她拉进怀里，抱起来进了卧室。

下午上课前，我到办公室门口，带着刘锐进了教室。学生们都静静地看着我，我举起保证书说："同学们，这是刘锐的承诺，因为这个承诺，我没有向校长汇报开除他。他回来后，同学们都要关心、帮助并监督他。刘锐，你回到座位上去吧。"

看着刘锐流着眼泪坐下，我把保证书放到丁文雅桌上说："你把它贴到墙报栏里，一直到高考。"说完我转身出了教室。

过了春节开学以后，刘锐果然拼命学习了，三月初第一次摸底考试，就上升了十六名。崔小鹏上升到二十一名，丁蕾也升到二十三名。这三个人学习成绩的迅速提高，在班里引起强烈的"鲇鱼效应"，全班发疯一般学习。学校请人晚上在操场放电影，各教室都剩下三三两两的学生，我班却有五六十人在教室静静地学习，我撵他们下去看电影，也没人听。

三月中旬的一天，我在办公室备课，刘校长派人叫我去他办公室。我过去后，刘校长拿出一张纸给我看。我一看，是教育局党委研究，让我去考山东教育学院汉语言文学专业二年制本科的通知。

"徐主任，刚才王局长打电话说，今年教育部在山东、湖南等四省教育学院试点二年制本科，这是离职进修，带薪上学。这个专业共收四十名学生，全省每个县区只分一个名额，经考试择优录取，考试时间是六月三日。小徐啊，你要珍惜这次机会，现在要求干部'四化'，你的条件都好，唯有学历偏低。局党委给你机会，显然是要你提高学历，明显是培养后备干部。你的工作量那么大，再参加复习考试，能吃得消吗？"刘校长关切地问。

"体力、精力没什么问题。"我想了想说，"关键要考上没有十足把握，山东有一百四五十个县区，录取率近四比一。再说，丁雨已经怀孕，我得和她商量了再说。"

"应该的。"刘校长表示赞许，又说，"我再找陈有才谈谈，教务有些事你忙不过来，可以让他帮帮你，你本来工作不要命，再加上复习，一定要注意身体啊！"

"谢谢刘校长关心，我年轻，扛得住，您放心吧。"我拿着通知出了校长办公室。

上了教学楼，我先去找丁雨。正好其他老师都上课去了，只有丁雨自己在，我把这事和她说了。她首先想到这要是三年前就好了，山师和山东教育学院都在济南历山路上，我们一块儿上学，一块儿毕业，该有多美啊。

"你就不要做没影的梦了。"我爱怜地看看她说，"现在的问题是你怀孕了，如果我去上学，孩子正好出生，两岁前是最需要人的。"

"不是有他奶奶吗？咱三个哥哥孩子都大了，公公婆婆也已经六十多岁，不能再干重活，叫他们都来，正好帮我做饭带孩子。"丁雨越说越兴奋。

"你不怕跟公婆合不来？"

"这个你多虑了吧？公婆都知书达理……"丁雨忽然停下，盯着我问，"你不是对我没有信心吧？"

"不是！"我赶紧说，"提前打算嘛，只要你支持，我就复习，否则，我宁可不考。中文这东西，重学历不唯学历。你知道'南钱北魏'吧，中学语文界的名师。'钱'是上海的钱梦龙先生，'魏'是辽宁的魏书生老师，他在今年全国中语会上成为风云人物，他是初中毕业生，还有现代作家沈从文……"

丁雨打断我的话题："可毕竟学历高好啊，以你的情况，到大学进修两年，再多读点书，业务上肯定会有新的飞跃。"

"行啊，只要你支持，我就考。只是舍不得你，两年啊，叫我如何不想你。"

"是啊，"丁雨也有些惆怅，"刚在一起一年，又要分开，唉！哎——好在不太远，你坐火车晚上上车，黎明到胶县，早饭时候就到家了，实在想了，你可以多回来几趟。"

　　中午，我把专科教材全找出来，计算时间，制订了复习计划。如果按常规，我是没有时间复习的，所以只能开夜车。我拿一床被子放在办公室橱子里，晚饭煮十个鸡蛋带到办公室，晚十点下晚自习后，开始复习，到十二点，把鸡蛋热热吃了，一直复习到三点，在沙发上睡到六点起来，把被子一叠，塞进厨子，再上早操。

　　这样日复一日，我一天天消瘦下去。高效的脑力劳动，是最消耗营养的，尽管我每晚吃了那么多鸡蛋，还是越来越瘦。丁雨整天心痛地劝我，我仍然每晚在办公室挑灯夜战，只是偶尔回家陪丁雨一夜。

　　六月三日，我终于考完，回来一称体重，九十六斤！师范毕业后，我体重一直一百五十斤左右。也就是说，两个多月，我多吃了上百斤鸡蛋，体重反而减了五十多斤。因为丁雨也要加强营养，所以我们的储蓄不但没增加，反而少了二百多元。我俩互相安慰，健康就好，买电视机以后再说。

　　这期间，好多学生问我，为什么那么瘦，我一直笑而不答。考试结束后，我在班会上揭开谜底，也讲了一些复习心得。最后我鼓励他们说："同学们，高考是千军万马过独木桥，关键看谁信念更坚强、意志更坚定、方法更对、效率更高！今年我和你们一起高考，咱们比试一下，看谁考上。老师做事向来是全力以赴，一击必中！你们能做到吗？"

　　"能！"全班喊声震耳。

　　"这就对了，"我大声说，"孟子曰——"

　　"虽千万人，吾往矣！"学生们一起大喊，激起豪情万丈。

　　六月底，我收到山东教育学院的录取通知书，接着就去了校长室。"刘校长，对不起了。"我故意慢慢吞吞地说。

　　"怎么了？"刘校长关切地问。

250

我把录取通知书递给他说："又得麻烦您另找教导主任了。"

刘校长看完，哈哈大笑着说："祝贺你！今年你主抓的高三高分段持续上升，你的（1）班势头更是强劲。说实话，真舍不得让你走啊。不过，就两年，很快就回来了。你十月二十日报到，希望你把今年的高三工作负责到底。"

"您放心，在我走之前，一切听从您安排。"

接着，我用刘校长电话向王局长做了汇报。

王局长说："你被录取，昨天招办向我汇报了，我祝贺你。你在暑假期间把学校善后工作做好，到时候去上学就行了。你让刘校长接电话。"

他们通电话时，我轻轻带上门，退了出来。

下午班会上，我拿出通知书给学生看后说："老师不是炫耀，是多么想你们都考上大学，师生一块儿上学，该是人间佳话啊。不过我是带工资上学，你们谁考上济南的大学，到老师那里去吃大户，啊——"

学生们嘻嘻哈哈地笑了。

晚上，我和丁雨做了好菜，喝了一点酒，庆祝一番。

高考终于临近，七月三日，光华中学有刘校长、许副校长、董副校长带队，后勤主任、校医、保卫人员和高三全体师生分乘多辆大客车，浩浩荡荡开进了县招待所。

因为高考考点设在县城，为了让学生提前适应环境，提前看考场，这在光华中学已形成惯例。七天时间高三师生同吃同住，其乐融融。高考结束后，我们又乘坐大客车凯旋。

七月二十四日，高考成绩下达，全校震动。各班本科达线：（1）班23人，（2）班17人，（3）班12人，（4）班13人，（5）班12人，（6）班11人，（7）班（文科）9人，（8）班（文科）10人。全校107人，超过一中二十多人，升学率也超过青岛二中。

我班本科达线数，全市第一。丁文雅以全校第一名的成绩考上北大中文系，肖长青以全校第二名的成绩考上北航，李志超以全校第三名的成绩考上人大，他们三人的总分均超过清华录取线。刘杰紧随其后，考入复旦大学中文系，崔小鹏考了第五名，报了中国冶金大学，丁思萍考入山大，丁蕾考上山师。更为可喜的是，我班还考上二十二个专科，刘锐考入青岛师专。

下午，刘校长召开了全校教职工大会。会上，刘校长通报了高考大喜讯，他激动地说："老师们，一年前，谁能想到我们的本科达线数是上届的近三倍？青岛二中是什么生源？那是市内四区最好的学生，我们的升学率超过了他们！胶南一中是什么生源？那是县城里的孩子，还有很多农村好学生也去了一中，这届学生高一入学时，学生质量远远好于我们，我们就拿这样的学生，把他们远远甩在后头！今年高三全体老师团结努力，创造了辉煌，创造了历史！特别是（1）班，本科达线数，名列全市第一！我听到徐主任在（1）班高考动员会上说的话：全力以赴，一击必胜！'虽千万人，吾往矣！'没有实力，就没有这样的霸气。同志们，我们要上下一心，团结一致，为明年高考取得更大胜利而奋斗！"

刘校长的讲话引起全校教师共鸣，学校礼堂掌声久久不息。

下午放学前，刘校长通知高三全体教师晚上举行庆功酒会。六点，老师们喜气洋洋地到学校小餐厅集合。餐厅里摆下三个大桌，高三二十多名教师和学校干部各就各位，我和董副校长被安排和高三文科教师一桌。菜的档次很高，酒一律是高度茅台。

宴会开始，刘校长发表了即席讲话："老师们，首先告诉大家一个好消息，我校因为今年高考夺全市第一，青岛市教育局为教育系统申请的高考专项奖励资金，将发给我校八十万元，用于改善教学设施。这样我们就可以建一座科技大楼，把图书室、阅览室、档案室、实验室等统统纳入，学校可以腾出大量平房，改善师生住宿条件。同志们，学校怎么才能持续发展？一靠文化积淀，二靠高升学率提振师生信心，吸引更优秀的学生来上学。今年高考，我校取得了令人难以置信的好成绩，为我校发展打下了坚实的基础。今天，我们都非常高兴，大家知道，”他举起手中的七钱杯说，“我喝酒从不过三杯，天王老子来了，我也不奉陪，今天我要破个例，我代表学校向全体高三教师先敬三杯!”刘校长豪情万丈，眨眼之间，他连干了三杯茅台。

刘校长敬完酒后，各桌有领导带头开始。我们桌董副校长刚敬完一杯，刘校长就端着一杯酒，来到我身边坐下。

他说：“徐主任，你主抓高三一年，付出了常人难以想象的努力，为学校做出了突出贡献。来，我敬你一杯，也希望以后咱们有缘共事。”

刘校长的话，让我想起一年的拼搏，说得我流下眼泪。我说着“校长过奖”，端起酒杯，和他一碰干了。

那晚上，刘校长与每一位领导、教师单喝了一杯。喝了三十多杯茅台，仍然说话利落，思路清晰。董副校长拍拍我说：“好家伙，老弟看见了吧？这才叫‘深藏不露’啊!”

八月中旬，新的学年又开始了。我师兄陈有才接任了教导主任。我常常到他屋里把我班的学生录取通知书拿回家，等我班的学生来取。

一天，丁思萍和丁蕾一块儿来了。我把山东大学、山东师范大学的通知书分别给了她们，丁思萍说：“老师，我和丁蕾考上了济南的大学找您吃大户，您可不能反悔啊。”

我用手指点着她的脑袋说：“老夫有你们两个小美女陪着吃饭，为何反悔?”

“您才大几岁?”她噘着嘴说，“就敢自称‘老夫’?”

丁雨说：“我都得叫他师父呢！思萍、小蕾，你们考得不错，今天在姐家住下吧，姐好好慰劳慰劳你们。”

丁蕾说：“姐，到济南上学时，我每周日去找姐夫吃大户，你不反对吧?”

丁蕾的话勾起丁雨的伤心事，她叹口气说：“你姐夫要是三年前去，我该多美啊。现在便宜你了，你爱去几次去几次。”

周末下午放学时，肖长青父亲开了一辆面包车来到学校，请老师们去喝喜酒。他把我们拉到藏南供销社饭店。一进门，看见肖长青、丁文雅、刘杰、丁思萍四个学生和他们家长都在，肖部长给我们一一介绍后说："徐校长，丁思萍一家和我邻居，丁老师、刘老师也是多年朋友，所以四家一块儿请老师们哈喜酒，人多热闹。"

喝酒的时候，肖长青说全班考上大学的四十五人正在串联，倡议去光华镇饭店宴请老师，搞一个谢师宴。

"谢师宴我不反对，"我想了想说，"就怕有的同学家庭困难，不去怕同学笑话，那就不好了。"

"哎，徐校长想得太多，"肖部长插话说，"现在大包干了，不是人民公社时代了，这两年农民一下富起来，咱的工资不就是那四十几大毛吗，琅琊镇那些承包果园的，一年纯收入过两千元不稀奇。渔民就更厉害了，斋堂岛上，家家户户都装上电话了，有的渔民年收入过万。"

"可那毕竟是少数，"我对肖长青说，"这样，你联系李志超，定个标准，不要太高，一块儿聚聚，热闹热闹就可以，每人三块钱怎么样?"

"已经联系了，"肖长青高兴地说，"我们定了三元标准，然后私下给家庭富裕的同学说，可以多出一点，但是二十元封顶。因为毕竟是家长的钱嘛。"

"好，"我朝他伸伸大拇指说，"你六年中学班长没白当，虑事周全。说说你们怎么策划的?"

肖长青说："我们计划，搞个通信录，以后便于联系，再照个合影，纪念一下。"

"通信录很好，合影我看就算了，咱不是有了毕业合影了吗? 你想咱班好多同学回去复习了，我怕他们看见合影会伤心。那天，你们尤其不要去学校，叫他们看见。"

"啊，这个忽略了，"肖长青挠着头说，"还是不如老师。"

"臭小子!"肖部长拍了儿子一巴掌说，"你敢跟老师比?"

那晚上，气氛很热烈。家长和学生轮番敬酒，大家都很兴奋。肖部长喝着酒都流泪了，他激动地说："徐校长，老师们，五年前俺这四个孩子谁指望考上光华中学？谁指望考上大学？他们上初二时，俺们拿着孩子考试成绩，和十七中的学生比比，差一大截呢。他们四个在初三和高三最关键的时候，遇上您和这些老师，真是他们的福气啊！咱这小地方，一下考上四个重点大学生，这是开天辟地没有的。孩子们，要在过去，你们要跪下给老师叩头的，还要带响！"

四个学生并排站好向我们六个老师深深鞠了一躬说："谢谢老师，老师喝酒！"

晚宴在热烈的气氛中结束，肖部长又派车把我们送回光华中学。

又一个周日。我班考上学的学生齐集光华镇，把老师们请去，在饭店里摆下了宴席，整整热闹了一个中午。应学生要求，我给他们提出两点上学的建议：一是要比上高中还要努力学习。现在好多大学生提出"六十分万岁"，特别是一些农村学生，到了大城市，迷失自我，整天吃喝睡玩，平时不学习，考试应付。殊不知，上大学是学习专业课的，虽然谁都不愁毕业工作，一生有了铁饭碗，但我相信，时间会证明，这样的人必将被社会淘汰！二是私生活要检点，上大学可以谈恋爱，但不要过于亲密。大学生，国家实行分配制度，上学时在一起，毕业后可能天各一方，有的恋人就是那样终生两地。所以，只有毕业后，才能确定人生走向。

喝酒时，崔小鹏和刘锐一同来单独向我敬了酒，说了许多话，都是流着泪说的，他俩传染了很多同学，酒宴并不欢乐，倒是有些严肃。

……

第十七章　再次远行

第二天上午，吃过早饭，丁雨挺着大肚子上课去了，我离去济南报到还有近两个月，学校上届高三的善后工作也全部完结，我享受着有生以来最清闲的一段时光。

突然有人敲门了，我出去敞开大门。"于倩!""老师!"我俩几乎同时喊出声。

我请于倩进屋，仔细打量着她。此时的她与四年前判若两人，个儿长了一头，差不多跟我一样高了，山里孩子的纯朴依稀，更明显的是气质变高雅了。她一袭绿底碎花连衣裙，黑黑长发扎成马尾，胸部已发育成熟，高高耸立。脸白皙细腻，白里透红，让我整个小屋都亮起来了。

我让她坐下，给她泡上一杯茶，笑呵呵地说："于倩，你出落成大姑娘了，一见你，我差点没认出来，你比以前更漂亮了。"我由衷地赞叹着说，"去年我调来光华中学，听说于文亮考上了山大，你考上了北师大，还是教育系，北师大的教育系可是国内知名……"

"老师，"她打断我的话题，"您结婚了?"她平静的话音里有一丝颤动。

"啊，是啊，"我笑笑，"跟你丁雨姐，去年元旦。"

"祝福您和丁雨姐。"于倩幽幽地说，"四年前，我考上高中时，在我们村东小石桥上，您说大学毕业六年之内不准见您，当时觉得您是想让我们拿出优异成绩给您惊喜，现在明白了。唉，真是恍如隔世啊。"

我看见她眼眶里涌出了泪水，赶紧说："于倩，你先参观参观我的小家，我出去一趟，马上回来。"

我从家里出来，直奔教学楼，找到丁雨说："快出来，家里来客人了。"

丁雨挺着大肚子，一步一摇地走出来，微笑着问："大周一的，是什么不速之客？"

我扶着她走下教学楼，说："是于倩。"

"啊，知道了。"她一手扶着后腰，一手伸出食指朝我晃着说，"你第一个漂亮的课代表，是不是来找你寻仇了？"

"丁雨，你可别瞎说，啊——"

"你不用害怕，"她正色地说，"我知道该怎么做。于倩是个好女孩，我见了都爱不释手，你可千万别伤了人家小姑娘的心，昂——"她的话像长者一样语重心长。

我赶紧说："谨记领导教诲！"

丁雨笑笑说："谁叫我哥这么优秀，美女们爱你，那很正常，唉！"

回到家里，丁雨一下拉着于倩的手，热情地说："于倩妹妹，四年不见，你比以前更漂亮了！我在山师上学时，也没见过一个比你更美丽的女生。你在北京上学，见过的美女一定更多，也会打扮。再开学你该上大三了吧……"

"丁雨姐，"于倩打断她的话题，笑着扶她坐下说，"您才漂亮呢，那年在于家官庄联中，我们看见您去找我老师，就像看见仙女一样，我们女生都羡慕死了。"

"哎呀，"丁雨摩挲着自己的肚子说，"于倩妹妹，你看这样子，还说漂亮？"

"这是女人最美的时候。"于倩轻轻地回答。

"于倩妹妹真会说话。"丁雨站起来说，"你们师生说说话，我再去烧壶水。"

丁雨进了厨房，我问起于倩的学习情况，然后说："于倩，现在国家非常缺乏教育学专家，我建议你报考本校的研究生，北师大的教育学专业师资在全国是首屈一指的，你毕业后可以进大学当教授，也可以进教育科研部门当研究员。"

"老师，谢谢您的指教。"于倩平静地说，"我没那么大志向，上大学后，我只是听您的话，心无旁骛，专心学习，以后一步一步走就是了。倒是您，只操心别人，看您现在比以前瘦多了，您身体还好吗？"

我跟她说了春天考学的事，说："都过去了，以后体重会慢慢恢复的。"

于倩听后，又流泪了。她拿出手绢擦着眼睛说："您工作量那么大，再加上复习，真是不要命。"

我说："没办法，都赶上了。现在好了，去济南还有一个多月，我一生从来没有这么一大段悠闲的日子。"

看丁雨提着水出来，我接过来说："丁雨，你陪于倩说说话，我去市场买点菜，中午我做饭，慰劳两位美女。"

"老师！"于倩急着说，"您别去了，我明天就要回北京，家里还有不少事，我得走了。"

任凭丁雨怎么挽留，于倩执意要走。

出了家门，于倩推着她的女式自行车，我和丁雨一左一右陪着她往校门口走。

到教学楼东边的时候，于倩停下脚步，对丁雨说："丁雨姐姐，您别送了，快去工作吧。"她拉着丁雨的手，深情而真诚，"于倩祝您和我老师幸福。"

丁雨笑着说："徐健，你送送于倩妹妹吧，我上楼了。"

我陪于倩缓缓走出北大门，向西经过一座大桥，又转到向北的河堤小道，一路无语，我们都知道对方内心的话，我们就那样缓缓地走着。

终于，于倩停下，手扶自行车，定定地站住了。夏末初秋明亮的阳光，透过树叶缝隙，斑驳地洒在她身上，微风轻轻吹动着她绿色的裙裾和乌黑的长发。她两眼似乎在看着我，又似乎在看着远方，幽幽地说：

"老师，五年前那个秋天您带我们去爬藏马山，那个下午是于倩一生最幸福的时刻了。"她直直地看着我，突然含情脉脉地说，"老师，能和您握握手吗？"

我伸手握住她柔嫩细腻的小手，感觉她的手有点微微颤抖，一股电流"唰"地传遍我全身，于倩身体也微微一晃。我多么想给她一个拥抱，给她一点慰藉，但我不能。我努力克制着自己，另一只手拍拍她的肩膀，说："于倩，以后你别再来看我了。"

"为什么？"于倩脱口而出。

我感觉她浑身一颤。

"因为，不见是永远的浪漫。"说完，我松开了她的手，又说，"我写了几句话送给你。"说着我把事先写好的一首诗放到她手上，告诉她回家看，又道声"珍重"。

于倩的眼泪"唰"地流下来，她梨花带雨地强笑着说："老师，再见。"

说完，她转身骑上自行车，飘然离去。

望着于倩远去的影子，我默默地给她祝福，我知道我只能把对她的爱怜深深埋在心底。于倩是一个非常有灵性、用情很深的女孩，她既是上天送给我的美好的礼物，也是上天给我的考验。我写给她的诗是这样的：

　　　　小雨滴

　淅沥沥一场小雨
　我伸出手
　接住一颗清凉的雨滴
　她盯着我
　我也盯着她
　轻轻交谈了半小时

我接住的为什么是你，
而不是别个？
我跳进你手上，
为什么没跳进戈壁？
看起来咱俩早有缘分
本应当如此亲密

淅沥沥一场小雨
我伸出手
接住你——我的雨滴
你盯住了我
我盯住了你
相互眨眨眼儿
缠绵了好大一会儿

最后我说
你该飞走了
不是我的手掌
是广阔的天空
属于你

晚上睡觉时，我拥抱着丁雨说："小雨，我这一生上天只送给我两件最美的礼物，一个是你，一个是于情。你是我深深热爱着的，也可以一直爱到底的女人；于情是我深深爱怜着，却永远不能爱的女孩。"

丁雨把头埋在我的怀里，她柔软光滑的长发，铺满了我火热的胸膛。她像在呓语一般："哥啊，咱俩的心像水晶一样纯净、透明，你什么也不用说，小雨永远能听到你的心语……"

九月二十日，刘校长带我和新学年的高三教师，去青岛参加了"青岛市一九八五年高考总结大会"，在青岛"教师之家"宾馆礼堂里，刘校长上台领了市政府颁发的先进单位的奖牌和八十万元奖金，刘校长还做了学校管理工作的报告。我也受到大会表扬，做了班主任工作报告，讲了我的班主任工作的"五'要'五'不要'"工作条例，还结合高三一年中三个典型事例，即肖长青与丁文雅的恋爱事件、崔小鹏事件和刘锐事件等大量实例进行分析。我们的发言，引起了与会者热烈的反响。

　　回校后，刘校长叫我到他办公室，拿出个牛皮纸袋说："小徐，今年高考奖金评定还没完成，你快要去济南了，我们三个校长商量，先给你预支一千元，剩下的寒假再给你。今年春天你工作累，身体亏空大，回去好好补补身体。还有，丁雨老师也快要临产了，你需要钱。"

　　九月二十九日，刚吃早饭，丁雨忽然肚子痛。我赶紧找到刘校长请示，调了学校的轿车，把丁雨送到镇医院。上午不到十一点，孩子出生了。正好学校两个女教师来看望，我让她们陪丁雨一会儿，跑回学校，到刘校长办公室分别给老家和丁大叔村里打了电话。也顾不上和刘校长多说话，又跑回家，煮了小米粥，骑上自行车，跑回医院。

　　三天后，丁雨出院了。我扶着她从病房中走出来，母亲在后面抱着我们的儿子，秋天的阳光洒在我们身上。我对丁雨说："小雨，我给你吟首诗吧。"

　　　　　　扶

　　　并肩在秋日下散步
　　　甜情蜜意
　　　像春花噙着雨露

　　　携手在秋风中散步
　　　情人眼中的落叶

也是醉人的音符

产后初愈的娇妻
首次从病房中走出
踉踉跄跄的脚步

不可缺少情话的人生啊
更不可缺少
——搀扶

"嗯，"丁雨调皮地笑笑，煞有介事地说，"不错，情真意切，关键是还很有良心……"

不到十二点，丁大叔就来了，还拿来了老母鸡。他一看是男孩，高兴坏了，说"有外孙子了"。

晚上，我留丁大叔住下，和他睡在西屋。母亲陪丁雨和孩子。那一夜，我和丁大叔一起说了很多话，打算着未来……

第二天，因为家里有农活，丁大叔回去了。我和母亲轮流照料丁雨，迎接款待来看喜的家人和亲戚，整整忙活了一周。

十月十九日，儿子才出生二十天，我打好行装，在门口告别出发。看着儿子清澈的眼、母亲眷眷的眼、丁雨依依的眼，我硬着心肠转身出了家门。

很快，我在胶县火车站乘上青岛开往济南的火车。傍晚，天阴沉沉的，火车迎着猎猎西风向西飞驰。车厢里很安静，我闭上眼睛，脑海中一下子浮现出八年前第一次坐火车去东北的孤独情景。这次虽然没有上次那样无助，但是，一块压在心底的巨大的石头突然矗立在眼前。近几年各方把教育功利化的倾向越来越严重，巨大的合力推动学校只能把升学率当作教育的唯一目标，这样下去，会产生无穷无尽的社会问题。此去济南两年学习，我该接受什么样的教育理念？目前教育出现的问题谁

262

能扭转？这些问题会不会继续恶化？

　　回顾参加工作五年来的生活，虽然紧张，但幸福甜美，唯独教育的趋势令人不安。未来的路很长，此时，我对未来有些迷茫，想起第一次坐火车用手指在衣襟上画着的诗句，只把那诗句改了一个字：

　　　　悠悠
　　　　踏着一叶孤舟
　　　　故乡
　　　　留在秋风那头
　　　　……

第十八章　青春飞扬

十月二十日，周日早上，火车抵达济南，我随着人流出了火车站。因为时间太早，还没有公交车。我带着自己简单的行李，在火车站前面广场找到一块空地，倚着行李，仰面躺下。天空湛蓝湛蓝，无风，空气暖洋洋的。因为在火车上一夜未睡，我很快就迷糊着了。蒙蒙眬眬中，我被嘈杂的人声吵醒，一看表已经是上午九点多。广场东边火车站出口处，有几所大学接站的横幅。听说济南有近四十所大学，怎么就这几所接站的？我心里想着，提着行李过去看看有没有我们学院的。很快我就找到了"山东省教育学院新生接站处"的横幅，在学生会干部的安排下上了车。等到一车人满后，汽车就载着我们，朝学校出发。我在车上，仔细地看着车行的方向。经路、纬路、泉城路、历山路，不一会儿，学生会干部就指着前面说，到了。我一看前面，明明是一座影院型的建筑，上面有"鲁艺大剧院"几个大字。汽车却从旁边一个不大的校门进去，门旁边一个蓝牌子上有"历山路 36 号"字样。到了院子里，看到许多人在办报到手续，我也排队报到。刚刚办完报到手续，一只大手，拍了拍我的肩说："哎，你就是徐健？"

我回头一看，是一男士。他比我略高一点，年龄也似乎大一些，身形微胖，面相和善。我打量完他，就回答说："是啊，您有什么事吗？"

"嗨，"他握着我的手，略显腼腆地笑笑说，"我叫郑春华，是学生会副主席，学校有关部门在你的档案中，看到你有篇散文，获山东省大学生散文征文一等奖的证书，就责成学生会安排你进学生会文艺部，担任文艺部部长和学院报纸文艺版的主编。你愿意吗？"

听完他的话，我笑笑说："这个遵命就是。领导，关键现在得先让我找到宿舍，放下行李吧？"

"应该应该，我领你去找你们班宿舍。"郑春华正呵呵笑着跟我说话，忽然前面跑来两个小姑娘，老远就喊"老师"。

我一看是丁思萍和丁蕾，就诧异地问她们怎么来了。丁蕾"咯咯"笑着说："姐夫老师，我们山师就在你们学校南边，思萍上的山大在你们学校东边，坐公交车来，都没有几站路，往后两年您可够受的了，我们高兴就来找您吃大户。我们普通大学都开学两周了，您才来报到。今天上午我们在那边等了好久了，中午我俩就请您吃饭，算给您接风，账还是要您付的，怎么样？"说完，两个人一块儿向我扮鬼脸。

我一边答应着"好"，一边向郑春华介绍了她俩。郑师兄带路，她俩抬着我的行李，一起向旁边一栋楼走去。到了二楼，郑春华指着一间大房子，告诉我这就是我们班男生宿舍，就告别忙别的事去了。

我们三人推门进去，一看房内像一间教室，排放着十几个双层铁床。床头上贴着姓名，我找到自己的床位，把行李扔到了上铺。刚想领丁氏姐妹去吃饭，门口进来一个大个子，看年龄比我大，身高足有一米九，身形笔直，自然的卷发，脸上挂上满不在乎、又让人感到亲切的微笑。

他走过来，看看床头贴着的我的名字说："你好！以后咱们是同学了。看，那是我的床位。"说着手轻轻一抬，就把行李扔到了相邻的上床。我往那床头一看，上面贴的名字是"孙战平"。

"老孙，你好，你好。"我一边伸手跟他握着，一边说，"我是青岛市胶南县的，你是？"

"青岛市莱西县的。"他笑眯眯地快速接上说，"我们是老乡啊！我在下面报到表上看到还有个胶县的同学叫'李怀远'。这两个女孩是谁？怎么你来上学还带着跟班？"

"老兄……"我刚要说话，突然看见门口儿走进一个小老头儿。老头儿个儿不高，有一米六的样子，五十多岁年纪，顶上头发已经有些脱落了，微胖，面色红润，精神头十足。他一进来就喊："同学们好！"然后指着孙战平和我说，"你是孙战平，莱西的，二十八岁；你是徐健，胶南的，二十六岁。啊，对了，我是你们辅导员卫方仁，早看了你们档案，没错吧？这俩女同学是……"

"老师好！"我和孙战平同时喊着，跟老师握手。之后我向老师和孙战平介绍我的两个学生。说话间又进来几个同学，大家互相认识后，纷纷乱乱地说话时，我向丁思萍、丁蕾使个眼色，三人悄悄地下了楼。

"老师，咱们去哪儿？"丁思萍问。

"我从昨夜到现在还没吃饭呢，早已饿得不行了。你们看现在都快十一点了，你们知道附近有饭店吗？"

"有啊。"丁思萍说，"跟我们走吧。"说完她俩互相挤挤眼，"嘿嘿"地笑着。

跟着她俩，我们出了学校，走进历山路对面的一家饭店，门匾是"小天鹅酒家"。进门到了前台一看，这是济南军区后勤部办的三星级饭店，我立刻明白了她俩挤眼的意思。心想：这俩小丫头今天中午是专门来宰我的。也罢，她俩离家已经半月，该想家了，我也初到省会，就破例开开洋荤吧。

在服务员的安排下，我们坐到一个干净明亮的小桌儿旁，点了四菜一汤，还有三瓶趵突泉啤酒。因为十一点刚过，饭店里人不多，酒菜一会儿就上来了。我们倒上啤酒，慢慢地吃喝起来。

仔细端详她俩，几个月不见，似乎又长高了一些。我微笑着问她俩："开学都半个月了，你们想家了吧？"

"姐夫，原来想嘞，现在见到您一下子就不想啦。"丁蕾俏皮地笑笑说。

"我也是！"丁思萍现出很乖巧的样子。

"又拍马屁！"我看着她俩说，"你们知道吗，今天我一报到就被学校安排当官儿了，学生会文艺部部长，学院报纸文艺版主编，怎么样？你们刚才看见的那个人，领我们上楼的，是学生会副主席。"

"有工资吗？"丁蕾急切地问。

"想什么呢！你掉钱眼里去了。"说着，我在她头上给了一个栗暴。

丁蕾龇牙咧嘴地说："姐夫，暑假什么时候来送的礼呀，怎么一报到就进了学生会？"

"我有特长啊，爱好写作。"

"我也有特长，在档案'特长'栏填的是'爱好读书'，怎么没有人找我？"

"你有证据吗？"我盯着她问，"如果你有一篇在报刊上发表的文学评论，或者读后感也行。"

"没有。"丁蕾一听就泄了气。丁思萍在一旁笑。

"那，你那样填不是傻瓜吗？"我看着她俩，认真地说，"上大学要多参加社会活动，要想进学生会呢，必须有一定的特长。我以前参加山东省大学生征文比赛，获过一等奖。在上报入学档案时，我把证书放进去了。还有，咱们学文科的一定要广泛阅读，大面积涉猎有分量的著作，每周至少要啃下两部。以哲学、文学、历史、美学四类为主。我们一定要下功夫，大学是人生最重要的阶段，千万不要荒废啊。"我对她俩郑重地说。

"记住了。"这次她俩没笑，认真地点了点头。

那顿饭我们一直吃到下午两点多。路上我跟她俩说："以后有时间就来找我吃饭，不要客气。不过不能再来这样的饭店了，你看今天这一顿饭，就吃掉了二十多块钱，以后咱们可以去小饭店。"

丁思萍说："老师，就是小饭店，您那点工资也不够吃啊。"

我说："没事儿，我可以多发表一点作品挣稿费嘛。你知道发表一首诗可以挣到多少钱吗？我听说诗歌的稿费是按字数的，每个字一角多钱呢。你们也可以尝试发表文学作品，挣了稿费来请我吃饭嘛。"

送走她俩，我回学校找到了教室，教室里已经来了很多同学。下午四点辅导员卫方仁老师来到教室，与班干部给大家安排了座位，随后开了一个简短的见面会。班上三十八位同学，其中男生三十三人，女生五人，大家一个个做了自我介绍，卫教授又把开课情况和各科的教授一一做了说明。还说全班应该是四十人，有两名同学当地县教育局没有让他们来报到，继续教学了。

开学一周，我对学校情况有了基本了解。山东教育学院前身是新中国成立初期的济南师范学校，八十年代初，为解决全省高中教师短缺的问题，省教育厅将其改为省教育学院，从其他大学又调集部分教师，开设政治、语文、数学、英语四个主要学科的四年制本科，而我们班是第一次开设的二年制本科班。"文革"时期，革命现代京剧大兴，省里把山东省京剧团也放在了我们校园里。所以，山东省教育学院就成了教育学院和省京剧团的大杂院。革命现代京剧《奇袭白虎团》剧组那些著名演员，我们在晚饭后散步时就能经常碰到，比如方荣翔、宋玉庆。

我们也很快发现了一个问题，给我们任课的多数老教授，知识老化，教学也没有激情。听他们的课，令人昏昏欲睡。很快，有消息灵通的同学说，他们大多数是其他大学不要的教师，都调到山东省教育学院混饭吃的。对此，大家议论纷纷。我们是每个县区教育局推荐一人，又是四选一考来的，可以说是全省专科毕业生的佼佼者，有的同学甚至说，某些教授，我们倒过来教他们都可以。背地里，大家一致认为教授古代文学的李老师和教授文学理论的卫方仁老师水平很高，其余的大多不能令人满意。有些大课堂的老师更差，某位系主任，上教育学大课，第二次上课就没有了去听课的学生，大家说还不如自己看书。很快，班里涌动着一股暗流，大家互相传染着不满的情绪，那情绪终在一次课后爆发了。

第二周的一堂现代汉语课上，授课的是山大调来的一位即将退休的老教授。不知为什么，来了几个听课的老师。学院的院长我们认识，还有一个院长陪同进来的、像官员的。同学们中的消息灵通人士马上传递消息说，他是省教育厅副厅长。另外几个大家就不知道了。

课堂上，教授慢条斯理地讲着短语的结构。那些东西，我们早已烂熟于胸，所以大家都心不在焉地翻动着教材，没人认真去听。突然教授讲了一个短语的结构，说是主谓短语，同学们立刻有了反对声。我一看那短语，明明是偏正短语。教授就一个个提问我们同学，每一个站起来都回答是偏正结构。教授好像非要找出一个同意他观点的人，就照着讲台上座次表的名字，一个个提问下去，最后叫到了孙战平。我那老乡笔直地站起来，近一米九的大个儿本身就很显眼，他一下子提高了声音，字正腔圆地说："老师，您连这个短语弄不明白，教初中语文都不合格，怎么能站在这大学讲台上给我们教《现代汉语》课呢？"

教授语塞，一下子满脸通红地僵在讲台上。沉默，教室里的气氛静得让人透不过气来。好在不一会儿，下课铃及时地响了，教授夹起讲义，匆匆地、逃也似的离开了教室。

孙战平"噌"的一下从座位上站起来，走到教室门口，站住了。

院长走向前和蔼地说："孙战平同学，你有什么话就说嘛，不要挡住门口。"

说话间，同学们纷纷走下座位，把几位老师团团围在中间。

"那好。"孙战平平静地、声音清亮地说，"我就代表同学们说几句话吧。院长、领导和老师们，我们这个班的同学们是怎么来的，您都是清楚的。我们强烈要求，调水平高的教授来上课，这里的多数老师在浪费我们时间啊。我们这些人两年学完回去，都要在本县高中语文教学中起到表率作用的，这样下去让我们回去怎么向上级的领导交代呢？"

他的话刚完，那位副厅长立刻就开口了："同学们，刚才这位孙同学说得对。我是省教育厅负责大学教育的副厅长，这样吧，今天我回去后就跟厅长汇报，与院长研究。我个人的初步想法是，调拨专项资金，从山大山师大特聘名教授给你们兼课，大家看行吗？"

"好！"同学们轰然大叫，教室里响起一片热烈的掌声，几位老师在掌声中微笑着走出了教室。

第二天下午，我们正在教室里上自习。辅导员卫方仁老师突然来到教室，走到我身边用手指戳戳我，示意我出去。我起身跟老师出了教室，老师跟我说："徐健，院长叫你到他办公室去一趟。"说着他指着对面的行政楼，"那儿，三楼院长室。"

我心里"咯噔"一下：院长找我个学生干什么？路上又转念一想，管他呢，俗话不是说"阎王好见，小鬼难缠"吗？想到这里，心里也就释然，敲门报告进了院长室。

"院长，我是徐健，卫老师说您找我？"

"是的。"他指了指沙发，让我坐下，和蔼地说，"徐健同学，今天看了你编辑的学院报纸文艺版，内容清新，积极向上，还不错嘛——老卫说孙战平跟你老乡，你能跟我说说他的情况吗？"

"老师，"我慢慢思量着说，"孙战平是个正直热情的人，并且多才多艺，一开学就成了校篮球队、乒乓球队、长跑队的主力，还擅长写作，是烟台师专七八级中文系的，和已经成名的张炜、矫健都是同学，听说他也有中篇小说发表了。才开学这么短时间，他在班里、在学校就成了偶像级人物。"

"你们班真有些出类拔萃的同学，听老卫说，你们在各地中学都是教学骨干，有些还担任着学校干部。孙同学那天说的话，一针见血啊。你们其他同学都是这个想法吗？"

"是啊，老师。"我壮着胆子说，"我们都是一线教师，在这个时代，最大的感受就是紧迫，我们没有时间慢慢来，只能像海绵吸水那样快速吸收，两年后回到高中一线教学，才能快速释放，有能力托举我们的高中教育事业。'文革'已经耽误了我们十年，同学们的想法都是一样的，恨不得一天当作两天用。我个人制订的学习计划中，有一项就是两天课外时间啃下一部著作，我们同学几乎没有在晚上十一点前休息的。"

"哦，精神可嘉。"他和蔼地说，"也不要太累，要注意身体啊。你们班大部分同学都是有家庭的人了，已经不是小青年。同学们要求名师来上课的建议，省厅和学院领导已经在研究了。另外，你们还有别的建议吗？"

"老师，工作才知道书到用时方恨少啊。国家给了我们这样的机会，我们正好儿可以快速充电，回到单位努力工作。"接着我话题一转说，"我工作五年，发现在教学中教学技能是非常重要的。现在我们的本专科教育为什么只有知识教育，没有技能教育呢？比如普通话、书法、绘画等等。听说您是国家级著名书法家，要是您给我们开书法课，我相信同学们都会很高兴的。"

"你说的问题很重要，也是许多教育工作者思考的问题。可是，这是教育部考虑的，我们无能为力啊。课程设置，不是一个学院说了算的。"

……

从院长室出来，我感觉浑身暖洋洋的，如沐春风一般。

接下来几天，我们的任课老师陆陆续续换了名师。有严谨治学的当代诗歌教授袁老师，有口若悬河的现代文学教授宋老师……

名师授课，激发了我们空前的青春热情。大量的上课、课外阅读，似乎还不能让我们感到疲倦。我们班里党支部书记和班长竟然组织办起了油印的报纸，取名为《春华报》。每次印出来，就在全校流传。

早在八十年代初，在全国就兴起了空前的文学热潮。这时，更是各种文学流派不断涌现，著名诗人层出不穷。同学们课外时间都在浏览各种报纸杂志，传抄当代诗歌。

尤其是诗歌，几乎像狂潮一般席卷神州大地。诗歌，成了年轻人虔诚的宗教、狂热的信仰。所有诗刊旗帜下，都站着无数的热血信徒。各种诗刊小报，如雨后春笋般冒出来。人人写诗，人人诵诗。大小诗人如夜空的繁星闪烁。年轻的大学生们，用诗歌释放着青春的热情。诗人北岛、顾城、舒婷、江河，在年轻人心目中神奇而神圣，令人高山仰止。

这些诗人的作品在全国各地渴望自由、渴望表现、渴望建功立业的年轻人心底，激发出令人难以想象的能量，也激发出他们纯真的浪漫情怀。

闲谈时，我们都庆幸这两年学习，赶上了一个文学好时代。

第十九章　憧憬未来

一

大学生活紧张而活泼，丰富而多彩。不知不觉，很快到了一九八六年寒假。寒假前，我收到了陈文远一封信，信中告知，他要在春节前结婚，邀请"筷子"们都去他家喝喜酒。

在上学一年多的时间里，我们曾经通了十几封信，在我考学的那年夏天，陈文远被教育局推荐报考了青岛教育学院的化学系。入校后，他担任班里的党支部书记，学习努力、工作出色、作风扎实的他，很快得到了班里一位女同学的青睐。那位女同学是胶县人，与陈文远恋爱一年，就在秋天国庆节期间领了结婚证。之后，女方告诉陈文远，她父亲是胶县的县委副书记，想让他俩毕业前举办结婚仪式，等夏天毕业后，接着办理调动手续。征求了陈文远的意见，安排到胶县环保局。在那里工作，专业也是对口的。

春节前的腊月二十八上午，我们齐聚陈文远家喝喜酒。自从我结婚后两年的时间，"六根筷子"第一次聚齐，自然热闹非凡。新娘陪送的一千多元的大收录机，正播放着喜庆欢快的《祝酒歌》。席间，大家互相通报了两年来的工作、生活情况：李伟是唯一没有离开原来工作地的，不过，横河联中和胶南十七中已经合并，改名为"藏南镇中心中学"，李伟已经升任为学校的业务副校长了；丁波因物理教学出色，被调到县一中，教高中物理，同时，还在进行着本科物理函授学习；高放和李克被调到县城最好的初中学校——胶南第四中学，并考上了函授本科。

饭桌上，我们集体向新郎、新娘贺喜，庆祝"六根筷子"又少了一根，酒喝得很热闹。两年多的分别也让大家别有一番滋味在心头。为了活跃气氛，我举起酒杯说："各位老同学，两年多的工作、生活变化之快，是我们始料未及的，不过都是朝着好的方向发展，为我们取得的成绩祝贺！另外，听说李伟已经有了女朋友，是本校一位漂亮的数学老师，我提议为预祝李伟早成大婚干杯！"

祝贺完李伟后，我又问起了丁波、高放、李克的个人情况，他们都表示还没有谈恋爱。

"老兄，"李伟笑笑说，"他们三位进了县城，肯定有些想法。常言道'栽上梧桐树，引得凤凰来'，还说'好饭不怕晚'，他们这是待价而沽啊。"

李伟的话说得高放哈哈大笑："大家听听，李伟现在当了领导，一套一套的。不过，就是'狗嘴里吐不出象牙'。"

"对了，高放，"我看着他打趣说，"你们四中在胶南县城的文化路上，离教育局、胶南师范、实验小学等都那么近，那可是文化重地啊。现在，社会上大兴文学热，小姑娘们狂热追求会写点文学作品的人，你也写点文学作品，招引个好姑娘还困难吗？"

"对！老兄主意好，高放也写点散文、小说、诗歌什么的，忽悠个漂亮媳妇。"李伟第一个表示赞同。

"拉倒吧！"高放看着李伟笑着说，"你以为写文学作品像你解数学题那么简单？还是你李哥会哄小嫚儿的本事实惠啊。我可听说了，李哥女朋友叫傅晓青。你们知道吗，听说李哥天天给人家揉肩、洗脚、买糖、打饭……再加上李哥的甜言蜜语，哄得人家百依百顺。咱可没有那本事啊！"

大家一阵嬉笑打闹。

陈文远媳妇只是在一边捂着嘴笑。我们六位同学，陈文远最小，她是我们弟妹，大家不好意思跟她开玩笑，她就一直静静地坐在炕头听我们说话。

"哎，老兄，"高放止住笑说，"记得咱班许崇文吧？他也在四中教语文，今年秋天他写的一篇散文《春雨》在山东电台播放了好多遍，题材是发生在实验小学的一件真事。今年秋天，那天正下着小雨，有一位女教师怀孕到预产期了还工作，她上厕所时竟然把孩子生在女厕所里了。学校的另一个女教师发现后，发生了一系列感人的故事。教师、领导、校医通力合作，把她安全送到人民医院，力保母子平安，此事感动了教育局领导。许崇文的散文，又及时地宣扬了胶南教育。那一篇散文在省电视台播出前后，胶南县电视台连续播了一个月有余。许崇文因此在胶南也成了名人，慕名到四中来求见他的文学青年络绎不绝，其中纺织厂有一位漂亮的女技术员，更是穷追不舍，现在许崇文已经定下终身，他们都已经发喜糖了，也是年前结婚，我们语文组几乎天天可以看到那美女大驾光临。"

"那他怎么不请咱们去喝喜酒？咱得好好祝贺祝贺啊。"

"算了吧，老兄。"高放苦笑一下说，"人家现在是名人了，我跟他同班同学，还是同事，一个组里办公，人家都没有邀请。我听说局党委现在已经定下，明年山东省教育学院老兄现在所学专业，胶南的名额给他，这个李克也是知道的。"

少言寡语的李克在一边点点头，表示同意。

陈文远忽然端起酒杯，有些伤感地说："唉，还是咱兄弟们感情深啊，可是，咱六个同学在藏南一起的日子一去不复返了。首先是老兄先离开，去了光华中学，又去了济南。明年我也会调到胶县，离开大家了。祝同学们友谊天长地久吧！"

"文远，"我插话说，"藏马山下那段朝夕相处的生活，是我们一生都难以抹去的记忆。半年后我就会回到光华中学，你去的胶县在北边，也不远，你可得常回家看看。祝县城的三位老弟早日找到如意媳妇！我们共祝友谊长存！"

喝过一杯酒后，李伟忽然问起这两年光华中学发生的大事。我想了想说："最大的事，莫过于刘校长了，想必你们应该知道的，我刚走他就调任教育局长，今年又升任县委书记。你们看着，我觉得他是非凡之人，下一步该奔青岛市委去了。"

我又向丁波询问一中的情况，丁波摇摇头说："领导们天天讲要拼命工作，高考战胜光华中学，这两年两校高考互有胜负，竞争也就越来越激烈，现在除了早晚自习加班，又开始晚上坐班办公了，苦海无边哪。老兄，现在谁给我介绍一个姑娘，我恐怕连谈恋爱的时间也没有了。"

……

春节后刚返校，学校安排搬迁宿舍。教育学院崭新的宿舍楼，在春节前就竣工了。搬进新宿舍楼，我们六人一间。有四个双层床，留下一个放行李。六人中，两个老大哥，三十三岁了，自然住下铺。班长刘向东比我大两岁，也住下铺。另外两个同学比我小，我们三个住上铺。最后的安排是：我的下铺是王明远；对面是大个子李作宏，班里的篮球中锋，他的下铺是班长；另一张床，上面是年龄最小的安少君，下面是另一位长者张培礼。就这样，我们六人将在这个宿舍度过大学最后半年的时光。

春天来了，学校安排的活动特别多。首先是四月份的校运会。在这次运动会上，我们班拿了好几个冠军。孙战平的一千五百米和三千米长跑，全校无人能敌。我到了教育学院后，因为年龄增大，爆发力加强，改为四百米，也拿了一个冠军，还有别的同学拿了铅球、跳远等冠军。另外，五一期间，上级组织济南三十六所大学进行了篮球联赛。我们学校以我们班篮球队为班底组建校队。孙战平、李作宏双中锋主力不变，另外加上一个其他班的大个子做替补中锋。前锋还是我们班的两位同学，都是一米八左右的壮小伙，后卫是我和李怀远。学校里不知是哪位领导，安排给我们一个主力后卫，是学校的体育老师，冒充我们同学。听说他以前是省里的跳高能手，他一米六多的个儿，能越过两米二的横杆。我打后卫，使出全力才能够到篮圈，人家轻轻一跃，就能摸到黑方框的上沿。我们篮球队兵强马壮，虽然学院不大，但经过多日鏖战，取得联赛第三名的好成绩。

学院领导高兴之下，安排周末举行大型舞会。学校里贴出的海报，注明老师和同学都可以参加。周六晚饭后，我们宿舍六人在宿舍看书闲谈，忽然有敲门声。靠门近的安少君开门一看，门口站着的是我们的校花。她二十一二岁的样子，一米七左右的个头，鹅蛋脸型，五官漂亮，皮肤白皙，长发飘飘。一袭粉红色连衣裙的她，在我们门口一站，像夏天荷塘里初放的荷花，亭亭玉立，仿佛一下子让我们宿舍亮了起来。我西边上铺仰躺在床上的李作宏猛地坐起来，眼睛都直了。

安少君彬彬有礼："请问，你找谁啊？"

"我找徐健。"

她话音刚落，大家眼光"唰"地转向我，眼神中分明都在说：校花来找你干什么？

"哦，各位同学，介绍一下，这位是李芳华，外语系的，学生会的文艺干事。"我跳下床，一边向同学们介绍，一边走到门口问她，"你找我有什么事儿？"

"请你去跳舞。"她略显羞涩地说。

"我不会跳舞。"一边推辞着，我一边向她打起了官腔，"小李，今晚舞会很重要，你快去组织吧。"

"你还知道今晚重要？"她撇了撇嘴说，"徐健，你当了一年多文艺部部长，学校的歌舞文艺活动，你一次也没有参加。有你这么当领导的吗？"

"我嗓音不好，不愿意唱歌，又不会跳舞。"我不好意思地笑着向她解释说。

"跳舞有什么难的，会做广播操就会跳舞。走，我教你。"说着，她抓起我的胳膊就往外拉。

"别拽，我去就是。"推开她的手，我俩一同向楼下走去。

后面宿舍里传来李作宏、安少君"乌拉，乌拉！"的喊声，我忍不住笑了。

会场上张灯结彩，人声鼎沸。舞会之前，院长做了简短的讲话。主要内容是，学院今年将扩大规模，面向社会招生。这次济南大学生篮球联赛，我们取得了第三名的好成绩，大大提高了学校的知名度，值得庆贺。随后，舞会开始。我对坐在身边的李芳华说："你还不赶紧去邀请院长跳舞？"

李芳华快步向前，与院长跳起了交谊舞。其他师生也纷纷配对儿，翩翩起舞。这是我第一次在现场看别人跳舞。虽然看他们脚步轻盈，舞姿优美。但心里总觉得，这怎么好意思呢？

一支舞曲之后，院长跟李芳华说了句什么话，就出会场走了。李芳华径直走到我面前，伸出手彬彬有礼地说："徐健先生，我请您跳支舞好吗？"

李芳华是校花，全校同学没有不知道的。在同学们灼灼的目光下，我感到浑身不自在，悄悄地跟她说："我真的不会。你还是等着别的同学来邀请你跳吧，我就不在这里献丑了。"

"不是说我教你嘛。"她不由分说，抓住我的手，拉我进了舞池。让我右手扶住她后腰，然后她左手放在我右肩上，右手平伸，掌心向下，让我左手向上托着她右手握住，教我跳起了"四步"。

看似简单的来回走四步，我却怎么也走不好。说实话，我一生除了妻子丁雨，这是第一次跟女孩这样亲密接触，何况她是这样漂亮。我使劲扭着头，不敢与她一双美目近距离对视，假装怕踩到她的脚，不时低头看脚下。握着她柔软光滑的手，我感到麻酥酥的。她身上散发出成熟少女的体香和淡淡的香水味儿，更让我怎么也不能淡定。在众目睽睽之下，我感到了前所未有的窘迫。终于，等到一支曲子结束，我朝她尴尬地笑笑说："真不好意思，踩了你两次脚。学院报纸编辑部那边还有事儿，我先走了。"说完我挣开她的手，逃也似的快步走出了会场。

到了编辑部，坐在自己办公桌旁。我的心兀自"咚咚"地跳，比跑完一个四百米还厉害。

刚定了一会儿神，李芳华又敲门进来了。

"李芳华，你不去组织舞会，跑到这里干什么？"为了掩饰自己的紧张，我又跟她打起了官腔。

"什么呀，咱学校哪有像样的舞会。多数同学都是从农村学校来的，没有几个会跳舞的。哎，师哥，你教教我写诗呗。"说着，她笑嘻嘻地凑过来。

"这个容易。"我拿过一把椅子让她坐下，故意逗她说，"你只要写出上一行，谁也猜不到下一行的内容，那就是好诗。"

"真的？"她天真地问。

"当然。"我在一边找出一张报纸，指着一首诗给她看：

　　海边印象

　　一株
　　云彩
　　枕着
　　海浪
　　睡着了

"还真是上下行对不上号。不过，这也算好诗？"她撇撇嘴，不屑地说。

"这真是好诗。"我耐心地向她解释说，"你想象一下：远望海天相接处，一片树状的云彩，躺在风平浪静的大海上，这意境是何等开阔与静谧啊！"

"哎，你这么一讲我就明白了。"她用略带夸张的口气说，"果真是

279

大才子，与众不同。"

"什么呀，就你们这些小女生能瞎咧咧。"

"真的。"她认真地说，"你刊登在校报上的诗歌，我们都能背出来。今年校运动会，四百米决赛和篮球赛时，你没听见女生们给你的加油声最热烈吗？……"李芳华话没说完，突然断电了。

黑暗中，我说："看，让你说得都断电了，你快回宿舍吧。"

"真没良心。"黑暗中，她抱怨说，"这黑咕隆咚的，我一个女孩子走楼道，你想吓死我呀。"

听了她的话，我想想也是。就掏出打火机，找到一根蜡烛点上。"那就陪你说会儿话吧。我想问问你家哪里、芳龄几何，我看全学院，你大概是年龄最小的吧。你愿意说吗？"

"我是潍坊的，十七岁中师毕业，刚教了一年学，我爸爸就让我考了这里的四年制本科班。今年夏天就要和你们一块儿毕业了。"

"你才二十二岁啊，咱们在这里上学属于离职进修，是有工龄的，比在高中考大学，要长四年工龄。今年一毕业，你就是有五年工龄的老教师了。你爸爸厉害啊！"我故意夸张地说——小女生都得哄的。

"我爸爸是潍坊地区教育局长，这点门道他还是有的。"

"哦？你还是大家闺秀啊。怪不得你那么多才多艺，气质不凡。"

"什么呀！"李芳华被我夸得有点不好意思，马上转换话题问，"师哥是哪里人啊？"

"我是胶南的，原来跟你是老乡，胶南县一九七八年从昌潍地区划到青岛市。"

她听了立刻高兴地说："怪不得听你的口音那么亲切，原来是老乡。"那神态像个孩子一般。突然，她头向前一伸，一双美目直盯着我说，"师哥，说句不该说的，以前学生会搞活动或开会，你从不正眼看我们女生一眼。与你同在文艺部一年半，我也没能跟你说上一句话。我们女生都觉得你是个高傲的人，总是一副拒人千里之外的神气。"

"哈哈，误会误会啊。"我笑笑说，"我天生腼腆，上中学时一看见美女就脸红，现在好些了，不过，看到你这样的超级美女，还是不由自主地紧张。还有，其实你们不知道，我这人是很自卑的。"

"骗谁呀，你这样的大才子，还自卑？"听了我的话，她使劲地撇撇嘴。

"嘿嘿，你千万别那么说。告诉你吧，我一九七八年考学前在老家村里当猪倌儿呢。"

"猪倌儿？"她哈哈大笑一阵，捂着肚子、喘着粗气说，"师哥，你可真逗，笑死我了。"

"这有啥好笑的。"我郑重其事地说，"一九七六年我高中毕业，还没有恢复高考，村里书记安排我在大队养猪场喂猪。"

"啊呀，我算开眼了。"她继续笑着，夸张地说，"今天见识了一个猪倌儿出身的才子。"

"李芳华，"我严肃地说，"你再乱说话，我就不理你了。我们班孙战平与成名的张炜、矫健都是同学，人家老孙都有中篇小说发表了，那才是有才的人哪。"

"你说的是你们班打中锋的那个卷发的大个子？怎么没见他在学院报纸上发表诗歌、散文呢？"

"诗歌、散文是些小作品，再说，可能人家不屑在这样的报纸上发东西吧。"

说话间，电灯亮了。看看时间不早，我把李芳华送下楼，回到了宿舍。

正当梨花开遍了天涯，河上飘着柔曼的轻纱
喀秋莎站在那峻峭的岸上，歌声好像明媚的春光
……

我刚回宿舍躺下，李作宏哼着小曲《喀秋莎》，脚步颠颠地回到宿舍。大家问他为什么高兴，他说："刚才在楼下碰到校花，她跟我说话

了。啊呀，那真是'手如柔荑，肤如凝脂，领如蝤蛴，齿如瓠犀，螓首蛾眉，巧笑倩兮，美目盼兮'。近距离看校花，太漂亮了。"

班长刘向东笑眯眯地问："作宏，美女跟你说啥话了？"

李作宏高兴地说："她问我'几点了'，我说'十点二十了'。"

哈哈哈哈……我们五人同时爆发出一阵大笑。李作宏意识到我们笑的含义，一边爬上床，一边闷声闷气地说："嘿，嘿！我不管了！"

这话常挂在他口头上，那是鲁西南方言，意思是"不行了"。李作宏虽然人高马大，但年龄不大，像个大男孩。他每每看到有美女与男生成双成对，在夜幕下谈恋爱，就吃醋，就愤愤不平，就回宿舍来一句"我不管了"。那里面还有"生理功能不行了"的意思——那是他自己向大家解释过的。

"哎——你们不能这样。"我下铺王明远老哥慢条斯理地说，"人家作宏遇上美女，刚刚雄起，你们就哈哈哈哈地一棍子把人家敲倒，这样不厚道啊。"貌似语重心长的话，又引起我们一阵大笑。气得李作宏"嘿！嘿！嘿！"了几声，以示反抗。

从此，那老弟在学院就有了一个"十点二十"的雅号……

自从那次跟李芳华长谈之后，我们青岛一桌老乡在饭厅里吃饭时，李芳华就经常光临，惹得全校同学往我们这边看。在大学里，美女到了哪里，大家的目光就会聚焦在哪里，尤其是男生。

有一天晚上十点多，我在编辑部校版。学生会的其他同学都回宿舍了。李芳华拿着一张文稿敲门进来，一进门，就兴高采烈地说，她写了一首诗，要让我看看。

接过她的诗稿，我一眼看到她娟秀的字迹：

爱 之 歌

你用人间最圣洁的感情

缝制彩裙

你用天地间最敏感的神经

编制草帽

你在海边与调皮的浪花嬉戏
浪花欢喜异常
纷纷扑来
亲吻你的脚、你的腿

你在原野与狂放的风雨对话
风雨骤然缄默
悄悄屏气
轻抚你的面颊、你的肩膊

哦，你是美神
都想把你拥抱
你羞得用草帽遮脸
用裙裾赶退浪花
用彩裙的圣洁、草帽的敏感
回答众多倾慕的问号
我是他的
迟来的春天。

看完这首诗，我内心很吃惊：这女孩儿竟有这般灵气。

"好！这是一首不错的朦胧诗。"我由衷地赞叹，又问，"你能告诉我诗中的意象代表了什么吗？"

"我没有朦胧啊。诗中的'彩裙''草帽'什么的，都代表了我；诗中的'你'，代表了我心目中的偶像，你就是我迟来的春天，这不是很明白吗？"

李芳华这话再明白不过了。我心里一热，面对这样纯情的少女，心里一阵感动，但我还是迅速冷静下来。

"朦胧诗之所以朦胧，就是什么样的读者有什么样的理解。"我耐心地向她解释说，"你把这首诗中的'你'和最后一句的'我'这个意象，专指我们这个伟大的时代。看看有什么效果？"

她歪着头想了一会儿，说："哎呀，我这诗不是很伟大吗？"

我笑了笑，肯定地说："是啊，我发现，你才是一位才女呢。这首诗，就放在下一期报纸文艺版上吧。"

"师哥，我觉得跟你在一起说话，是那么自然，那么舒畅，那么温暖。可惜，我们快要毕业了……"她欲言又止，脸微微地涨红起来。

……

几天以后，一个周六，我们早早出发。学生会安排专访张海迪，车上自然少不了李芳华——她是学院的文艺骨干。第二天，我们又去登泰山，路上，李芳华亮开歌喉，唱起了电影《甜蜜的事业》主题曲《我们的生活充满阳光》：

> 幸福的花儿心中开放
> 爱情的歌儿随风飘荡
> 我们的心儿飞向远方
> 憧憬那美好的革命理想
> 啊，亲爱的人啊携手前进
> 携手前进
> 我们的生活充满阳光
> 充满阳光
>
> 并蒂的花儿竞相开放
> 比翼的鸟儿展翅飞翔
> 迎着那长征路上战斗的风雨
> 为祖国贡献出青春和力量

啊，亲爱的人啊携手前进

携手前进

我们的生活充满阳光

充满阳光

并蒂的花儿竞相开放

比翼的鸟儿展翅飞翔

迎着那长征路上战斗的风雨

为祖国贡献出青春和力量

啊，亲爱的人啊携手前进

携手前进

我们的生活充满阳光

充满阳光

我们的生活充满阳光

充满阳光

　　她的歌声纯净、柔美、热情、浪漫，还带有一点点童声，让人听了，心颤颤的。李芳华唱完后，大家报以阵阵热烈的掌声。郑春华开玩笑说："李芳华，你亲爱的人儿在哪里啊？"大家跟着起哄，车里热闹非凡。

　　我们一路欢笑一路歌，到了中天门。再往上，就必须步行了，上面全部都是台阶，据说有一千七百个左右。看看大家慢慢腾腾地走，我有些急，就跟郑春华说："你们大家慢慢走，我先上去了。"之后，就飞跑而上。跑了几百个台阶，在路旁停下来歇歇，我忽然发现，下面，李芳华满脸通红地跟着追了上来。

　　"哎呀，你怎么也跟着跑？"我上前扶她在一旁石头上坐下，埋怨说，"我是搞长跑的，跟你们一块儿走嫌慢，你怎么也跟着我跑呢，看看累坏了吧？"

"没事。"她一边呼呼喘着大气，一边说，"本姑娘也在女生长跑队里，你不知道吧？"

"你们女生那也叫长跑？"我故意吓唬她，"你看这一千多个台阶，一般人上去得用两个多小时吧，我准备四十分钟登上泰山极顶，你敢吗？"

她一边继续呼呼地喘着气，一边点点头说："好啊，我还就不信了，今天豁出去了！"

再往上跑时，我故意放慢了脚步，最后还是用了不到一个小时就登上了南天门。看看李芳华红红的脸蛋儿，不禁对她由衷地敬佩，心想：一个从小在那样的富贵家庭长大的女孩子，有这样的毅力，真不简单。

在天街上，我们尽情游览了山顶的风光之后，两人在泰山极顶那块斜斜的巨石旁边找了块大石头，坐下来休息一会儿。李芳华长发飘逸、身材修长，一身天蓝色的运动衣更衬出她带着汗水的白皙粉红的脸庞，引得游人纷纷侧目。

休息时，李芳华一直低着头，像有什么心事。一会儿，她突然抬头转过脸含情脉脉地问我："师哥，你有女朋友了吗？"

她这一问，让我恍然大悟：原来这女孩儿是想跟我谈恋爱。以前，我以为她只是对我有好感，跟天性活泼的她相处，生活充满了诗情画意，她现在直接吐露了心迹，让我有点猝不及防。镇静一会儿，我装糊涂地"嘿嘿"一笑说："你怎么问这个？我都有儿子了，已经快两岁了。"

"真的吗？你没骗我？"她急急地问。

"我骗你干啥。"说着，我拿出钱夹，抽出媳妇和儿子的合影让她看。

"嫂子长得真漂亮、真大气，你儿子真可爱！"看完照片，李芳华由衷地说——但话音里带着酸酸的味道。接着，她埋下头，不言语了。

为了打破沉默，我只好另寻话题："芳华，你是不是想谈恋爱了？你心目中的白马王子是什么样子的？能告诉师兄吗？"

"难找啦。"她淡淡地直率地说，"我喜欢有思想、有才华、有热情、有能力又长得帅的，就像你那样的兄长，不喜欢那些自以为是的毛头小子。另外，我还特别向往青岛海边，可惜你已经结婚了，唉！"她叹了口气，又是一阵沉默。

"芳华，你是个好女孩，谢谢你。"我鼓足勇气直直地看着她。忽然灵机一动说："哎，对了，中文系八三级四年制本科班，有个我们老乡，是青岛市市南区青岛一中的，爱好文学，人很帅，今年二十四岁了，我觉得他各方面比我强。对了，前几天十公里越野，他是全校冠军，他叫刘畅，你认识吗？"

"有点印象。"她歪着头想了想说，"不过，师兄也不要为了抬高他人而贬低自己。"

"没有啊，我们是好兄弟，我了解他。这样吧，下个周末我请你俩吃饭，先认识一下。你愿意吗？"

"好吧。"她低下头，淡淡地答应了。

为了活跃气氛，我热忱地说："古人云，君子有人生三喜，叫作'闭门读圣书，开门迎嘉客，出门游山水'。今天，我还有你这样的美女作陪，游览泰山的壮美风光，真是人生之大幸啊！芳华，再次谢谢你。"

她终于仰起头，给我一个灿烂的微笑。

下午，我从泰山回校，第一件事就是找到刘畅，跟他说了这事，并把我知道的李芳华的情况全部告诉了他。激动得刘畅当晚请我喝了一顿大酒，还找了几个老乡作陪，大家听了这消息都很高兴。

晚上九点多，回到宿舍。班长笑眯眯地对我说："老徐啊，听说今天去泰山，你领李芳华私奔了？"

"老兄说哪里话！"我辩解道，"只是她跟我早跑上去一会儿而已。"

"女追男更危险啊。"王明远老哥慢悠悠地、不失时机地跟着掺和。

"是啊，党考验你的时候到了！"平时少言寡语的张培礼老兄也跟着发言。

我故意信誓旦旦地说："各位老兄，请放心。我以五年党龄做保证，向大家宣誓：拒腐蚀，永不沾，一定永葆共产党员的英雄本色，绝不辜负老婆！"

大家一阵哈哈大笑，一场"风波"就这样平息了。

那晚上，我久久不能入睡，李芳华灿烂的笑脸老在眼前晃动。于是，我在心里为她写下一首诗：

心香一瓣
　　——那棵白玉兰

全盛期的担心
你亭亭玉立
丰骨的完美无损

无奈的你我
是花期和瓣的抖索
谁的迟归成多余
因为我早已不是蓓蕾

别再摇晃
枝头已超重
不说前仰后翻的日子临近

周六上午，刘畅和李芳华如约到了校门口。我们三人一起去了"小天鹅酒家"，我给他们做了介绍后，喝了一点啤酒。一开始他俩有点拘谨，话不多。我就跟他们谈体育、谈诗歌，慢慢地气氛热烈起来。我看得出来，他们彼此是很中意的。从此，我多次看见他俩月下散步，去影院、舞会的身影，我在心里真诚地祝福他们。

第二天上午，我独自一人在宿舍看书，突然敲门进来两个小伙子，我一看这不是赵刚和刘强吗？

我赶紧跳下床跟他们打招呼，问他们怎么来了。

赵刚笑着说："老师，我和刘强都考上了山大法律系。您该不会忘了，在山大还有您的学生丁思萍吗？是她告诉我们的。"

"是啊，"刘强激动地说，"老师，在济南见到您，真是太高兴了，今天我们是想请您中午一块儿吃个饭，希望老师一定赏光啊。"

"我请你们。"说着，我就拉他们去了学校对面的一个小饭馆，点了几个小菜、几瓶啤酒，慢慢谈起往事。

我看着他们，想起往事，就忍不住笑。看他们被我笑得摸不着头脑，我就直来直去地说："当年误伤苏老师的事儿，我说说我的猜想好吗？"

"老师，您不用说了。"刘强感叹道，"我们当时就知道您一切都明白，是您有意护着我们。以后，每次想起这件事，我和赵刚都说您是我们一辈子的恩师。"

"是啊，老师，当时我们正是血气方刚。高三突然换了那么一个败类当班主任，班里所有有正义感的同学都很生气。于是，见他经常在我们侧后的玻璃窗外偷窥，我们和张丽偷偷商量，设了那么一个局，自以为很严密，其实现在想想真是年少无知。如果老师当时揭穿，分头审问我们三个，那就必然会露馅。不过那件事直接导致我们班换了班主任，成了全班同学一生中的大喜事……"

"你们错了。"我打断赵刚的话，"调换苏仁的工作，主要原因是那天上午他和牛老师的矛盾，当时校长已经决定了，晚上你们设局误伤苏仁的事情，与此毫无关系。"

之后，我把牛老师与苏仁发生冲突和学校处理的经过，跟他俩说了。最后跟他们说："你们那事主要是刘校长有意罩着，要不会很麻烦的。你们都是有正义感的好青年，相信你们会为国家的司法事业做出贡献。"

他们听了事情的经过，恍然大悟。刘强说："现在才知道刘校长和您真是深藏不露，果然姜还是老的辣。当时我们只感觉你在有意护着我们，没想到背后还有那么多事儿。"

那天我们说了好多话。最后结账时他俩怎么也不让我付钱，出了饭店，目送他俩乘上去山大的公交车，我满怀感慨地回了学校。

二

到了四月底，大家都开始考虑毕业去向问题。一天下午没课，孙战平忽然找到我，要我跟他一起去省教育厅，要求援藏教学。

"这……"我有些犹豫地说，"我儿子才一岁多，再说，西藏高原气候可是不好玩的。"

"那有什么。"他仍然是一副满不在乎的神气说，"咱俩是搞长跑的，肺活量大，到高原也不是问题。你儿子有你母亲和弟妹照顾，短短两年时间，怕个啥？"

看我还在犹豫，他循循善诱地说："老弟啊，好男儿志在四方。一辈子老婆孩子热炕头儿，有啥出息？咱二人去西藏做伴儿，看看那里的异域风光，了解当地风土人情，有那样的经历是我们一生的财富啊。"

经不住他的诱惑，我当即豪情万丈地立刻与他一起乘公交车到了省教育厅。进门经过交涉说明情况，不一会儿工作人员把我们领到了一个接待室。片刻，工作人员和一个穿中山装的四十多岁的中年男子走了进来。工作人员向我们介绍说，这是省教育厅普教处吴处长。握手之后，吴处长听了我们提出援藏教学的想法之后，对我俩的行为进行了大力表扬，又说今年青岛市没有援藏任务，让我们回原单位继续工作，以后还有这样的机会。

第二天是个星期六，孙战平邀请班里十几个同学喝酒。他在《人民文学》杂志发表了中篇小说《斜坡》，得到稿费二百多元。上午十一点，大家热热闹闹地，又到了学校对面的"小天鹅酒家"。发现辅导员卫方仁老师已在那里等待，孙战平说，快毕业了，请老师来一块儿热闹热闹。席间卫教授首先发言，他充分肯定了孙战平的小说，在社会、在本校引起强烈反响。然后嘱托我们毕业后加强语文教学研究，不断进行文学创作尝试。他说，他相信二十年后，这个班级会涌出一批国家级、省级中学语文教育专家和作家。因为有老师的参与，那顿酒喝得庄重而热烈。

第二天早饭后，我想起丁蕾、丁思萍上午要来。她们是在周一就写信说好的。接到信后，我又给在山师大上大三的一个本村的侄子写了一封信，叫他周日上午一块儿来吃顿饭，算是跟他们在济南的告别。

七月底，在济南滚滚的热浪中，我们全部顺利通过了毕业考试，发放了毕业证书，毕业班级在行政楼前与教授们照了合影。二十三日，晚上九点多，我们青岛、潍坊的五十多位同学，一起去乘坐济南去青岛的火车。大家与送行的同学告别后，带上行李，带上烧鸡，带上啤酒，欢笑着坐满了半节车厢。我们青岛老乡中加上了李芳华，她与刘畅一起坐在我的对面，告诉我们说，她这次去青岛，带上了父亲在潍坊办好的潍坊市教育局给青岛市教育局和市南区教育局的调动公函。要调到青岛一中，同时，暑假他们还要结婚。听了这个消息，我们青岛的老乡一阵欢呼，大家都纷纷祝贺刘畅娶到校花，祝贺校花成了青岛的媳妇。大家一起倒上一杯啤酒，预祝他们新婚愉快。

我真诚地说："李芳华，你的愿望全部实现了。在青岛一中，出了校门，步行不远就是栈桥，你可以跟你的白马王子，也可以跟大海天天亲密接触了。"热情的话语，说得李芳华脸儿红红的。

凌晨四点多，火车经过潍坊、高密站，潍坊市的同学全部下车了。

大约五点，火车到了胶县车站，我和李怀远与大家依依不舍地告别下车。出站之后，又与他握手告别，独自一人去了不远处的汽车站。六点，我乘上了胶县到胶南的客车。

汽车沿着二〇四国道，向南飞驰。公路旁，一望无际的大豆、玉米、高粱，郁郁葱葱。湿润清爽的空气中，渐渐有了熟悉的大海的味道。我的心已经飞到了藏马山下、黄海之滨，那里有我日思夜想的丁雨，有我的慈母、爱子，有我的同学、同事，还有我的学生们。

二〇一八年十二月二十八日　青岛

后　记

　　从一九八〇年参加工作至今，已经整整三十七年了，三十七年间，我先后走过了七所学校，从最偏僻的联办初中到公社驻地初中，又从偏远的普通高中，到了市里的重点高中。其间，目睹了纷纷扰扰的人和事，见识了很多学校和社会人物。

　　二十世纪八十年代中期，我在山东教育学院进修二年制本科的时候，时常有创作冲动，在济南一些报纸杂志上发表了不少诗歌散文，毕业回到故乡后，被分配到重点高中教语文。自那时开始，山东高中学校竞争日趋激烈，而我经常连续教高三语文、当班主任，直到二〇〇八年，山东省教育厅狠抓高中加班加点问题，境况才稍有改观。在那二十多年里，高中教师几乎天天早上五点多到学校，晚上十点多回家，没有礼拜天，没有节假日，连寒暑假也只能休息可怜的几天。在那样熬命的岁月里，我常常梦回刚刚参加工作的地方，藏马山、白马河出现在梦中的频率愈来愈高，对那几年纯净、蓬勃、热烈、自由的教师生活的回忆愈加甜美。于是，我动了写一部长篇小说的念头，用来纪念那山、那水、那人、那岁月，也跟同龄的教育工作者和亲人、同学、朋友分享一点点甜蜜和忧伤。

　　近几年，自己临近退休，转到培训教师工作，不再从事高中一线教学，人生终于有了喘息的机会，于是写下这部被称作"长篇小说"的东西。而在写作过程中，我明显感觉到力不从心。三十多年的平淡、枯燥、艰苦的教学生活，把我本来就少得可怜的灵感和激情快要磨掉了。丢了的东西短期内难以找回。所以，我理解了为什么在中国当代文学宝库里关于教育题材的作品少之又少，出自高中教师之手的关于中学教育题材的长篇小说，更是难觅踪影，个中原因读者自知。

　　我真诚地告白亲爱的读者，我的这个长篇，偏于直白和理性，少了些含蓄和感性，这实在是由于自己力有不逮。我力求把男女主人公塑造成真善美的形象，在今天的年轻人看来可能觉得有些高大上，但那个时代确实不乏那样的青年教师，尽管他们受到种种不公平对待，却依然热情，依然真挚，这是事实。希望认识笔者的读者朋友不要把男主人公和我本人联系起来，我在此声明，这不是自传体小说。谢谢！

徐立钧

二〇一七年五月十七日

图书在版编目（CIP）数据

藏马山下 / 徐立钧著. —— 北京：中国文史出版社，
2020.3

（跨度长篇小说文库）

ISBN 978 - 7 - 5205 - 1629 - 7

Ⅰ. ①藏… Ⅱ. ①徐… Ⅲ. ①长篇小说 - 中国 - 当代

Ⅳ. ①I247.5

中国版本图书馆 CIP 数据核字（2019）第 261399 号

责任编辑：卢祥秋　薛未未

出版发行　**中国文史出版社**

社　　址：北京市海淀区西八里庄 69 号院　　邮编：100142

电　　话：010 - 81136606　81136602　81136603（发行部）

传　　真：010 - 81136655

印　　装：廊坊市海涛印刷有限公司

经　　销：全国新华书店

开　　本：720 × 1020　1/16

印　　张：19.5　　　　字数：280 千字

版　　次：2020 年 3 月第 1 版

印　　次：2020 年 3 月第 1 次印刷

定　　价：65.00 元